संवेदनशील कहानियां

एक चिकित्सक की कलम से...

डॉ. अनिल चौहान

डायमंड बुक्स

www.diamondbook.in

प्रकाशक : डायमंड पॉकेट बुक्स (प्रा.) लि.
X-30 ओखला इंडस्ट्रियल एरिया, फेज-II
नई दिल्ली-110020
फोन : 011-40712200
ई-मेल : sales@dpb.in
वेबसाइट : www.diamondbook.in
संस्करण : 2023
मुद्रक : आदर्श प्रिंटर्स, शाहदरा, दिल्ली-110032

Samvendansheel Kahaniyan : Ek Chikitsak Ki Kalam Se
by : Dr. Anil Chauhan

आपको

शब्द के रूप में उभरती संवेदनाओं को
जान सको, उपभोग कर सको तो ही

संवेदनशील कहानियां : एक चिकित्सक की कलम से...

मानवजात का उपयोग करने, उसकी ऊर्मियां... उसकी भावनाएँ, उसकी वेदना-संवेदनाओं को समझने की आदत। समय व्यतीत होता गया, वर्षों व्यतीत हो गये, फिर भी ये पुरानी आदतें घर कर बैठी हैं और इन्हीं संवेदनाओं को जानने, संबंधों के समीकरणों के उपयोग की कोशिश का प्रथम अवतरण अर्थात् ये कहानियाँ। एक-एक निर्जीव दिखने वाले अक्षरों में एक-एक सचमुच की जिंदगी छिपी हुई है। चाहे अनचाहे भी वे कहीं न कहीं किसी कोने से प्रदर्शित हो रही है।

डॉक्टर के तौर पर जिंदगी अर्थात् संवेदनाओं का महासागर, और इस महासागर में डुबकी लगाने के बाद कहीं-कहीं से प्राप्त मोती के समान ये कहानियाँ।

कहानियाँ समाजोपदेशक होनी ही चाहिए इस मान्यता के साथ विनयपूर्वक असहमत हूँ। समाज का, संबंधों के मानवीय सहवास का वास्तविक चित्रण अर्थात् ये कहानियाँ। जैसा है वैसा ही प्रतिबिंब अर्थात् कहानी। अदृश्य हृदय के उफान के उत्कटता का दृश्य, शाब्दिक अनुभव अर्थात् कहानी। जो है वह और जो है वही, जैसा में चाहता हूँ, सोचता हूँ उसी तरह बिलकुल शब्दसः होकर पाठकों के मन में उतर जाये तो वह कहानी की सफलता।

कोई घटना मन को आंदोलित करती रहे, सीधे या परोक्ष तौर पर किसी भी प्रकार का संबंध न होते हुए भी मन विह्वल रहता हो, एक अवकाश, एक अभाव का सर्जन हो मन में कि ऐसा क्यों? ऐसा नहीं चलेगा? ऐसा क्यों होना चाहिए? ऐसे अनेक प्रश्नों का उद्‌भव हो? ऐसे अनेक प्रश्नों का उदय हो परन्तु उत्तर के अभाव में मात्र हृदय को व्यथित करते-करते वहीं स्थायी हो जाये।

कहानी को, वेदना को अलग दिशा देने, मन को शांत रखने और शीतलता का मलहम लगाने का काम किया है।

कभी मुझे भी अहसास होता है कि वास्तविक जीवन में इतनी सकारात्मकता होने के बाद भी कहानी में नकारात्मक अंत (भले ही वास्तविक हो फिर भी!!) क्यों होता है, जवाब मुझे भी नहीं मिला है।

मेरा चिकित्साशास्त्र के अतिरिक्त अध्ययन सीमित है। जिसे मैं निखालिस रूप से स्वीकार करता हूं। इसीलिए ये कहानियाँ, संक्षिप्त कहानी, कहानी या लम्बी कहानी जैसे ढाँचें में फिट हो या न हो, इसकी मुझे जानकारी नहीं है, परन्तु सच कहूँ तो ऊर्मियों को किसी माप में किस तरह फिट किया जाये, मुझे इसकी जानकारी नहीं है।

किसी बालक की माँ से कहा जा सकता है कि तुम्हारे बालक से प्रेम करने के लिए प्रतिदिन पन्द्रह मिनट का समय निश्चित किया जाता है!

किसी प्रेमी युगल को, अपने प्रियजन के बारे में विचारों में, विचरण करने का कोई निश्चित समय या सीमा है?

एक प्रिय पात्र के मृत्यु का समाचार सुनकर दिग्मूढ़ हुआ हृदय निर्धारित शब्दों के परिणामों में कैद हो सकता है।

इस हृदय को ऐसा आदेश दिया जा सकता है कि उस दु:ख और दर्द को तीन घंटे और तीस मिनट तक महसूस तीन सौ शब्दों की कहानी लिखो!!!

शब्दों की सीमाओं में कैद में रखकर एक भी कहानी को 'बोन्साई' नहीं बनाया हालांकि उसका जरा सा भी रंज नहीं है।

अधिकांश कहानियाँ हृदय की वेदना का शब्दस: परिणाम हैं। यहाँ एक स्पष्टता मुनासिब मानता हूँ कि, ऐसा नहीं है कि यह विश्व केवल वेदनाओं के जहर से ही लबालब भरा हुआ है। अनेक सकारात्मक घटनाओं के बाद भी केवल एकाध अप्रिय घटना का मन में घर कर लेना संभव है। जो है यह है। मानव संवेदनाओं के सुख की अनुभूति की जाये, इतनी उत्कंठा से इतने प्रेम एवं सावधानी से इस वेदना के संवेदना का एहसास किया है। इसकी प्रमाणिकी के लिए इस अहसास को कहानी के संग्रह के रूप में प्रतिबिंबित करने का सच्चे दिल से नम्रतापूर्वक प्रयास है।

-डॉ. अनिल चौहान

ईमेल:- dr.anilchauhan1@gmail.Com

2 नवम्बर, 2022

पुरोवचन

एक चिकित्सक की कलम से सृजित संवेदनशील कहानियों के संग्रह को पढ़ने से यह विचार आना स्वाभाविक है कि यदि डॉक्टर अनिल चौहान ने भाषा साहित्य में डॉक्टरेट किया होता तो क्या होता? इस प्रश्न का सटीक उत्तर है कि वे साहित्य क्षेत्र में भी ख्याति अर्जित करते। उनके मार्गदर्शन में छात्र समाज को अपनी कलम से नए जगत को अवगत कराते होते। हालांकि सौभाग्य की बात यह है कि एक संवेदनशील व्यक्ति अब साहित्यिक दुनिया के बदले चिकित्सा की दुनिया में प्रवेश करता है तो उसके भी कितने अच्छे परिणाम आ सकते हैं। डॉक्टर अनिल चौहान से हमारा परिचय तकरीबन बीस साल पुराना है।

पत्रकार की हैसियत से मिलने और बातचीत करने का मौका मिलता रहता है। इस दौरान मैंने महसूस किया कि एक चिकित्सक में कवि का हृदय है यानी वह सामाजिक वेदनाओं के प्रति संवेदनशील है तो उसके कितने शुभ परिणाम आ सकते हैं। डॉ. चौहान की सहृदयता का आलम इनके आसपास ऐसा है कि उनके यहां से मरीज मानसिकरूप से स्वस्थ होकर ही उनके कक्ष से बाहर निकलता है।

उनकी कहानियां सामाजिक जीवन एवं जमीन से जुड़ी हुई है। इनमें जहां संवेदना की एक झलक है वही सामाजिक सरोकार भी है। इसमें कहीं प्यार को परिभाषित किया गया है तो कहीं सामाजिक दूरियों का भी उल्लेख मिलता है। कुछ कहानियों में ऐसा रहस्य है कि कहानी को दो बार पढ़ने से ही ज्ञान बोध होता है। यह कहानियां सामाजिक आईना है। इनमें हर व्यक्ति का सरोकार प्रतिबिंबित होता है।

डॉ. अनिल चौहान का संवेदन तंत्र इतना मजबूत हैं कि सरकारी अधिकारीपन उसे छू नहीं सका है। वे विकसित होते ही रहे हैं। इसीलिए उन्होंने 'तात्कालिक... तात्कालिक... 108 को' पत्थरदिल जैसे पाठक को भी हचमचा देने वाली कहानी दिया है। कहानी लिखने बैठते समय उनके सामने कहानी शिविरों से सीखी हुई कोई टेक्निक नहीं होती और नहीं होती एक अच्छे कहानीकार की तरह छा जाने और छप जाने की चाहत। उनके दिल

में एक ही भावना घर कर गयी है और वह है आसपास घट रही कष्टदायक घटनाओं से द्रवित होना। इस प्रकार की कहानियों के परिवेश को भोग चुका कहानीकार ही लिख सकता है। यह कठोर सच्चाई है जो कम ज्यादा अनुपात में हम सब में है। डॉक्टर को देवता समझ पूजने वाले लोग अधिकांशत: गलत नहीं होते, परन्तु नये जमाने की हवा किसी इक्का-दुक्का डॉक्टर को हजम कर जाये तो यह पूरे आलम में चर्चा का विषय बन जाता है। और दूसरी तरफ मरीज के लिए भी दयनीय हालात होती हैं।

अच्छा लगे या न लगे परन्तु सामने मौत खड़ी हो तो बेचारा जा भी कहाँ सकता है?

'तात्कालिक... तात्कालिक... फटाफट 108 को' पूरी कहानी मानो नजर के सामने घूम जाती है प्रियजनों का जीव बचाने के लिए गृहिणी आर्थिक तौर पर मिट जाती है फिर भी गत वर्षों के दौरान सेवा की भावना वाले बेहतरीन व्यवसाय को केवल मुनाफा के व्यापार में परिवर्तित कर मानव की बीमारी को बेच खाने की कथित आधुनिक पांच सितारा हॉस्पिटल व्यवस्था उसकी जान लेकर ही दम लेती है ऐसी क्रूर एवं बर्नर मेडिकल सेवाओं को इस चिकित्सक सर्जक ने साक्षी भाव से बहुत निकट से देखने के बाद की प्रतिक्रिया के तौर पर यह कहानी लिखी होनी चाहिए। वाल्मीकि तो एक हंस का वध देखने के बाद द्रवित हुए थे। इस कहानी के वाल्मीकि ने तो दुखियारी हंसिनी का अंत भी देखा होगा। इसलिए उन्हें कहानी को कोई कलात्मक मोड़ पर रोककर श्रेष्ठ कलाकृति सर्जित करने की स्वार्थवृति रोक नहीं पायी। उन्होंने कुछ भी पाठक पर छोड़ने के बदले जो घटित हुआ है, हो रहा है, और अभी इससे अत्यधिक विकराल स्वरूप धारण करने वाला है, उसे यथास्थिति में प्रस्तुत किया है।

लेखक के पास उसके विशिष्ट व्यावसायिक अनुभवों का पूरा ज्ञान हैं और साथ ही आम आदमी के साथ सतत हो रहे दुराचार और अन्याय के खिलाफ अत्यन्त आक्रोश भी है। वे 'सुन्दरम्' जैसी लंबी, संक्षिप्त कहानी लिख सकते हैं। उसमें स्वानुभूति एवं सहानुभूति हृदयंगम संगम देखने को मिलता है। चिकित्सक के तौर पर जेल के खूंखार कैदियों के साथ मुलाकात का मौका मिला, वह भी कितना रोमांचक एवं हृदय को दहलाने वाला अनुभव है।

जेल में से वृद्ध कैदी को उसकी पुत्री के साथ मुलाकात कराने के लिए भगाने के लिए सुरंग खोदी गयी हो फिर भी सुन्दरम् अकेला ही पकड़ा जाये, शेष सभी चाचा सहित भागने में सफल हों, कैसा सूचक है! सुन्दरम् अठंग प्रेमी है, उसने आवेश में आकर प्रेमिका की शादी के अवसर पर ही गोली

तो छोड़ दी, परन्तु उसका आशय किसी का खून करना नहीं था। फिर भी अनजान में खून तो हो ही गया और उसकी सजा वह भोग रहा है।

उसे जमानत प्राप्त करने में भी रूचि नहीं। हाँ, कानून जानते हुए भी मानवतावादी सर्जक डॉक्टर के पास वह हुसेन चाचा के लिए मोबाइल जरूर मांग सकता है। चाचा अल्लाह का आदमी है परन्तु दुर्भाग्य से बहुत से अन्य लोगों के अपराध के कारण जेल कबूल किया है। मरने से पूर्व पुत्री सलमा के साथ बात करना चाहते हैं। सुन्दरम् उनके लिए डॉक्टर के पास मोबाइल मांगता है, जो कानून का पालन करने में मानने वाले डॉक्टर ने नहीं दिया। शायद उसमें से ही सुरंग कांड सर्जित होता है। जेल की नौकरी से तबादला एवं तरक्की प्राप्त कर चुके डॉक्टर एवं उनकी पत्नी के बीच बातचीत के अंत में आनेवाला संवाद कितना रोमांचक है पढ़ें-

'गजब हुआ, नहीं'? मेरी पत्नी ने कहा।

'है...इतने पुलिसकर्मियों एवं सिक्यूरिटी की उपस्थिति में इतना बड़ा षडयंत्र' मैंने कहा।

और मुझे तो इससे भी बड़ा ताजुब इस बात का हुआ कि अस्सी वर्ष का बुड्ढा फरार हो गया और एक नौजवान पकड़ा गया। मुझे तो ऐसा लग रहा है कि उसने भागने का प्रयत्न ही नहीं किया होगा। सुरंग के द्वारा सब को फरार करवा कर खुद अकेला वहीं बैठा रहा होगा, पकड़े जाने तक।

'क्यों ऐसा?'

'ऐसा ही होगा'

आखिरी प्रश्न अत्यन्त पैना है, परन्तु 'तुम्हें कैसे मालूम'?

लेखक स्वयं यहाँ पात्र के तौर पर आते है। डॉक्टर के तौर पर उन्हें सुन्दरम् के पूरे घटनाक्रम की और प्रेमी के तौर पर उसके अंदाज का पूरा ख्याल है। परन्तु कहानी की कला की प्रतीति जैसा आखिरी वाक्य है, 'मैंने स्पष्ट करने का विचार किया परन्तु... परन्तु ओंठ खुले ही नहीं।'

'कहानियों में कहानी की कहानी' में लेखक पाठक को ऊँचे मीनार पर ले जाकर नीचे कूदने पर मजबूर करता है तो 'दहशत' में पात्र के मन के विचार भले नायिका समझ न पाती हो परन्तु पाठक तो समझ ही जाता है। ऐसा ही चमत्कार वाली कृति है ('अ' और 'ई') मेरा दृढ़तापूर्वक मानना है कि लेखक मानव शरीर का ही नहीं परन्तु मानव मन का भी विशेषज्ञ की तरह पोस्टमार्टम कर सकता है।

मसूरी नामक कहानी में सर्जक की भाषा की भी प्रकृति के सौंदर्य की तरह खिल उठती है। नेमो नामधारी कुत्ता नायक नायिका के प्रणय का साक्षी ही नहीं कारण भी बनता है। लेखक के पास कहानी की तुलना में नॉवेल

के अनुरूप वर्णन शैली है। दिवंगत नॉवेल लेखक डॉ. प्रदीप पंड्या की तरह अपने इस चिकित्सक कहानीकार के पास शब्दों का खजाना है। और उन्हें खुद भी कल्पना नहीं होगी ऐसी अद्‍भुत कला का ज्ञान है।

डॉ. नवीन विभाकर विदेश में रहकर उपन्यासों का अंबार लगा सकते हों तो राजधानी निवासी इस गुजराती चिकित्सक के पास कुछ चुनिंदा थीम पर उत्तम उपन्यास उपलब्ध करवाने की आशा अस्थान नहीं है। शायद वे सेवानिवृत्ति के बाद अपनी भावनाओं की ओर ध्यान देंगे। इस संग्रह की एकाध संक्षिप्त कहानी में इसके आसार हैं। लेख के प्रारंभ में जिसका उल्लेख किया है वह चिकित्सकीय सेवाओं में व्याप्त कलयुग की कहानी से लेकर 'सुन्दरम्' या 'मसूरी' जैसी कहानियाँ पाठक और विवेचक दोनों की मान्यता प्राप्त कर सकती हैं। लेखक के पास कहानी प्रस्तुत करने की रमणीय शैली है। किसी भी कहानी का आकर्षण आप कितने ही व्यस्त होंगे या बड़े विद्वान होंगे फिर भी प्रारंभिक दो परिच्छेद पढ़ने के बाद तो आप उसे पूरा करके ही छोड़ेंगे।

खिड़की से दिखाई दे रहे श्मशान के त्रास का अनुभव मनसुखराय का पात्र हो या 'रामायण' कहानी की आरती की वेदना हो या फिर मानव केवल मानव के सम्पूर्ण विरोधाभास का आलेखन हो, लेखक की प्रस्तुति से वह आंखों के सामने दिखने लगता है। 'अ' और 'ई' तथा 'दहशत' मेरी प्रिय कहानियाँ और इन सबमें महत्वपूर्ण बात है कि कहानी को तार्किक अंत तक बढ़ाने में लेखक को किसी प्रकार की समस्या का सामना नहीं करना पड़ता। वह श्रोताओं की मनोभावना के अनुरूप ही कहानी लिखता है।

ऐसे बहुत ही कम चिकित्सक होंगे जो चिकित्सा व्यवसाय के अपने अमूल्य समय को चिकित्सा के साथ-साथ सरस्वती की उपासना में भी व्यतीत करते होंगे। डॉक्टर अनिल चौहान उनमें से एक है। मैं आशा करता हूं कि वह अपनी कलम का सफर जारी रखेंगे और उनकी कहानियां समाज का मार्ग प्रशस्त करेंगी और साथ ही उनको व्यक्तिगत रूप से भी शुभकामना देता हूं कि जैसे वह चिकित्सा क्षेत्र में काम कर रहे हैं ऐसे ही साहित्य क्षेत्र में भी वो उसी निष्ठा से काम करें और वह अग्रिम पंक्ति में हो।

–रामकिशोर शर्मा
गुजरात

आभार

– उस परम चैतन्य का जिसने मानव संवेदना को देखने, अनुभूति करने, और प्रतिबिंबित करने की शक्ति दी।

विषय सूची

1.'अ' और 'ई'

बड़ा पेचीदा मसला है यह मानव नामक जात, अन्य किसी से हल न हो सके, यह तो शायद समझे, परन्तु स्वयं कहाँ हल कर सका है अपना ही भेद...।
हर पल परिवर्तित, हर पल नयी साज सज्जा, एक-एक क्षण को समझ बूझकर जीता, फिर भी कभी समझ में न आनेवाला।
आज, कल को डस डालता, समाप्त कर देता, और कल इसी तरह आज को आयना भी कहाँ कभी सच्चे प्रतिबिंब को प्रतिबिंबित करता है?

'अ'... कल का जीता जागता 'अ' आज फोटो बन गया था। ब्लैक कलर की फ्रेम, उस पर लगा हुआ चार एम.एम. का शीशा और शीशे के अंदर घबराता, पिसता... 'अ'।

कमरे में जली अगरबत्ती की धीमी सुगंध, फोटो पर लगे चार एम.एम. के शीशे के कारण अंदर नहीं जा सकती। यूं भी अंदर रहे 'अ' के पास सांस लेने या सुंगध को सूंघने के लिए शरीर भी कहाँ था?!!

था तो केवल रीगल स्टूडियो में खींचा और बाद में एनलार्ज करवाकर शीशे की फ्रेम में फिट किया हुआ उसका फोटो...!!

'अ' जीवित था तब उसे मौत से डर लगता, परन्तु अब मरने के बाद जीने का डर लगने लगा।

हाश!! मुक्ति मिल गयी।

कुछ व्यक्तियों से, कुछ संबंधों से, कुछ व्यवहारों से, कुछ सुख और कुछ सपनों की आशा में..। थोड़ी सी जगह में, कुछ वर्ष जैसा-तैसा व्यतीत करने का नाम जीवन...।

बस, सब कुछ थोड़ा...थोड़ा...थोड़ा... थोड़ा...।

और मृत्यु?!! कितनी विशालता... मानो अनंतता।

जीवन तो स्याही के उस बूंद की तरह... सिकुड़ा हुआ, चारों तरफ से दबा हुआ... पिसा हुआ है।

और मृत्यु मतलब?

उसी स्याही की बूंद को मानो महासागर में बहा दिया गया हो, सामान्य तौर पर सच है कि स्याही का वह बूंद फिर नहीं दिखेगा, परन्तु दूसरी तरफ स्याही पूरे समुद्र में फैल जायेगी। समुद्र के किसी भी किनारे चले जाइए, परन्तु स्याही की बूंद बिना समुद्र कहीं भी नहीं मिलेगा।

'अ' की मृत्यु के बाद पल भर के लिए ऐसा लगा कि वह फैल जायेगा।

अखिल ब्रह्माण्ड में फैल जायेगा।

बिल्कुल हल्का फूल!!, जरा भी भार नहीं, कैसी मजा, मानो अनन्त, असीमित, अवर्णनीय आनन्द, परन्तु...।

परन्तु 'अ' का नसीब इतना अच्छा नहीं था। 'अ' की मृत्यु के दूसरे दिन ही 'अ' का फोटो तैयार होकर आ गया था। पूरी रात रो-रोकर लाल हुई 'ई' की आँख ने 'अ' का फोटो देखा। और दूसरे ही क्षण 'ई' का कांपता हुआ हाथ फोटो पर था। दोनों हाथों से फोटो को जकड़ लिया।

'बोल...बोल अब मुझे छोड़कर कैसे जायेगा?!!'

इसी समय 'ई' की भावनाओं के प्रवाह में 'अ' किस तरह प्रवाहित हो गया, इसकी 'अ' को खबर ही नहीं थी। कुछ देर पहले मृत्यु के बाद की अद्‌भुत अनन्ता में रचा बसा 'अ' एक ही क्षण में अपने ही फोटो में कैद हो गया। बड़ी देर तक 'अ' कोशिश करता रहा, फोटो के अंदर ही अंदर..। उसे लगा कि थोड़ी सी जगह मिले तो इस दम घुटनेवाली जगह से निकल जाये, परन्तु जगह मिले किस तरह?!!

स्टूडियो वाले ने फोटो को व्यवस्थित फिटिंग किया था। चारों तरफ से फिट। थोड़ी भी जगह नहीं। निकलने की कोई संभावना ही नहीं। इसीलिए मृत्यु के बाद भी 'अ' के हिस्से में कमनसीबी ही हाथ लगी। बिल्कुल अल्प एवं संकुचित जीवन..।

सबकुछ...थोड़ा...थोड़ा...थोड़ा...।

'अ' जीवित था, तब 'ई' के साथ घूमने जाता...। बगीचे में। बगीचे में हरी घास थी। व्यवस्थित कटी हुई...। अंदर एक चबूतरा था।

शाम के समय चबूतरे पर पक्षी आते थे। 'अ' और 'ई' इस चबूतरे के सामने स्थित बेंच पर बैठते। पक्षियों को देखते और सपनों में खो जाते।

'अ' 'ई' को कहता जा रहा था...।

दो-तीन वर्ष में तरक्की मिल जायेगी, यही साहब रहेंगे तो...।

'वेतन में वृद्धि होगी?' ई पूछ बैठती।

'वेतन...भूल जा यह वेतन, बाद में वेतन नहीं, खजाना मिलेगा खजाना।

दूसरे प्रमोशन के बाद दूसरे दो वर्ष में हांगकांग की मुख्य ऑफिस में ही काम मिल जायेगा, समझी।'

'हांगकांग?!! 'ई' आश्चर्यचकित देखती रही'।

हाँ...हांगकांग, और वहाँ के पैकेज की तुलना में तो मान लो यहाँ कुछ भी नहीं है।'

'फिर मकान?'

'मकान नहीं...। बंगला...। हवेली जैसा बंगला, पूरा दो करोड़ रुपये का।'

आगे-पीछे गार्डेन, स्वीमिंग पुल एवं सर्वेंट क्वार्टर अलग से...।

घर में लिफ्ट तो होगी ही... ओडी या बीएमडब्ल्यू घर के आगे पड़ी हो तो आश्चर्य नहीं।

'ई' की आँखें आश्चर्य से चौड़ी हो जाती, और मानों सभी सपने हकीकत में परिवर्तित हो गये हों, इस तरह 'ई' 'अ' को और 'अ' के आत्मविश्वास को देखती रहती।

सपना देखते समय 'ई' को अहसास होता कि यह सब निकट ही है।

बिलकुल निकट है। सुख के इस पतंग को बस, हाथ लम्बा किया, और पा लिया, इतना ही नजदीक है।

वहीं 'अ' को...

इसीलिए 'ई' यहाँ इतनी हद तक टूट गयी।

पलक मारते ही 'अ' चल निकला, 'ई' के साथ सजाये सभी सुनहरे सपनों को साथ लेकर...।

फ्रेम में मढ़ा हुआ फोटो हाथ में आया तब से 'ई' का खाना-पीना बंद, बस पूरा समय फोटो लेकर बैठी रहती। सभी ने बहुत समझाया।

ऐसा कहें कि समझाने में कुछ बाकी नहीं रखा।

'ऐसा नहीं होता'

'जानेवाला तो चला गया, अब फोटो को पकड़कर बैठे रहने से क्या होगा...?'

उसे भी थोड़े तुम्हें छोड़कर जाना होगा!! परन्तु ऊपर से ही बुलावा आया होगा, फिर वह भी क्या करे?'

'रख दे... रख दे यह तो केवल फोटो है फोटो...।

परन्तु किसी का भी 'ई' पर कुछ भी असर नहीं हुआ। सभी कहते थे कि यह फोटो छुड़वाओ, नहीं तो 'ई' पागल हो जायेगी... पागल!!

कितनों ने तो फोटो को जबरन छीनने का प्रयास भी किया, परन्तु जान पर खेलकर भी 'ई' ने फोटो को नहीं छोड़ा। वहीं कुछ नया होगा सोचकर सभी ने यह विचार छोड़ दिया।

एक दिन... दो दिन... 'ई' ने फोटो को एक पल के लिए भी अपने से अलग नहीं होने दिया तो नहीं होने दिया।

फोटो...फोटो के अंदर का 'अ' परेशान हो रहा था। इस सख्त कैद के कारण वह असहज होता जा रहा था।

तीसरे दिन शाम को पैरेगोन कम्पनी के चेयरमैन मिलने के लिए आये। चेयरमैन और दूसरे तीन-चार साहब आकर घर में बैठ गये।

चेयरमैन ने 'ई' को बुलाया।

'ई' आ गयी, तीन-चार दिन से खाये-पिये बिना बड़ी मुश्किल से खड़ी हो सकती थी। नहाये-धोये बिना, पागल सी लग रही 'ई' आकर सामने खड़ी रही।

उसके दो हाथ और शरीर के बीच सख्ती से जकड़ रखा 'अ' का फोटो लेकर चेयरमैन की बात 'ई' सुनती जा रही थी।

'तुम्हारा पति हमारी कम्पनी का होनहार सहायक प्रबंधक था। और यूं कहूं तो गलत भी नहीं कि कुछ ही समय में मुख्य शाखा में प्रबंधक के पद पर तरक्की भी मिलनी थी...। परन्तु...!!

'सद्गत की कमी को तो कभी पूरा ही नहीं किया जा सकता।'

'मैं एक दूसरे खास काम से आया हूं' कहते हुए चेयरमैन साहब ने अपना छोटा सूटकेस खोला। यूं तो बहुत करुण घटना है। दुःखद है। परन्तु मृत्यु के पाँच दिन पहले 'अ' ने बड़ा इन्स्योरेंस लिया था।

आप को मालूम हैं...?!!!

'ई' हताशा से देखती रही। उसने फोटो को सख्त हाथों से जकड़ लिया।

कम्पनी भी दुर्घटना में मरनेवालों के परिजनों को अच्छी खासी रकम देती हैं। इसके अतिरिक्त विश्व की सभी शाखाओं के हमारी कम्पनी के सभी कर्मचारी भी दुर्घटना में मौत के मामले में निश्चित रकम की सहायता करते हैं।

यह सब मिलाकर होता है?

'ई' एकटक चेयरमैन के सामने देखती रही।'

टोटल है चार करोड़ और पचहत्तर लाख रुपये।'

सुनते ही 'ई' की आँखें चौड़ी हो गयी!!

और 'ई' दहाड़ उठी 'इतना अधिक...?!!'

और 'इतना अधिक' बोलते-बोलते ही 'ई' के दोनों हाथ चौड़े हो गये।

धड़ाम... हाथ से फोटो कब फिसल गया इसका ख्याल ही न रहा।

गिरते ही फोटो के शीशे में दरार पड़ गयी। और... हाश... 'अ' फोटो के शीशे की दरार से क्षण भर का विलंब किए बिना बाहर निकल गया।

दूसरे दिन से ही 'ई' भी ठीक हो गयी थी।

2. दो की प्रस्तावना

इक्का-दुक्का मनुष्य को लेकर निकली नाव बीच समुद्र में टूट जाये तो? इतने बड़े समंदर के सामने डूबते हुए सामान्य इंसान की हैसियत ही क्या? समुद्र की प्रत्येक लहर में थपेड़े खा रहे जीवन और मौत के बीच संघर्ष करते-करते मनुष्य को तिनके का सहारा मिल जाये तो वह अपनी पूरी ताकत से पकड़ लेता है। आखिरी साँस तक हाथ पैर चलाता रहता है, परन्तु...।

समुद्र तो अभी भी उफान पर है, अपनी मस्ती में...।

आनन...

फानन...में

फटाफट...108 को

'अरे... सब लोग देख क्या रहे हो? फौरन फोन करो... फौरन... फटाफट 108 को!!!

सुनते ही एक व्यक्ति ने मोबाइल निकाला, और नम्बर लगा दिया। दस मिनट हुई थी कि चरर-मरर आवाज करती एम्ब्यूलेंस दरवाजे पर आ पहुँची। दरवाजा धड़ाधड़ खुलते ही अंदर से हाथ में स्टेथोस्कॉप से खेलती एप्रेन में सजी सुंदर गोरी युवती नीचे उतरी...।

हू इज द पेशन्ट? गोरी युवती ने सारी शक्ति बटोरकर बड़े रूआब के साथ सवाल किया। वह जानती थी कि वहाँ खड़े लोग उसे ही देख रहे थे। चिराग के घर में एकत्र अड़ोस-पड़ोस की भीड़ छंट गई। अब चिराग तक पहुँचने का रास्ता साफ हो गया था। गोरी युवती ने देखा कि तकरीबन 35 वर्षीय व्यक्ति सीने पर हाथ रखकर कराह रहा था।

'आई मीन...यु चिराग भाई...चिराग त्रिवेदी? तुम्हारा फोन नम्बर 98... राइट?'

भीड़ से कोई बाहर आया... 'ना बहन ये तो मेरा नम्बर है। मैंने तो केवल फोन ही किया था। क्या हुआ इसकी मुझे जरा भी खबर नहीं है...।

अलका बहन से तो पूछिए। अब अलका डॉ. गोरी के पास आ गयी...। सुबह नौ बजे चाय-नास्ता के तुरन्त बाद ही उनकी पेशानी पर पसीना होने लगा, जी घबराने लगा। दिल पर दबाव बढ़ गया। मानों किसी ने वजन रख दिया हो या किसी के काँटा चुभोने का अहसास होने लगा। गरदन एवं कन्धे में असहनीय पीड़ा होने लगी। धड़ाम से गिर पड़े।

वहीं गोरी को कुछ याद आने पर, एक बार फिर फोन करने वाले की ओर मुड़ी।

चिराग भाई की तबियत की जानकारी के लिए मैं फिर इसी नम्बर पर फोन कर सकती हूँ?

एक ओर जहाँ चिराग भाई सीने के बीच हाथ रख कराह रहे थे वहीं दूसरी ओर गोरी पीछा नहीं छोड़ रही थी।

'दूर हटो' 108 का अनुभवी ड्राइवर अब स्ट्रेचर लेकर आ पहुँचा था। चिराग को एम्ब्यूलेंस वैन में सुला दिया गया। एम्ब्यूलेंस चिराग को लेकर रवाना हो गयी। अलका ने जाते-जाते आवाज दी 'मीना बहन मेरी श्लोका का ध्यान रखना'।

मीना बहन और नीतिन भाई अलका बहन के सबसे करीबी पड़ोसी थे। मरीज की जीभ के नीचे एक 'सोबीट्रेट' रखवाकर गोरी बाद में लंबा चौड़ा फॉर्म लेकर बैठ गयी।

'नाम?'

अलका... अलका चिराग त्रिवेदी।'

'आई मीन हिज वाइफ?'

'हां' कई बार अनावश्यक सवाल दु:खद परिस्थिति को अत्यधिक दु:खद कर देते है।

'फेमिली हिस्ट्री?'

'ये हमारे हस्बैन्ड, उम्र 36 वर्ष, प्राइवेट कन्सल्टैंसी में काम और एक पुत्री, छह वर्ष की..। नाम श्लोका...।' अलका ने एक ही साँस में सब कुछ कह डाला।

'नो... नो... हिस्ट्री एबाउट डिसिज, आई मीन घर में किसी को डायबिटीज,

'ब्लड प्रेसर...।'

डॉ. गोरी की निगाहें अभी तक केवल फॉर्म पर ही टिकी हुई थीं।

'बहन तुरन्त ही कुछ कीजिये...।' अलका की आंख में आंसू झिलमिला रहे थे।

'कर तो रही हूँ!!!' फॉर्म पर टिक करते-करते गोरी बोल उठी।

नग्न सत्य तो यह था कि डॉ. गोरी (मालूम नहीं उसका नाम क्या होगा) के कार्यों का इवैल्यूएशन केवल इस फॉर्म के आधार पर ही होना था। किस अस्पताल में ले जाना है... मुख्य मार्ग आते ही ड्राइवर ने ड्राइवर और पैसेंजर के बीच के पार्टीशन की छोटी खिड़की से पूछा।

इस विचार में अलका ने तीन सेकण्ड का समय ले लिया। इस दौरान जाने-अनजाने उसकी उँगलियाँ उसके पर्स पर घूम रही थीं।

'सिविल...सरकारी सिविल हॉस्पिटल।'

सिविल के आपातकालीन विभाग के निकट आकर एम्ब्यूलेंस खड़ी रह गई। वार्ड ब्वाय कम स्ट्रेचर वियरर हाथ में '135' का मसाला मसल रहा था। एम्ब्यूलेंस के आने पर मानो यह सब सामान्य ही है, उसमें कोई फर्क ही नहीं आया। विडम्बना भी कैसी कि ईश्वर ऐसे व्यक्तियों को संवेदनाहीन बनाया हैं, जिनमें संवेदना की सर्वाधिक जरूरत होती है।

डॉ. गोरी एम्ब्यूलेंस से नीचे उतर पड़ी।

'स्ट्रेचर लाओ' गोरी ने उतरते ही तुरन्त आदेश दिया। परन्तु यहाँ सुननेवाला कौन था जो उसकी सुने? यूं तो गोरी अपनी मतलब कि 108 के एम्ब्यूलेंस में से भी स्ट्रेचर ला सकती थी। परन्तु ऐसा करने में केवल एक ही परेशानी थी, स्ट्रेचर वापस मिलने तक मरीज के पीछे-पीछे घूमने के लिए मजबूर होना पड़ता। जबकि यही स्ट्रेचर यदि सिविल का हो तो केवल मरीज सौंपने के फार्म में केज्युअल्टी मेडिकल ऑफिसर का हस्ताक्षर करवाकर छूट गये।

'9 नम्बर से केस निकलवाइये' वार्ड ब्वाय ने हॉस्पिटल कोरीडोर के बीचोबीच स्ट्रेचर रख अलका से कहा। बड़ी मुश्किल के बाद केस निकालकर वापस आने तक तो वार्ड ब्वाय रफूचक्कर हो गया था। इतने बड़े अस्पताल में उसे खोजे तो खोजे कहां? अलका खुद ही धीरे-धीरे स्ट्रेचर चलाकर वहाँ पहुँच गयी जहाँ कुछ डॉक्टर लाइन में खड़े मरीजों की जाँच कर रहे थे।

'ये बहन लाइन में.'..। कर्कश ध्वनि कान से टकराने लगी।

'हम सुबह साढ़े सात बजे से यहाँ खड़े हैं।'

इन सभी आवाजों को अनसुना कर अलका स्ट्रेचर लेकर डॉक्टर के पास पहुँच गयी।

इसे यहाँ कौन लाया।।' बॉयकट बालवाली डॉक्टर ने अन्य मरीज का बीपी जांचते समय स्ट्रेचर की ओर देखे बिना ही विरोध व्यक्त किया।

'मेडम मैं अलका त्रिवेदी... तुरन्त ही कोई कदम उठाओ... मेरे हस्बैन्ड को हार्टअटैक आया है। प्लीज...'

'कार्डियोग्राम निकलवाया है?'

'ना'

'तो फिर तुम्हें कैसे खबर पड़ी कि...?'

'बिना कार्डियोग्राम के ही डायग्नोसिस? नाउ वी कैन रिप्लेस अलका बहन इन्स्टेड ऑफ ऑल इ.सी.जी. मशीन्स। बॉयकट वाली डॉक्टर ने पलक मारते-मारते मजाक किया।

'इस आईसीसीयू के मरीज को यहाँ ओ.पी.डी. में कौन लाया।' एक सीनियर स्टेथोस्कॉप गोल-गोल घुमाते-घुमाते केस को फाइल करने के लिए खड़ा हुआ।

आई.सी.सी.यू. की खाट तक पहुँचते-पहुँचते तो चिराग लगभग अर्धमूर्छित हो गया था। फटाफट मोनीटर लगाया गया। शर्ट निकलवा कर लाल-पीले वायर उसके सीने पर चिपका दिया गया। सीनियर फीजिशियन बोलता जा रहा था और कोई कर्ली हेयर जूनियर लिखता जा रहा था।

'प्रजेंटेशन विद पाल्पीटेशन, पस्पीरेशन, वर्टिंगो...।

ग्रोस एस.टी. एलीवेशन इन लीड 2,3 ए.वी.एफ. विद इन्वर्टेड टी वेव इन... फाइनल डायग्नोसिस इज एक्यूट इन्फीरियर वाल मायोकार्डियल इन्फ्रारक्शन' तुरन्त ही सर अलका की ओर मुड़कर बोल उठे!! 'बहन तुम्हारे पति को दिल का बड़ा दौरा आया है। हम सम्भवत: सभी प्रयास कर रहे हैं।'

वहीं वह कर्लीहेयर अभी तक अनिश्चित हालत में कार्डियोग्राम देख रहा था। वह...बीच में ही बोल उठा! सर, हाउ कैन वी डिफरन्शीएट एल.बी.बी.बी. एण्ड आरबी.बी.बी' अलका से बात बीच में ही रोककर सर उसे इ.सी.जी. के बारे में समझाने लगे।

ट्रीटमेंट फटाफट शुरू हो गयी, अलग-अलग आदेश देकर डॉक्टर रवाना हो गये। उन आदेशों के अनुसार बोतल चढ़ाकर नर्सें भी चली गई। कुछ देर बाद अलका और बेहोश चिराग के अलावा रूम नम्बर सात बिल्कुल खाली हो गया।

*

चिराग चित सो गया था। उसके दोनों हाथ में बोतल चढ़ी हुई थी। बोतल पर चिपकाई गई सफेद पट्टी में 'एस.के. पढ़ा जा रहा था। अलका रोना चाहती थी। खूब रोना चाहती थी। यह पूरा हृदय खाली हो जाये तो ही अच्छा...। परन्तु छह वर्षीय छोटी श्लोका का विचार आते ही उसने मन मक्कम कर लिया। वहीं दरवाजा खुला।

'छह नम्बर के परिजन को मेट्रन ने बुलाया है।' किसी आया की कर्कश ध्वनि कमरे में गूंज उठी। यह सुनते ही अलका मेट्रन के पास पहुँच गयी।

तुम दवाइयाँ ले आयी?

'कैसी दवाइयाँ? मुझे तो किसी ने प्रिस्क्रिप्शन ही नहीं दिया था...।'

'झूठ मत बोलो, ऐसा हो ही नहीं सकता।

बाद में उस जूनियर नर्स को खरी खोटी सुना दिया...। ध्यान क्या रखती है तू? उसमें भी ऐसे क्रिटिकल पेशन्ट के लिए? जा दौड़... वह फिजिशियन चला जायेगा। जल्दी लिखा कर ला!!!

नर्स दौड़कर गयी और हांफते-हांफते हाथ में प्रिस्क्रिप्शन लेकर वापस आयी। मेंट्रन ने कॉट नम्बर छह का प्रिस्क्रिप्शन हाथों हाथ अलका को देते हुए चेतावनी दी।

देखना फिर मत खो देना। सामने ही मेडिकल स्टोर है। वहाँ से दवाइयां तुरन्त लेकर आओ। तुम भर्ती हुए तब जीवन बचाने के लिए हमारी जो दवाइयां उपयोग में आयी हैं, हमें उन्हें रिप्लेसमेंट लेना हैं। दवाइयां लेकर वापस आयी तब लंबी चौड़ी पढ़ी न जा सके ऐसे गड़बड़िया अक्षरों वाले बिल का, शुद्ध पढ़े जाने वाले अक्षरों में लिखा हुआ टोटल था... 12481 रुपये।

मेट्रन ने दवाइयां तो क्रमानुसार एक-एक कर ले लिया। अलका ने बात-बात में अपनी आर्थिक हालत की बात की तो जवाब में मेट्रन को थोड़ी सहानुभूति पैदा हुई। इसलिए उसने रास्ता बताया...। 'भारत के सभी हॉस्पिटलों में मरीजों के कल्याण के लिए 'रोगी कल्याण निधि' होता है। इसके लिए सरकार बड़ा फण्ड देती है। यदि आप आर.एम.ओ. से बात करें तो शायद दवाइयों का खर्च तो उसी से पूरा हो जायेगा।'

इससे तो डूबते हुए व्यक्ति को तिनके का सहारा मिल गया। हांलाकि आर.एम.ओ. तक पहुँचने में उन्हें आधा घंटा लग गया।

आर.एम.ओ. ने केस देखते हुए एक ही सवाल किया।

'बी.पी.एल. हो?

'मतलब'?

मतलब कि गरीबी की रेखा के नीचे हो? सफेद राशनकार्ड है?

'ना'?

'वी.आई.पी. हो'

'ना'

तो... सॉरी दवाइयां तो तुम्हें अपने पैसे से ही खरीदना है।

यूं कहा जाये तो हमारे पास भी कितने ही अधिकार हैं, किन्तु हमारी भी कुछ सीमाएं हैं। अलका सहम सी गयी। क्या गरीब या वी.आई.पी. न हो ऐसे व्यक्ति को देश में जीने का अधिकार है कि नहीं?!!

*

दूसरे दिन भी चिराग ने आँखें नहीं खोलीं। सुबह मिलने आये पड़ोसी ने कहा कि श्लोका पप्पा-मम्मी को याद करते-करते रोती है। हम कुछ भी करें तो भी खाना नहीं खाती। अब इतनी छोटी बेटी को समझाएं तो समझाएं किस तरह?

अलका स्वतः बोल उठी 'जब इस खोखले प्रशासन को कुछ समझाया नहीं जा सकता तो यह तो केवल छह वर्ष की बिल्कुल छोटी बच्ची है'!!

सुबह के 10 बजे से मॉनीटर में से बीप-बीप बढ़ता जा रहा था। जूनियर डॉक्टर दौड़ा-दौड़ी कर रहे थे। अलका को जानकारी तो हो गयी कि कुछ गंभीर है।

सिस्टर, छह नम्बर वेन्ट्रीक्यूलर टेकीकार्डिया में जा रहा है। सर को तुरन्त फोन करो। कर्ली घबराई आवाज में नर्स से कह रहा था। कुछ ही देर में रूम नम्बर छह के पास कर्ली और दो-तीन नर्स एकत्र हो गयीं।

सिस्टर यह डीफीब्रिलेटर क्यों नहीं चल रहा है?!!! कर्ली ने आवाज लगायी। 'इस प्रकार की पाँच मशीनें आई.सी.सी.यू. में बंद हैं। मैने तो छह महीने पहले ही लिखकर दे दिया है। अब मुझे क्या?!!' आई.सी.सी.यू. की मेट्रन ने इत्मिनान के साथ जवाब दिया।

सिस्टर वी.आई.पी. रूम का डीफेब शिफ्ट करवाऊं?!!

ना हां! सिविल सर्जन का स्पष्ट आदेश है कि वी.आई.पी. रूम की सभी मशीने रेडी होनी चाहिए। उन्हें कभी कहीं भी न ले जायें।'

वहीं किसी जूनियर नर्स ने सेंट्रल मोनीटर विभाग से 'आवाज लगाया देखो! छह नम्बर के मोनीटर में स्ट्रेट लाइन आ रही हैं!! छह नम्बर के मोनीटर की स्ट्रेट लाइन का अर्थ होता था...चिराग...!!

तुरन्त ही इन्ट्राकार्डियाक एड्रिनालीन 'पुश' किया गया। दुर्भाग्य से यह आखिरी कोशिश भी असफल रही। हालांकि अभी तक अलका को अधिकृत जानकारी नहीं हुई थी। कुछ देर बाद एक नर्स अलका के पास आयी।

'बहन, इसमें हस्ताक्षर कर दो।' अलका ने लिखा हुआ पढ़ा।

'मेरे पति की हालत अत्यन्त गंभीर है। मुझे डॉक्टर साहब ने अन्य अस्पताल में जाने की सलाह दी है। फिर भी मैं अपनी जिम्मेदारी पर इस अस्पताल में रहने तथा चिकित्सा के बारे में जो भी जरूरत हो उसकी पूर्ति के लिए तैयार हूँ। इस बीच मरीज को कुछ भी होगा तो हमारी निजी जिम्मेदारी होगी। यह पढ़कर अलका दुख और क्रोध से लाल हो गयी।

'चिकित्सा आप करें और जिम्मेदारी हमारी?

परन्तु बहन यह प्रोटोकोल है।

'और मैं दस्तखत न करूं तो...?'

'फिर सिविल सर्जन से मिलो...'। नर्स चली गयी। अलका सिविल सर्जन के पास गयी तो वे मिटिंग में गये थे। इसलिए मुलाकात संभव नहीं थी।

अलका जब वापस आयी तब छह नम्बर के रूम की गहमा गहमी शांत पड़ गयी थी। उसका मन स्वीकार करने के लिए तैयार नहीं था, परन्तु उसे इतना आभास तो हो गया कि कुछ गड़बड़ जरूर है।

'बहन...' एक सफेद गणवेश एवं 7250 रुपये निश्चित वेतन पानेवाले वार्ड ब्वाय ने मधुर शब्दों में कहा 'बहन' इससे बेहतर हैं 'मार्कोपोलो' में भर्ती हो जाइए। यहाँ तो आप जिंदगी खो बैठेंगी। 'मार्कोपोलो' हॉस्पिटल में मरे हुए मरीज के भी जिंदा हो उठने का उदाहरण है।' बहत्तरसौ पचास ने ऐन वक्त पर ही तीर मारा था।

(यूं भी ऐसे मरीजों से प्राप्त कमीशन ही उसके जीवन निर्वाह का साधन था। बाकी महीने में केवल 7250 रुपये में पूरा कैसे होगा?!!)

मार्कोपोलो देश के श्रेष्ठ अस्पतालों की चेन थी। देश के पैंतालिस शहरों में उसका विशाल नेटवर्क था। मरीज को रिफर करने के बदले उदार मुआवजा देना उसकी बिजनेस पॉलिसी थी।

'डॉ. वह छह नम्बर वाला पी.एम. तुम्हारे नसीब में आया?' कॉफी रूम में एक रूपवती डॉक्टर दूसरे डॉक्टर से यूं ही बात करते-करते पूछ रही थी।

'ना...ना... ये तो DAMA में गया। डिस्चार्ज अगेनस्ट मेडिकल एडवाइज, छुटकारा मिला, नहीं तो इन्वेस्ट पंचनामा करते-करते शाम हो जाती और पी.एम. करते-करते रात'।

डॉक्टर ने कॉफी में एक अतिरिक्त सुगर क्यूब डालते-डालते कहा।

चिराग को मार्कोपोलो हॉस्पिटल की वेन्टीलेटर वाली एम्ब्यूलेंस में ले जाते समय अलका ने नोट किया कि उसके हाथ-पाँव बिल्कुल ठंडे थे, और सांस भी बंद, फिर भी वह मान रही थी कि यदि कोई अनहोनी हुई हो तो अस्पताल वाले उसे बतायेंगे तो सही न!! उसे इस तरह एम्ब्यूलेंस में अन्यत्र थोड़े ले जायेंगे?!!

वह कुछ विचार करे, उसके पहले ही मार्कोपोलो एम्ब्यूलेंस की नर्स ने फटाफट दो-तीन मशीनें चालू कर दीं। चिराग के मुंह और नाक ढकते हुए ऑक्सिजन का मास्क भी सावधानी पूर्वक लगा दिया। ऑक्सिजन के सिलिंडर पर लगी मशीन पर बूड-बूड बुलबुला से अलका को अहसास हुआ कि अंदर तो सांस चालू होना चाहिए और रूपवती नर्स के आत्मविश्वास भरे स्मित से उसकी मान्यता और मजबूत हो गयी।

*

'मेडम पानी चाहिए'? स्वच्छ कपड़ा, पॉलिश किया हुआ जूता और टाई लगाये हुए पाँच सितारा होटल के वेटर की तरह सुन्दर लड़का ट्रे में पानी का ग्लास रख रहा था। एक नजर डालकर ट्रे से दो ग्लास 'चिल्ड' पानी गटगटा गयी। पेट और मन में थोड़ी ठंडक हुई। सचमुच सर्विस हो तो ऐसी...। कहाँ सिविल की गंदगी, लम्बी-लम्बी लाइने आठ और नौ नम्बर का त्रासदायी चक्कर और कहाँ 10 कि.मी. दूरी पर सौजन्यता से परिपूर्ण सेवाएं।

एक लड़की आकर उसे अच्छे, लाल मखमली सोफा पर बैठा कर चली गयी।

'कैसा है चिराग को...?

'मेडम नो नीड टू वरी एबाउट हिज हेल्थ' रूपहली मार्कोपोलो के यूनिफार्म धारण किए हुए लड़की सम्पूर्ण वातानुकूलित हॉस्पिटल की शांति भंग न हो इतने धीमे किन्तु स्पष्ट स्वर में कहा।

'यह जिम्मेदारी हमारी है।' सामने लगा हुआ बड़ा LCD अलका के लिए चालू करते-करते वह बोली। अलका को सांत्वना मिली, आखिर जिम्मेदारी लेनेवाला कोई मिला तो सही...!!

'मैं चिराग के साथ ही रहूं तो।'

ना वह तो अभी क्रिटिकल केयर यूनिट में है, और वहाँ तुम्हारा इंफेक्शन उसे लग जाये तो बड़ी परेशानी पैदा होगी।'

'परन्तु मैं तो बिल्कुल स्वस्थ हूं तो फिर कैसा इंफेक्शन?' अलका को कुछ भी समझ में नहीं आया।

'वातावरण के जंतु तुम्हारी सांस में होते हैं, तुम्हारे शरीर पर भी होते हैं।

स्वस्थ व्यक्ति उसका प्रतिकार कर सकता है, जबकि मरीज के लिए वही जन्तु खतरनाक साबित हो सकते हैं। परन्तु इसके लिए निश्चित रहें कि तुम्हारी तुलना में कहीं अधिक सेवा सुश्रूषा यहां होगी। यहां देश की किसी भी हॉस्पिटल से श्रेष्ठ चिकित्सा है।'

यह रूपहली लड़की इतनी मधुर आवाज में बोल रही थी कि किसी का भी दिल जीत ले।

'तुम्हें डिपोजिट जमा करवाना पड़ेगा।'

'कितना?'

'नब्बे हजार रुपये।'

'क्यों इतना अधिक?'

आश्चर्य की बात तो यह थी कि अलका को नब्बे हजार रुपये अधिक तो लगा, परन्तु सिविल हॉस्पिटल के बारह हजार रुपये से अधिक नहीं। इसका रहस्य यह था कि वह इस वातावरण से इतना अभिभूत हो गयी थी कि उसे एहसास हुआ कि इतनी बेहतर सेवा के लिए तो इतनी कीमत अदा ही करना पड़ेगा न।

यह नियम है मेडम, यह डिपोजिट रिफंडेबल है, बढ़ेगा तो हम वापस करेंगे।

'बढ़ेगा तो' वाक्य में इतना रहस्य था बिचारी अलका को क्या मालूम?'

'यह यूजर्स चार्ज की सूची है।'

अलका ने सूची पढ़ लिया...। रूम चार्ज एक हजार, डॉक्टर की विजिट पाँच सौ, नर्सिंग चार्ज दो सौ पचास...।' अलका को लगा कि यूं तो कोई ज्यादा नहीं है। कुछेक बैंक से कुछेक घर से...। पैसों की तत्काल व्यवस्था तो यूं समझ लो हो गयी।

दो दिन बीत गया, श्लोका का मुंह देखे हुए...। क्या करती होगी? रोती होगी? यूं तो मीना बहन अच्छी हैं फिर भी माँ की याद तो इतनी छोटी गुड़िया को आये बिना रहे ही ना? एक ओर चिराग और एक ओर श्लोका, मानो अलका के एक दिल के दो टुकड़े, और बड़ा दुख तो इसका है कि चयन किसी एक का ही करना है।

आज सुबह अलका ने जब चिराग को देखने की जिद पकड़ ली तब बड़ी मुश्किल से स्टरीलाइज्ड कैप, गाउन एवं शू-कैप पहनाकर अलका को एक छोटी शीशे की खिड़की से चिराग को देखने का मौका मिला। अगल-बगल अनेक मशीनें लगी हुई थीं। गले में छेदकर नली फिट की गयी थी। प्रति चार-पाँच सेकण्ड में सीना ऊँचा-नीचा हो जाता था। दूसरी एक मशीन में खून जैसा तरल पदार्थ सतत घूमते हुए लगा।

'मेरा चिराग जी तो रहा है...। अलका आश्वस्त हो गयी।

'मेडम, मरीज के ब्रेन में खून नहीं पहुंचता। कई नलियां ब्लॉक हो गयी हैं। सर्जरी की तत्काल जरूरत है। दो लाख पैतालिस हजार रुपये जमा करवाना होगा। सुनना दुष्कर था। फिर भी अलका ने निर्णय किया कि चिराग एक बार ठीक तो हो जाए। यूं भी व्यक्ति की तुलना में पैसा कहीं अधिक है?!!

कुछ भी करके यह डिपोजिट भी अदा कर दी गई।

जब अलका ने हॉस्पिटल के बाहर कदम रखा तब तक चार लाख रुपये खर्च हो चुके थे। फिर भी वेन्टीलेटर की सहायता से ऊपर-नीचे हो रहा चिराग का सीना उसे आश्वस्त कर रहा था कि कल सब कुछ अच्छा हो जायेगा।

वह रिक्शा से सीधे ही मीना बहन के घर उतरी। श्लोका गुमसुम झूला झूल रही थी। उसने दौड़कर श्लोका को गोद में उठा लिया। उसे चुम्बन से तरबतर कर दिया।

श्लोका ने सीधा सवाल किया मम्मी, पप्पा कहाँ गये?!! अलका ने अभी तक रोक रखे आंसुओं के बाँध एक साथ ही टूट गये।

कुछ देर के बाद अलका ने तय किया कि आज कुछ भी करके श्लोका को उसके पप्पा के पास ले जाना है। वह पप्पा... जिनके दोनों कंधों पर पैर रख नन्हीं श्लोका सिर को तबला समझकर बजाती थी। वह पप्पा... जिसके बिना श्लोका कभी अकेले खाना नही खाती थी। वह पप्पा... जिनकी कहानी

सुने बिना श्लोका को नींद नहीं आती। वह पप्पा जिनके साथ खेलते-खेलते छत्तीस से सीधे छह वर्ष के हो जाते वह पप्पा... कुछ भी करके दिखाना है।

रिक्शा में श्लोका एवं अलका रवाना हुई। वहीं रास्ते में नीतिन भाई का फोन आया। अपनी अनुपस्थिति में अलका पड़ोसी नीतिन भाई को चिराग की देखभाल के लिए अस्पताल में छोड़कर आयी थी।

अलका बहन, शीघ्र ही अस्पताल आ जाइए...।' नीतिन भाई बोलते-बोलते हिचकिचा रहे थे।

'आखिरकार ईश्वर की मरजी के आगे अपना कुछ चलता है? आप श्लोका को संभालना और सुनो... डॉक्टर ने कहा है कि आखिर में दो बड़ी सर्जरी करनी पड़ी थी, जिसके लिए दूसरा साढ़े तीन लाख...। और तभी डेड बॉडी का कब्जा...।'

अलका के हाथ से मोबाइल नीचे गिर गया। अलका की पेशानी पर पसीना होने लगा। जान घबराने लगी, दिल पर मानो किसी ने बड़ा वजन रख दिया हो या कांटा सा चुभने लगा। गरदन और बायें कंधे पर असहनीय पीड़ा होने लगी...। धड़ाम कर वह रिक्शा में गिर गई। रिक्शावाले ने तुरन्त रिक्शा खड़म कर दिया।

श्लोका से पूछा: 'बेटा, तुम्हारे पास किसी का फोन नम्बर है।' छह वर्ष की श्लोका एकटक देखती रही।

कुछ ही देर में लोगों का समूह एकत्र हो गया।

भीड़ में से किसी ने कहा, अरे...सब देख क्या रहे हो? फोन करो... फौरन... फौरन... फटाफट 108 को।

3. दहशत

इस संसार में संबंध तो बहुत से होते हैं। भाई-बहन का संबंध, पति-पत्नी का संबंध, सास-बहू का संबंध और ऐसे तो अनेक...।
तुम जब बिल्कुल अकेले अपने साथ बात करते हो तब तुम्हारे साथ जुड़ा किसी भी व्यक्ति या किसी भी संबंध का सही चित्रण ही मन में विचारते हो, ऐसा मानते हो तो यह गलत है।
तो फिर सच क्या?
इसकी कहाँ किसी को खबर है?

चंदन बा अब नहीं रहीं...। अस्सी वर्ष की उम्र में, यूं तो गया, किसी को अभी तक कहां कैसे जा सकता है, परन्तु तुम्हे मुझ पर...। इस सुलोचना पर विश्वास हो तो यह निश्चित मानो कि... गया। इसके सामने छह फुट बाय तीन फुट की खाट में चंदन बा मानो सो गई हैं, ऐसा दिखता है, परन्तु हकीकत यह है कि वे सोयी नहीं है। परन्तु... भगवान के धाम चली गयी हैं। विश्वास न हो तो जरा पांच मिनट इंतजार करें। अभी हमारे 'ए' डॉक्टर को लेकर आ ही रहे होंगे।

दुख?... दुख तो होगा ही, एक ही लड़के की बहू को दुख क्यों न हो? परन्तु जहाँ उम्र ही हो गयी हो वहाँ अब मेरा क्या चलेगा?!!

लोग कहते हैं कि मां भरापूरा परिवार या हरी भरी फुलवारी छोड़कर गयी हैं, ऐसा कहा जा सकता है? खबर नहीं... जो मानना है माने...। एक मैं, एक मेरे 'वे' और हमारे दो...। बड़ा केतू और छोटी भनी, केतू बारहवीं साइंस में और छोटी भनी पाँचवीं में, आमदनी सीमित परन्तु ठाठ के साथ। कभी इच्छा हो एकाध पिक्चर भी देख लेना तो देख ही लेना। उन्हें समय न मिले, भनी आये, केतू आये न आये, ऐसा ही। घर में बैठे-बैठे झगड़ा करें...। झगड़ा करें तो करें। हम कहाँ कोई गलत खर्च करते हैं...। यदि इस तरह गलत खर्च किया होता तो मुंबई में इतने वर्षों से रह सकते थे? मैं तो पहले से ही मितव्ययी हूँ। मुझे ऐसा कि दो पैसा बचेगा तो आगे चलकर अपने ही काम आयेगा।

इस घर के बीच माँ का शरीर पड़ा है। मेरे 'वे' मुझे अकेली छोड़कर डॉक्टर को लेने गये तो भले गये। मुझे डर नहीं लगता। मैने कहा अन्य लोगों की बहुओं की तरह उन्हें जीते जी परेशान किया कि अब हमें डरना पड़े!!

हाँ...इसीलिए मितव्ययी जीव की थोड़ी-बहुत बचत थी। इसीलिए यह छोटा तो छोटा, फ्लैट ले लिया गया। चौथी मंजिल पर चौव्वन वर्गमीटर का निर्माण कार्य। छोटा कमरा और छोटा रसोईघर, शौच-स्नानागार और गैलरी।

गैलरी... बैठने के उपयोग मे लें या कपड़ा भी सुखायें तो भी...। मैं और भनी रसोई घर में सोते हैं, और 'वे' तथा केतू बैठक वाले कमरे में, गैलरी में तो सो नहीं सकते। यूं तो उपयोग के लिए हमारी, आने-जाने के लिए कॉमन। सीढ़ी की ओर जानेवाला रास्ता गैलरी से होकर गुजरता है, कॉमन है इसलिए हम किसी को मना कर सकते हैं?

और उसमें भी साथ में माँ...। माँ को बैठक वाले कमरे में ही सोना अच्छा लगता, और वह भी पट्टा वाले खाट में ही। उनके लिए तो सीधे गाँव से हाथ से बिनाई की गई पट्टी मंगवा दूं। उसी पट्टी से भरे हुए खाट में सोना। अब आप ही कहो पंद्रह बाय बीस फुट के कमरे में चार बाय तीन फुट की बड़ी खाट रखना, उसके बाद बचे कितनी जगह? उसमें भी कबाट, टीवी, और फोल बीडिंग के लिए सिलाई मशीन तो रखना ही है।

मैने तो माँ से कई बार कहा, इससे तो अच्छा है छोटा सोफा या ऐसा ही कुछ हो तो दिन में सब को बैठने के लिए और रात को तुम्हें सोने के काम में आये, अरे!! रात को 'वे' थके-हारे घर आयें तो जरा आराम के साथ टी.वी. भी देख सकें लेकिन चंदनबा किसका नाम?!! माँ अपनी बात पर अड़ी रहतीं। टस से मस नहीं होतीं। 'ना...ना... भैसाब हमें ऐसे प्लास्टिक में नींद नहीं आती।' इनके लिए सोफा प्लास्टिक, अरे? भाई कोई मेहमान आये तो ठीक-ठाक तो दिखना चाहिए न, परन्तु मां को कहाँ किसी की चिंता...। वे तो सुबह से शाम तक सामने वाले कॉमन प्लॉट पर बने मंदिर के चौपाल पर हाथ में माला लिए हुए अन्य लोगों के साथ गपबाजी में ही मशगूल रहतीं। पता नहीं इन दादियों को मंदिर के चौपाल से इतना लगाव क्यों रहता हैं?!! इतनी अच्छी और संस्कारी बहू भगवान ने दी है तो कभी ऐसा लगता है कि कुछ समय उसके साथ अच्छी-अच्छी बातें करें। परन्तु बात करना हो तो बगलवाली कंचन काकी के घर जायें। यह कंचन काकी का बैठकवाला कमरा तो देखो, है कहीं यहाँ इतनी लंबी-चौड़ी खाट?!!

जाने भी दो...। अठ्ठारहवीं सदी की चंदनबा के सामने सिर टकराने से भी कुछ नहीं होगा। शाम को हमारे 'वे' घर आयें तब मन की आवेग निकाल देती हूँ। एक बार तो सबकुछ सुन भी लें, लेकिन आखिर बेटे किसके? पूरी जिंदगी इतनी मेहनत कर थक जायें तो भी आखिर में समर्थन तो अपनी माँ का ही करेंगे...। मुझे धीरे से अपने पास बैठाकर कहें...। देख? सुली... (मुझे तो खबर है न... यह सब प्यार का दिखावा...चापलूसी, मैं कोई छोटी बच्ची थोड़ी हूँ कि न समझ सकूं?!! मुझसे फिर कहें...देख सुली..माँ ने पूरी जिंदगी हमारे लिए क्या-क्या नहीं किया, इसकी तो तुझे भी कहाँ खबर नहीं। ये न हों तो हम मुंबई में स्थायी हो सकते?!! याद कर, फ्लैट को खरीदने के लिए माँ ने आधी रात को उनके सभी जेवरात बेच दिये थे। उस दिन उनके रुपयों का सहारा न मिलता तो कापड़िया तो यह फ्लैट खरीदने के लिए तैयार ही था। यदि ऐसा हुआ होता तो वह आज इस फ्लैट का मालिक होता, और हम यहाँ इतने कम वेतन में किराया दे रहे होते किराया...!!

लो, कर लो बात। अपने बच्चों के लिए नहीं करें तो किसके लिए करेंगी?!! मैं भी प्रत्येक शनिवार को सुबह साढ़े पाँच बजे उठकर केतू और भनी का नाश्ता का डिब्बा तैयार करती हूँ तो मैं सब को कहती फिरूं?!! ढिंढोरा पीटू?!!

फिर भी... कुछ देर के लिए तुम्हारी बात मान लें कि माँ ने मदद की। तो मैं भी कहाँ माँ को गलत कह रही हूँ। मुझे तो बस, इतना कहना है कि उमर होने के बाद हमें सबकुछ अपनी इच्छा के अनुरूप करने के बदले कुछ दूसरों की अनुकूलता के लिए भी करें...। दूसरा क्या?!!

अभी तो मानो सब कुछ ठीक है, परन्तु अभी तक माँ जिंदा थीं तो भी हमें कहाँ कोई अड़चन थी!!

आज सुबह एक तो शनिवार, बच्चों की सुबह की स्कूल, बड़ी मुश्किल से तैयार कर साढ़े छह के बस में भेजा, और मैं उनका टिफिन तैयार करने लगी। इतने में माँ खाट में से ही चिल्लाने लगीं, 'सुलोचना...जरा पानी देना, आज मुझे ठीक नहीं लग रहा है।' मुझे ताजुब हुआ कि आजतक किसी दिन भी नहीं और आज माँ ने मुझसे पानी क्यों मांगा होगा? मैं माँ को निकट से देखने आयी...। ऐसा लगा माँ फिर से सो गयी हैं...। मैने उन्हें झिंझोडा माँ... माँ... परन्तु अंदर कुछ हो तो बोले न...। वे भी मेरा रोना सुनकर नहाते-नहाते

तौलिया लपेटकर दौड़ते हुए आये... और तुरन्त कह उठे... सुलोचना... लग रहा है माँ बेहोश हो गयी हैं...। मैं डॉक्टर को फौरन बुलाकर ला रहा हूँ।'

मेरा तो कहना था कि रहने दो... रहने दो... फिजूल मेहनत मत करो। बेहोश हुई हों तो आखिरकार कुछ सांस तो चलती रहेगी न...। उम्र तो अपना काम करेगी...। डॉक्टर आकर बीमार व्यक्ति को ज्यादा से ज्यादा ठीक कर सकता है। किसी मरे हुए मुर्दे में प्राण थोड़ी फूंक सकता है!

परन्तु...जाने दो...मुझे कुछ नहीं कहना है...। मैं बोलती हूँ, इसीलिए सबको बुरी लगती हूँ। मुझे क्या? अच्छा है, इस समय केतू या भानी नहीं है, अन्यथा यह सब देखकर बाल मानस में विपरीत असर पड़ेगा।

केतू को बारहवीं साइंस है। बारहवीं साइंस का अर्थ काफी मेहनत, बोर्ड और नीट दोनों की पढ़ाई करना है।

पूरा गाँव लड़कों से पढ़ाई करवाता है मैं क्यों पीछे रहूँ? यूं तो लड़का है वही पढ़ाई में भी होशियार है...। परन्तु पढ़ाई करने के लिए भी घर में जगह तो होनी चाहिए। बड़ी मुश्किल से पढ़ने बैठते, यूं कहें तो एक ही कमरा, उसमें भी सभी लोगों का आवागमन। किसी का भी पढ़ाई में मन न लगे। मुझसे कहता है: 'मम्मी मेरे लिए एक छोटा सा स्टडी टेबल हो तो अच्छा...। मेरी किताबें भी व्यवस्थित पड़ी रहें, और स्टडी टेबल पर लैम्प रखकर रात को पढ़ाई करना हो तो भी पढ़ाई हो सके। भाई तुम्हारी बात शत प्रतिशत सच, कल ला दें तुम्हारे लिए टेबल...। परन्तु उसे रखना कहाँ? तेरी माँ के सिर पर? इस पंद्रह बाय बीस की कोठरी में एक ओर टीवी, कबाट, सिलाई मशीन, कुर्सी और आधी कोठरी में पड़ी लम्बी-चौड़ी खाट अब तू ही बता.. यह तेरा स्टडी टेबल मुझे रखना कहाँ है?

हालांकि, अब कल से फरक पड़ेगा। अभी कहाँ बहुत समय बीत गया है। बारहवीं की परीक्षा में अभी आठ महीना बाकी है। तुम्हारी भी व्यवस्था हो जाएगी।

अब देखो, माँ न हों तो फिर बिना वजह खाट की क्या जरूरत? यूं भी ऐसी पुरानी कबाड़ कहाँ तक इस छोटी कोठरी में गाड़ रखना...। जगह हो जाएगी तो सुन्दर सुघड़ स्टडी टेबल रख दिया जायेगा। केतू की बारहवीं कक्षा पूरी होने पर यही स्टडी टेबल भनी को उपयोग करना हो तो भले करे, अन्यथा उसकी पिछली दीवार पर लम्बा आयना लगवाकर स्टडी टेबल को मैं मेरा ड्रेसिंग टेबल बना डालूंगी। क्यों भई... पूरी जिंदगी हमें बस दुख ही

सहन करते रहना? कम उम्र में शादी के बाद बच्चों की जिम्मेदारियाँ...। हमारा भी कोई शौक है या नहीं? इस स्टडी टेबल के तहखाने काफी बड़े-बड़े होते हैं, एक में बोरिया, बक्कल, कंघी, पिन पड़ी रहें, और दूसरे में मेकप बॉक्स, लिपस्टिक, नेलपॉलिश और इसी तरह की वस्तुएँ।

अरे ये तो माँ के मुँह के पास मक्खियां भिनभिनाने लगी हैं...। जरा चेहरे पर कपड़ा ढक दूँ। डॉक्टर आकर अधिकारिक घोषणा करे... बाद में गंगाजल तो घर में ही पड़ा है। जीवी मौसी यात्रा पर गयी थी, वे हरिद्वार से गंगाजल की शीशियाँ ले आयी थी। उनमें से एक शीशी हमें भी दी है। ऊपर अल्यूमिनियम के पतरे की सीलवाली, अब जरूरत पड़ेगी तोड़ डालेंगे। यूं भी माँ से बढ़कर क्या है। मुँह में रखने के लिए तुलसी तो पांचवी मंजिल पर रहने के लिए नया आया है उसके घर बड़ा पौधा है। ले आयेंगे। अब दो पत्ते लेने के लिए पूछने की भी क्या जरूरत है?

वे अभी डॉक्टर को लेकर क्यों नहीं आये? चलो, माँ के पास घी का दिया तो जलाऊँ। महाराज कहते थे कि मृतक के पास घी का दीपक रखने से उसकी आत्मा को सद्गति होती है, और वह आत्मा फिर इस सृष्टि के चक्कर में वापस नहीं आता। तो फिर दिया जला दूँ?!! कुछ भी हो माँ अपनी हैं, परन्तु 'वे' डॉक्टर को लेकर आये और माँ के पास जलता हुआ घी का दिया देख लें तो मुझे अकारण ही धमकायेंगे। 'तुम्हें जरा भी शर्म है? मैं माँ को ठीक करने के लिए डॉक्टर को लेकर आया हूँ और तू है कि अमंगल पर बैठ गयी, तू कोई डॉक्टर थोड़ी है? तुम्हें किस तरह खबर हुई कि माँ...। जाने दो... मुझे क्या... समय, समय का काम करे और उम्र, उम्र का काम करे। मरने वाला मरे और मेरा नाम खराब हो। मैं क्यों निमित बनू। इससे तो अच्छा है यहीं गैलरी में ही खड़ी रहूँ।

वे एक तो दूर गये होंगे...। डॉक्टर भंडारकर को लेने मुझे तो खबर ही है न... अपने आस-पास डॉक्टरों की कहाँ कमी है? बगल में ही डॉक्टर हैं। वो प्रवीण झोलाछाप हैं। अरे...एक-एक की गिनती करें तो बहुत हैं। वह भी रास्ते में!! परन्तु उनसे पूछा होता तो कहते... ना...ना... वे सभी तो बी.एस. एम. हैं। उन्हें गंभीर मामलों की जानकारी नहीं होती। मैं तो अच्छे से अच्छा डॉक्टर भंडारकर को ही लाउँगा।

लाइये भाई लाइये... मरे हुए मामले में सरल क्या और कठिन क्या। जिसे लाना है लाइये...। हमारी ना कहाँ हैं। पूरे गाँव के डॉक्टरों को लेकर

आइये...। जहाँ आयु ही समाप्त हो गयी हो वहाँ तुम्हारे भंडारकर भी आकर क्या करेंगे?

देखो... वे सामने ही आते दिखाई दे रहे हैं। उनके साथ वह मोटा भंडारकर ही है।

मुझे तो खबर ही थी, बगलवाली शीला कह रही थी कि दुनिया भर के डॉक्टर देख लिये, परन्तु भंडारकर की तुलना में एक भी नहीं। बगल में नवीन के पापा सेवंतीलाल गुजर गये थे। गुजर गये अर्थात् गये। हिलना डुलना बंद था। सांस बंद, नाडी बंद...। भंडारकर ने आकर सीधा ही एक इंजेक्शन लगाया, और पाँच मिनट में ही पापा उठकर बैठ गये... और कहा 'सब लोग क्यों एकत्र हुए? तब देखनेवालों ने मुंह में अंगुली डाल ली।

भंडारकर डॉक्टर तो जादूगर हैं जादूगर...। वे भले मुंहमांगी फीस लेते हैं, परन्तु हाथ लगाकर मरे हुए मुर्दे को भी जिंदा कर देते हैं। आज हमारे घर भी... हाय हाय... शायद?

4. वासना

आशा और अरमान से शुरू हुई इच्छाएं कितने ही अलग-अलग स्वरूप धारण करती हैं। दूसरों के लिए तुच्छ लगनेवाली इच्छाएं भी वर्षों तक दिल को जलाती रहती हैं।

बाहर से शांत दिखने वाला मानव आंतरिक रूप से बड़ी अतृप्त इच्छाओं का जलता हुआ लावा लिए बैठा होता है। अतृप्तता की अग्नि उसे कब तक जलाएगी? आजीवन यानी आमरण या फिर...।

रिटायर्ड डिप्टी कलेक्टर मनसुखराय एक बड़ी समस्या के शिकार थे। तीन कमरों वाले मकान के मुख्य कमरे की पिछली खिड़की श्मशान की ओर थी।

हम सोसायटीवालों को मुकदमा कर देना चाहिए मुकदमा। इस प्रकार इस रेसीडेंसियल इलाके के पास ये लोग मुर्दा जलाने की स्वीकृति दे ही कैसे सकते हैं? मनसुखराय ने सोसायटी के नाके पर जाकर चार-पाँच बेंच पर बैठे बुजुर्गों के सामने दिल की भड़ास निकाल दी।

परन्तु मनसुखराय हम कर ही क्या सकते हैं? हमारी मालिकी सोसायटी तक है, इससे इंकार नहीं, परन्तु पूरे गाँव में हमारा अधिकार थोड़ी है? म्यूनिसिपालिटी ने जमीन दिया तो दिया...। जीवन में अच्छा अवसर आता है, उसी तरह बुरा प्रसंग भी आता ही है। हमारे ही काम आयेगा। चबूतरे पर बैठे हुए पचहत्तर वर्ष के सुंदरलाल ने हंसते-हंसते कहा।

'उस समय की बात उस समय..। परन्तु हमें तो प्रतिदिन जलते हुए मुर्दे देखना...। घर के कमरे से।'

देखिए मनसुखराय, श्मशान निकट है यह सच है, परन्तु अपनी सोसायटी की बाउन्ड्री से एक हजार मीटर दूर है। इसलिए हम कानूनन कुछ नहीं कर सकते। रही बात मुर्दो को जलाने की, तो अब श्मशान में गैस चैम्बर प्लांट लगा दिया गया है। इसलिए मुर्दों को लकड़ी से अग्निदाह केवल अपवादरूप बातों में ही होगा, वकील कापड़िया काका ने कहा।

यूं भी मनसुखराय, हमारी सोसायटी शहर में पुरानी से पुरानी सोसायटी और इस श्मशान दोनों को दस-बारह वर्ष तो हुए ही होंगे। आपको अचानक आज श्मशान विरोधी आंदोलन का ख्याल आया? सोसायटी के अध्यक्ष कनूभाई ने कह डाला।

'जाने दो! आप सबके साथ बात करने का कोई मतलब नहीं।' कहकर मनसुखराय नाक सिकोड़ते हुए मन में ही बड़बड़ाते हुए चलने लगे...फूटे हुए हैं... सभी फूटे हुए हैं। सरकार से रुपये दबाये होंगे, बाकी ऐसा तो कहीं होता है? खिड़की खोलें तो सामने श्मशान ही दिखाई दे...। ना कोई बाउन्ड्री, न कोट ना कोई पर्दा। अपने बैठक कक्ष से सीधे जलता हुआ मुर्दा देखना। इन सब पर तो कोर्ट में मुकदमा कर देना चाहिए मुकदमा।

इस तरफ मनसुखराय आँखों से ओझल हुए कि बुजुर्गों की संगोष्ठी में मनसुखराय की ही चर्चा होती रही।

'मनसुख को अचानक यह किसका भूत सवार हो गया।'

कभी ऐसा हो सकता है कि रात में भूल से श्मशान की तरफ वाली खिड़की खुली रह गयी हो और कुछ अनरगल दिखाई दिया हो...!!

'वह खुद ही भूत जैसा है... उसे भूत कहाँ से दिखेगा!!'

'भूत जैसा मतलब, शरीर भले जिंदा है परन्तु दुनिया में कोई पहचानने वाला है? किसी से संबंध है? यहाँ रहे या ऊपर रहे, मनसुखराय की परिस्थिति तो दोनों तरफ एक समान है। बिल्कुल अकेला जीव न कोई घर में और न कोई बाहर। दोनों टाइम वीशी में से टिफिन आ जाता है। भोजन करने के बाद पूरा दिन गाँव में बिना मतलब ही चक्कर लगाता रहता है। ज्यादातर तो वह कहीं खड़ा भी नहीं रहता। लोगों के साथ संबंध भी एक दम नपातुला। कहीं कोई दूर अमेरिका की बात करता हो वहाँ भी तुरन्त पहुँच जाता है, भाई लड़का गया तो गया। हमारे सभी लड़के यहीं के यहीं है तो भी...इसे तो चला लेना पड़ता है, और समय आने पर सबकुछ छोड़ना भी पड़ता है। यही तो इस बुढ़ापे की जिंदगी की मौज है। यह एक मनसुख ही है जिसकी दीवार पर 'डिप्टी कलेक्टर' की तख्ती अभी भी लगी हुई है, और वही डिप्टी कलेक्टर शायद उसके अंदर मंडराता रहता है, और इसीलिए पूरे गाँव का चक्कर काटता रहता है। हर किसी के साथ, किसी न किसी काम में मनमुटाव होता ही है। खबर नहीं एक जमाने में ऐसा व्यक्ति सरकार की नौकरी किस तरह करता होगा? वहीं सरकार मस्तिष्क विहीन ऐसे लोगों

की इतना अधिक पेंशन देती है। फिर कहते हैं कि देश दिवालिया हो गया तो हो ही जाएगा न! मनसुखराय के बिल्कुल पास की दीवार वाले पड़ोसी सम्पत ने लम्बा लेक्चर दे दिया।

सम्पत और मनसुखराय के बीच मनमेल नहीं था, और हो भी कैसे? कंघी में आया बाल का गुच्छा भी उड़ता हुआ गलती से मनसुखराय के बरामदे में चला जाये तो मनसुखराय पूरी सोसायटी को सिर पर उठा लेते।

'ऐ सम्पत...तेरे घर से बालों की लटें उड़-उड़ कर आ रही हैं। आकर उठा ले तेरी यह गंदगी, नहीं तो मुकदमा कर दूंगा मुकदमा, बाहर आकर बड़बड़ाते रहते।

संपत की बहू लक्ष्मी झगड़ा बचाने के लिए झाडू और सूपड़ी लेकर तुरन्त पहुँच जाती, और बाल के छोटे गुच्छे को उठा लेती। एकाकी जीवन गुजार रहे मनसुख का स्वभाव ही ऐसा गर्म हो गया था कि सम्पत का मोन्टू उसके बरामदे से सटाकर अपनी साइकिल भी नहीं रखता था।

इस प्रकार हमेशा त्राहित पड़ोसी सम्पत को आज मौका मिल गया था। उसने आज मौका पाकर दिल की भड़ास निकाल दी। इस मनसुख को कहाँ खबर है कि जब उसे इस श्मशान गृह की जरूरत पड़ेगी कौन आयेगा? भूतभाई? ऐसे अकेले भूत को तो खुद ही चलते-चलते श्मशान गृह में जाकर सो जाना चाहिए, और गैस चैम्बर की स्विच स्वयं ऑन कर देनी चाहिए।

तुम भी क्या सम्पतलाल, मनसुख है अकेला और अब दुःखी जीव। मैंने उसे उसके अच्छे दिनों में पन्द्रह-पन्द्रह घंटे काम करते देखा है। ऐसा भी समय देखा है कि उसे मिलना हो तुम्हें चिट्ठी भेजना पड़े, और आधा घंटा बैठने की तैयारी भी रखनी पड़े। तब वह थोड़ा-बहुत अच्छा भी था, अभी है ऐसा तामसी स्वभाव का नहीं था। परन्तु यह तो समय-समय की बात है। बाकी सम्पतलाल जीवन और मृत्यु तो ऊपर वाले के हाथ में है। परन्तु मेरा तो तुम्हें केवल इतना ही कहना है कि बिना कारण के अमंगल बोलकर अपनी वाणी को अपवित्र क्यों करे? अंत में सोसायटी के अध्यक्ष ने जरा ऊँची आवाज में बोलकर शांति स्थापित कर दी।

मनसुखराय...मनसुखराय एक तो अकेला व्यक्ति और उसमें भी दुखी। यहाँ मनसुखराय का कोई नहीं है। इकलौते पुत्र देवल को पूरी पूंजी लगाकर अमेरिका भेजा। वहाँ अमेरिका का ठाट-बाट उसके इकलौते पुत्र को निगल गया। बाप द्वारा भेजी केलिफोर्निया के पते वाली चिठ्ठियाँ 'नॉट रिसीव्ड'

की मोहर के साथ महीने में वापस आ जातीं। उसके बाद तो पत्र लिखने का भी कोई विशेष अर्थ नहीं था।

दूसरों के द्वारा खबर मिलती रही कि देवल केलिफोर्निया में ही रहता है। गोरी के साथ विवाह कर लिया है। एक पुत्र है, मजा कर रहा है।

बगलवाली सोसायटी से पटेल काका का निकुंज केलिफोर्निया जा रहा था। तब मनसुखराय पूरी जिंदगी में नहीं थे, उतने सीधे और सरल बनकर उसे एयरपोर्ट तक छोड़ने गये।

देखना बेटा...संभलकर जाना। वहाँ पहुँचकर सबसे पहले अपने पिता पटेल को फोन करना। तुम्हें तो खबर है कि मेरा बेटा देवल केलिफार्निया में ही है, और याद है न! देवल से भेंट होगी तो कहना कि...।

हाँ, काका... मुझे याद ही है कि देवल से भेंट होगी तो क्या कहना है?' बेचारा निकुंज...बेचारा निकुंज भूल भी कैसे सकता है? उसका जबसे केलिफार्निया जाना निश्चित हुआ तब से अभी तक तो कम से कम पचास बार मनसुख काका कह चुके हैं कि... देवल मिले तो क्या कहना है?!!

निकुंज को भेजकर वापस आने के बाद मनसुखराय विचारते, पुत्र निकुंज भले मजा करे... खूब मजा करे, परन्तु सगे बाप को याद तो करना ही चाहिए। बात किए हुए दस-दस वर्ष व्यतीत हो गये। ऐसा तो कहीं चलता होगा? शादी कर लिया, फिर भी मुझे नहीं बताया? भले भाई भले, हमने माफ किया...। परन्तु पुत्र का जन्म हो तब तो मुझे याद करना चाहिए न...।

अमेरिका की गोरी महिलायें आवारा पशुओं की तरह भटकती रहती हैं। इसमें इतना सुन्दर लड़का वह भी इंजीनियर, उसे अपने मायाजाल में लपेटते देर कितनी? और मैं तो कहूँगा कि उसने जो भी किया हो, मुझे क्यों न बुलाये?!! मैने उसका क्या बिगाड़ा है? उसे जाना था, तब प्रोविडन्ट की रकम निकालकर दे दी थी। अब उसे मुझसे दो बात करने का भी समय नहीं है!! दूसरा कोई हो तो... नालायक पर मुकदमा ठोक दूँ, परन्तु...।

मनसुखराय की किसी भी बात का अंत 'मुकदमा ठोक देने' से आता। पुत्र को देखने मिलने की इच्छा तो दिन प्रतिदिन होती थी। सतत होती ही रहती...। रोज-रोज अतृप्त रहती। दूसरे दिन वही इच्छा और मजबूत होकर प्रहार करती। पुत्र को मिलने की अतृप्त इच्छा ने उनका स्वभाव चिड़चिड़ा कर दिया था। इसीलिए छोटी सी बात से लेकर श्मशान तक की किसी भी बात में वे किसी को भी अपने लपेटे में ले लेते थे।

*

यूं देखा जाये तो श्मशान का त्रासदायक लगना स्वाभाविक भी था। बाहर भले जो कुछ भी कहते फिरें, परन्तु सच तो यह था कि बैठक कक्ष की पिछली खिड़की इसीलिए वे गत सात वर्ष से कभी खोलते ही नहीं थे। तकरीबन सात वर्ष पहले एक घटना हो गयी थी। शव पर डाला गया सफेद कपड़ा शायद उड़ा होगा या कुछ भी हुआ हो, परन्तु मनसुखराय को मरे हुए व्यक्ति के उड़ने का अहसास हुआ था। बस उसी दिन से मनसुख डर गये। उस समय बड़ी मुश्किल डरते-डरते बैठक कक्ष की खिड़की बंद की। तब से आज तक, खिड़की बंद हुई तो बंद ही हो गयी। आजतक खिड़की कभी नहीं खुली।

दिन में बाघ की तरह दहाड़ने वाले मनसुखराय रात को अकेला पड़ते ही बकरी बन जाते। सामान्य आवाज होने पर भी चद्दर पाँव से सिर तक ओढ़कर अंदर ही अंदर डरते-डरते जागते रहते।

इस घटना के बाद मनसुखराय से जो मिलता, उससे भूत-प्रेत के बारे में पूछते रहते। वहीं उन्हें नया शौक भी पैदा हो गया। वे चोर बाजार से भूत-प्रेत के बारे में लिखी गयी किताबें खरीद लाते थे। उसे दिन भर रूचि पूर्वक पढ़ते और रात उन काल्पनिक अधोगतिवाली आत्माओं से डरते रहते। सोते समय दोनों तरफ टार्च रखते। रात को जरा सी आवाज पर दोनों टार्च चालूकर अंधेरे में देखते रहते, कौन है...कौन है, करते रहते और बाद में घर की लाइट चालूकर सो जाते।

*

एक बार रामजी महाराज से पूछ भी लिया था।

'महाराज भूत-बूत होते हैं सही?

'क्यों? आपके देखने में कुछ आया है?

'ना...ना... ये तो घर के पीछे ही श्मशान है तो कभी लोग कहते हैं, उस तरह भूत-बूत होते होंगे?

'इसमें तो ऐसा है कि...' थोड़ी जिज्ञासा, कौतूहल बढ़ाने के लिए कुछ रुक-रुक कर रामजी महाराज ने कहा।

'भूत, प्रेत, चुड़ैल, डाकिन, खबीस, ये सब एक के ही अलग-अलग नाम, परन्तु सचमुच में ये सभी अधोगति पाने वाले जीव, जिंदगी में किसी वस्तु में वासना रह गयी हो, इसलिए मृत्यु के बाद भटकते रहते हैं।'

'अर्थात् जिंदगी में जिनकी इच्छा पूरी न हुई हो वे...?'

'इच्छा? ना... ना... वासना भाई वासना...' बात को बीच में काटते हुए महाराज ने कहा...। ' इच्छा और वासना के बीच बड़ा अन्तर है। यूं कहें तो सुबह तड़के से लेकर रात को सोने तक सैकड़ो इच्छाएं पैदा होंगी, चाहें या ना चाहें, इच्छाएं तो पैदा होंगी। किसी को खान-पान की इच्छा हो, तो किसी को पहनने-ओढ़ने की, किसी को जेवरात की तो किसी को सुंदरता की, किसी को पढ़ाई की इच्छा हो तो किसी को घूमने-फिरने की! तो वहीं किसी को प्रेम और भावनाओं की इच्छा हो। यह मानव जन्म है, इसलिए इच्छाओं की कमी नहीं है, इस जगत में...। मनुष्य का अवतार है, इसलिए इच्छाएं तो पैदा ही होगी, कितनी ही न भी पूरी हों, और हम खुशी से स्वीकार लें कि भगवान की इच्छा...। इच्छा और वासना में दूध और दही जितना फर्क है। *इच्छा लम्बी अवधि तक अतृप्त रहने के बाद भी नहीं मिटती, बाद में उसमें से दुर्गंध आने लगे, और वह जीवन में जहर की तरह फैलने लगे, उसका नाम वासना...*। वासना दिन-प्रतिदिन सुलगती रहती है, वह मानव को पूरी उम्र शांति से बैठने न दे, उसे कुछ अच्छा ही न लगने दे, किसी चीज में मन ही न लगे। वह अंदर ही अंदर जलता रहे, उसे किसी भी कीमत पर पूरा करने की इच्छा अर्थात् वासना के साथ ही मर जाये। इसके बाद वह वासना के कारण भूत योनि को प्राप्त हो। उसी वासना में जलता रहे। सिंकता रहे, और दूसरों को भी पीड़ित करता रहे। संक्षिप्त में यदि जिंदगी में वासना रह गयी है तो वह मरने के बाद भूत होगा, होगा और होगा ही।'

महाराज से अलग होने के बाद भी मनसुखराय के मन में पूरा दिन भूत के विचार ही आते रहे। बाजार में चक्कर काटने से मन हल्का होने की उम्मीद से घूमने निकले।

'गंगाजल की अंजलि से भूत भाग जाता है? उनके मन में विचार आता, और स्वयं उसका जवाब देते।

मैंने तो चार-चार बार हरिद्वार की गंगा से गंगोत्री तक डुबकी लगायी है, फिर भी मेरी इच्छाएं, विचार, सब वही के वही। विचार तो कोई वस्तु है कि धक्का लगाकर हटा दें। हम सत्तर किलो का शरीर लेकर इच्छाओं को नियंत्रित नहीं कर सकते तो बिचारे शरीर विहीन अधोगति को प्राप्त जीवों की औकात ही क्या है...?

उन्हें आज मालूम नहीं क्यों, उड़ते भूत को देखने के सात वर्ष बाद भूत-प्रेत के प्रति सहानुभूति होने लगी।

'अब इच्छा पूरी ही न हो तो मनुष्य बिचारा कर ही क्या सकता है? मुझे ही देखो ना...।

अब एक पुत्र के साथ बात-चीत करने की इच्छा तो होगी ही, इच्छा मानों तो इच्छा...। और महाराज के शब्दों में वासना मानो तो वासना, जो भी मानो...। कोई गलत? पाप है? दस वर्ष हो गये, इच्छा पूरी नहीं होती, तो नहीं होती।' विचार करते-करते 'नहीं पूरी होती' शब्द जरा जोर से बोल दिया। बाजार में साथ चल रहे अन्य लोग जरा विचित्र नजरों से देखने लगे। बगल में चल रहीं, स्कूल से वापस आयी दो लड़कियों ने तो पूछ ही लिया 'हमसे कुछ कहा दादा...?

'ना बेटा...!!'

चलते-चलते रास्ते में पटेल का घर आया, शायद केलिफार्निया से उसके पुत्र निकुंज का समाचार आया हो तो...।

पटेल के घर जाकर पानी पीते-पीते मनसुखराय ने कहा...।

'क्यों निकुंज को रास आ गया है न?

हाँ...दो दिन पहले ही फोन आया था, संयोग से मेरा निकुंज तुम्हारे देवल की फैक्टरी में ही काम करता है।

वर्षों से अपने पुत्र के लिए तरस रहे मनसुखराय को क्षणभर के लिए अपने कान पर विश्वास ही न रहा...।

पटेल मजाक कर रहे हो न?!!

पटेल गंभीरता पूर्वक कहने लगे 'मनसुखराय ऐसी बातों में मजाक नहीं होता! मेरे निकुंज को तुम्हारा देवल मिलता भी है!!

'मेरा कुछ कह रहा था...? कब आनेवाला हैं। अरे! उसका फोन नम्बर तो लेकर दो। उसका लड़का कितना बड़ा हुआ? प्रश्नों की झड़ी लगाते हुए मनसुखराय, हाथ में आधा भरा हुआ पानी का ग्लास लेकर खड़े हो गये।

इसमें ऐसा है न... मनसुखराय कुछ निश्चित उम्र के बाद इच्छाओं को बिल्कुल सीमित कर देना चाहिए...। लड़का सुखी है बस...और यूं तो आप सुखी ही है न...। यहाँ आप को भी किसका दुख है? पूरी पेंशन अकेले ही मौज से खर्च कर रहे हो। खुद अपनी मरजी के बादशाह हो...। पटेल ने कहा।

मतलब?

सुनो! मनसुखराय, तुम्हें घर का ही मानता हूँ, इसलिए सच बात को छिपा नहीं सकता। मेरा निकुंज पहुँचा, उसके दूसरे ही दिन तुम्हारे देवल से भेंट की थी। तुम्हारा समाचार देवल को दिया, तो देवल ने उसे हल्के से लेकर उड़ा दिया।

आखिर में बेचारे निकुंज ने घुमा-फिरा कर दो-तीन बार तुम्हारी बात निकलवाने की कोशिश की, तब देवल ने उसे स्पष्ट शब्दों में धमका दिया।

'डोन्ट टेल मी अगेन एनीथिंग एबाउट दैट यूजलेस ओल्ड डर्टी मैन, अदरवाइज यू विल लूज माई रिलेशनशिप आलसो!!

'परन्तु क्यो? मेरी कोई गलती-गुनाह?' मनसुखराय ने टूटे हुए दिल से कहा।

अरे, मनसुखराय जरा समझिये...। जरा समझो यह तो अमेरिका है। हमारे तुम्हारे जैसे बुड्ढे वहाँ नान् प्रोडक्टिव यूजलेस गार्बेज माने जाते हैं। यदि आपके साथ संबंध रखे तो देर-सबेर तुम्हें वहाँ ले जाना पड़े। फिर वहाँ तुम्हें सर्वाइव भी करना पड़े।'

इसीलिए?!!

'सर्वाइव' मतलब?!! स्पष्ट शब्दों में कहूँ तो मार डाले तो क्राइम, इसलिए तुम्हें मजबूरन जिंदा तो रखना पड़े...। तुम्हें जिंदा रखने का कम से कम खर्च अठवाड़ा में ढाई सौ डॉलर होगा, आप एक बार बीमार पड़ो तो उसके पूरे जीवन भर की कमाई खर्च हो जाये, इसलिए तुम्हारा मेडिकल इन्स्यूरेंस भी लेना पड़े, उसमें भी अठवाड़ा में दूसरा डेढ़ सौ डॉलर...। वहाँ सभी ऐसा सोचते हैं कि इन फालतू लोगों को जिंदा रखकर फायदा क्या? याद रखिए मनसुखराय... अब तुम 'असेट' नहीं परन्तु 'अनवांटेड रिस्पांसबिलीटी हो...। अनवांटेड रिस्पांसबिलीटी?!! तुम्हें अभी तक अमेरिका के सिस्टम की जानकारी नहीं है?

परन्तु भाई अमेरिका में तो मुझे कदम ही नहीं रखना है...। मुझे तो केवल मेरा बेटा...।'

सच कहूँ, मनसुखभाई मुझे तुम पर दया आ रही है। तुम इतनी सरल बात क्यों समझ नहीं सकते। मैं बिल्कुल स्पष्ट शब्दों में कह रहा हूँ, कान खोलकर सुनो...। तुम्हारा कोई बेटा इस दुनिया में है ही नहीं। देवल अमेरिका में रहता है। देवल अमेरिका में रहता है, इसका मतलब अमेरिका देवल में हैं। देवल वहाँ की सिस्टम का एक हिस्सा बन गया है। अब दस वर्ष पहले

का चंद्रप्रभू सोसायटी में तुम्हारे साथ पप्पा...पप्पा...कहकर पीछे-पीछे घूमने वाले देवल को भूल जाओ।'

कहकर पटेल ने शॉ केस की ओर इशारा किया।

'इसे देखा? निकुंज ने भेजा है चिन्टू के लिए...?!!' शॉ केस में डुगडुगी वाला खिलौना था। अमेरिकन राष्ट्रध्वज जैसे रंग का कपड़ा पहने हुए था, और प्लास्टिक के गुलाबी चेहरे पर मुस्कान, दोनों हाथ में छोटा डंडा, पेट पर बंधी हुई डुगडुगी। डुगडुगी पर बड़े अक्षरों में लिखा था 'अंकल सेम'

'देखो मनसुखराय...। आज का देवल का मतलब अवर्स और डॉलर्स के बीच खेलता हुआ खिलौना मात्र...। वहाँ का सिस्टम उसे केवल एक सप्ताह की चाभी भरता है। सोम से शनि तक यह खिलौना अमेरिका से डुगडुगी बजाता है। शनिवार को सप्ताह की मेहनत का वेतन ले लिया। सप्ताह का बकाया बिल की अदायगी करता है। बचा हुआ पैसा, रविवार को शराब के नशे में धुत समुद्र के किनारे 'लेजरटाइम' एंजॉय करने में उड़ा देता है। रविवार की रात चाभी पूरी हो जाने पर जिस प्रकार खिलौना स्थगित हो जाता है, उसी तरह उसकी दुनिया स्थगित हो जाती है। इस भरी हुई चाभी के सिवा वह कुछ भी सोच नहीं सकता, और सोमवार की सुबह फिर चाभी भरे हुए खिलौने की तरह तैयार।'

मनसुखराय मूर्तिवत नजरे गाड़ कर सुनते रहे।

अचानक मन में क्या आया, वह तुरन्त खड़े हो गये। अरे, पटेल की पटलानी का 'चाय रखा है, पीकर जाना' जैसी मनुहार भी उनके कानों से नहीं टकरायी। बाजार से सीधे घर जाकर दरवाजा बंदकर सो गये। चादर ओढ़े बिना ही। मालूम नहीं क्यों? उन्हें अब इस जीवित दुनिया का इन चलती-फिरती शरीरों का डर लगने लगा था।

रात दो बजे अचानक उन्हें क्या सूझा कि उस श्मशान की तरफ वाली खिड़की खोल दी। सात-सात वर्षों से बंद, जंग लगे कब्जों वाली खिड़की बड़ी मुश्किल से खुली। खिड़की के खुलते ही व्यक्ति के जाने जितनी जगह हुई। तिहत्तर वर्षीय मनसुखराय बाइस वर्षीय युवक की तरह खिड़की से शरीर बाहर निकालकर निकल गये। वे दौड़ने लगे। एक मिनट में ही सीधे श्मशान पहुँच गये। वहाँ पहुँचकर मुर्दों की राख ललाट पर लगाकर उनकी राख की शैया पर सो गये।

एक जमाने के डरपोक मनसुखराय को अब भूत-प्रेत की संगत प्यारी लगने लगी।

*

अब एक ही बात का डर है।

अग्नि संस्कार की जगह की राख पर शैया बनाकर सो रहे मनसुखराय, रात के अंधेरे में भूत-प्रेतों को मिलने की एक मात्र इच्छा और अब वासना लेकर फटी आंखों से अधोगति वाले जीवों का रात भर इंतजार करते रहेंगे, परन्तु...!!

परन्तु... सुबह जब उन्हें मालूम पड़ेगा कि इस दुनिया में जिस तरह मनुष्य जैसा कुछ है ही नहीं, उसी तरह भूत-प्रेत जैसा भी कुछ नहीं है तब... तब उनका क्या होगा?...

4. वार्ताओं में वार्ता की वार्ता

स्वप्न कितना अद्भुत होता है। आँख बंद कर सोने के बाद सपना आये तो संभव है उसमें कुछ अच्छा न भी लगे। अमंगल होने की संभावना भी हो सकती है। परन्तु खुली आँखों से देखा गया दिवास्वप्न हमेशा व्यक्ति के हृदय में माधुर्य की सीमा को भी पार कर देते हैं।
जीवन में खुली आँखों से देखा गया स्वप्न सच हो या न भी हो परन्तु स्वप्न से आनन्द मानव को वही स्वप्न देखने के लिए मजबूर करता है। देखे गये सभी स्वप्न सच हो जायें तो?

ऐसा पति तो किसी को मिले?

कभी मैं आयने के सामने खड़ी रहकर सोचती रहती...। ठीक-ठाक लग रही हूँ। परन्तु इतनी सुन्दर तो नहीं हूँ, गोरी हूँ परन्तु इतनी अधिक नहीं...।

सौन्दर्यवान?!! राम जाने...। भाई सा'ब

परन्तु मालूम नहीं क्यों?!! स्वप्न पागल-पागल हो जाता है!!

कुछ दिन पहले ही मिताली पूछ रही थी कि 'तुमने अपने पति पर तो क्या जादू कर दिया है? जब देखे तब तेरे पीछे-पीछे ही रहता है...।

सच कहूँ तो मुझे ही समझ में नहीं आता कि...।

शादी को आज चार वर्ष और चार महीने हो गया। हाँ! तो, आज पच्चीसवीं तारीख नहीं हुई? शुरुआत में लग रहा था कि होगा भाई होगा। यह उसके मन का अस्थाई उभार है। प्रेम और भावनाएं शादी के छह-बारह महीने तक इसी तरह उभरती रहती हैं, फिर उफान धीरे-धीरे शांत पड़ जाता है। उफान शांत होने के बाद तो तलिया दिखाई देने लगता है।

शुरू-शुरू में तो स्वप्न मुझे देखकर पागल सा हो जाता, तब मुझे अच्छा लगता, परन्तु बाद में चिढ़ने लगी। ऐसा तो कहीं होता होगा?

मेरी सहेलियां व्यंग्य में कहती 'शांति रखो फोरम बहन, जरा शांति रखो, दो-चार महीना बीतने दो...। फिर देखो मजा...। घर में दो बरतन इस तरह टकरायेंगे कि उनमें गड्ढा पड़ जायेगा...!!

मुझे भी शुरूआत में डर था कि...।

परन्तु आज तक ये दोनों बरतन नहीं टकराये तो नहीं टकराये।

यूं देखा जाये तो हमारी अरेंज मैरेज...। अरेंज मतलब आज के जमाने में शत प्रतिशत अरेंज हो ऐसा थोड़ी है? परन्तु लड़का मम्मी-पप्पा ने बताया था।

मुझसे स्वप्न साढ़े तीन वर्ष बड़े, परन्तु स्वभाव से नटखट। धीर गंभीर बिल्कुल नहीं। कितनी ही लड़कियों को धीर गंभीर चेहरावाला लड़का पसन्द होता है, मुझे तो ऐसा कदापि पसन्द न आये। गोलमेजी परिषद में बैठकर 'देश की आर्थिक समस्याएं और उनका निराकरण' के बारे में गंभीर बहस करने वाले राजनीतिज्ञ की तरह, गमगीन चेहरा वाला तो मुझे हरगिज पंसद नहीं। ये तो हंसते-हंसते विषय को मोड़ दे, नटखट कन्हैया की तरह। मुझे पसंद आ गया...। हाँ कन्हैया की तरह था इसीलिए पसंद आ गया, और कन्हैया की तरह सचमुच, परन्तु दो फर्क, एक तो रंग से गोरा और दूसरे गोपियां कहो, राधा कहो या रुक्मिणी...एक मात्र मैं...।

मेरे बिना वह एक पल भी नहीं रह सकता।

मैं प्रतिदिन याद कराऊं तो बड़ी मुश्किल से समय पर ऑफिस जाता। ऑफिस पहुँचने पर तुरन्त फोन करता। एक घंटा भी नहीं बीता हो कि उसका दूसरी बार फोन आ ही जाता है।

वहीं उसने मेरी मोबाइल में रिंगटोन भी ऐसी डाल दी है...।

'हम तेरे प्यार में पागल...।'

ऑफिस में उसका रेप्यूटेशन बहुत अच्छा। वह लार्सन एण्ड टुब्रो नहीं? बारह मंजिल की...। कांच की बिल्डिंग। उसमें ये भाई साहेब चीफ फाइनैंसियल एडवाइजर। हालांकि वहां भले करोड़ों का हिसाब किताब हो, परन्तु घर गृहस्थी में जरा सी खबर भी नहीं।

मेरे बहनोई सुमेरू भाई भी उसी कम्पनी में हैं। वे तो प्रशंसा करते नहीं थकते। मुझसे कहते कि तुम्हारा हसबैंड तो पूरी कम्पनी में नम्बर वन है, नम्बर वन। इसीलिए कम्पनी का इस वर्ष का 'मैन ऑफ वैल्यूज' का एवार्ड उसे ही मिलनेवाला है...।'

मुझे कम्पनी के उस एवार्ड फंक्शन में जाना पड़ा तो मजा आ जायेगा। सिल्क की बादामी साड़ी अभी ड्रायक्लीन करवाना बाकी है। स्वप्न डार्क ब्लू सूट ही पहनने वाला है। तब वह कैसा दिखेगा। मोटो ना हो तो, 'मैन ऑफ वैल्यूज...'!!!

लार्सन वाले उसे ही 'मैन ऑफ फोरम' का एवार्ड दें तो...।

हालांकि मैं भी पक्की...। सभी दिशाओं की परख करती हूँ। कहीं कोई चक्कर-फक्कर...। अधिकतर मामलों में तो ऐसा होता है कि भाई साहेब बाहर तो मौज उड़ाते हों, और घर में घरवाली के साथ इतना हिलमिल जाये कि किसी को भी शक न हो कि 'यह मोर कहाँ-कहाँ नृत्य करके आया होगा!!

परन्तु इसमें ऐसा कुछ होता तो इतने वर्षों में कहीं से तो जानकारी मिलती।

फिर भी मैंने तो एक दिन बात-बात में पूछ ही लिया। कहीं तुम्हारा चक्कर...।

कुछ हो तो व्यथित हो जाये, कोई तो झगड़ा कर उठे या फिर बोलना ही बंद कर दे। वह तो नटखट की तरह ही हंसने लगा...। फिर मैं बैठी थी, वहाँ मेरे अगल-बगल चक्कर लगाया, फिर मुझसे कहने लगा, 'ये मेरा चक्कर..!'

ये तो सिर्फ, मेरा चित्त भ्रम हुआ करता है, बाकी ऐसा कुछ हो तो इतने वर्षों में कुछ अहसास तो हो ही जाये न?

मेरी सहेलियां तो कहती रहती कि... 'फोरम...तुमने तो पाँचों अंगुलियों से गौरी माँ की पूजा की होगी...कि ऐसा वर...'

परन्तु यहाँ तो गौरी माँ को पहचानता ही कौन? ये तो ठीक है गौरी व्रत आये तब नये-नये कपड़े पहनकर घूमने का मौका मिलता है, नया-नया भोजन मिले (मुझे भूख बहुत लगती!) और इसमें ड्रायफ्रूट मिलते है। इसीलिए गौरी व्रत करते हैं। बाकी भूख लगने पर चुपके से रसोईघर में घुसकर खा ले। फराली या गैर फराली...। कहीं फोरम बहन को भूखे थोड़ी मरना है? हिमालय पर विराजमान भोलेनाथ। आप तो भोले हैं, और जब इतनी कृपा की है तो इस फोरम का नमस्कार स्वीकार करें।

मेरी सहेलियां जिस उम्र में इन्टरनेट पर अपनी आँखें गड़ाये रहती।

ऊँचाई सवा छह फुट...रंग गोरा, वजन पैंसठ किलो, हैं उसमें, उच्च खानदान, मल्टीनेशनल कम्पनी में उच्च पद पर आसीन...अविवाहित युवक के लिए कन्या चाहिए...।'

ऐसे विज्ञापन में कहाँ कुछ सच होता है?! परन्तु फिर भी...।

जबकि मुझे? इसका असर कहो, नसीब कहो या फिर अगले जन्म का पुण्य...। मुझे यह सब मिल गया। यूं ही मिल गया। अन्यथा स्वप्न जैसा व्यक्ति मिलना तो ठीक, खोजने से भी नहीं मिलेगा।

बाकी वास्तव में देखें तो किसी भी व्यक्ति में कहां कभी सबकुछ मिलता है। किसी का स्वभाव अच्छा है, देखने में ठीक नहीं, दोनों अच्छा हो तो खानदान एवं डिग्री न हो, और आखिर में सबकुछ ठीक-ठाक हो वफादारी में ही गड़बड़ी हो...। एक में ही सबकुछ होना, सद्नसीब नहीं तो और क्या है?

एक दिन तो ऐसा हुआ...। ऐसा हुआ कि छुट्टी का दिन, और मैं मार्केट में खरीदी करने आयी। वहाँ आलू वाले दुकानदार ने मुझे दस रुपये का फटा हुआ, सेलोटेप लगा हुआ नोट दे दिया। उसके मन में तो यूं ही होगा कि फोरम बहन को कहाँ कोई खबर पड़ने वाली है?

भाई, फोरम की आँखे हैं, बटन नहीं, समझे..।

मैंने तो उसे ऐसा डांटा, ऐसा डांटा कि आखिर में मेरा नोट तो बदलना ही पड़ा, यही नहीं वह फटा हुआ नोट भी मेरे सामने ही फाड़ देना पड़ा।

मुझे लगा कि घर जाकर स्वप्न को सबकुछ बता दूँ।

घर जाकर देखा तो भाई साहब टीवी के सामने बैठे हुए थे।

भारत-पाकिस्तान के बीच कशमकश वाली मैच का आखिरी ओवर।

मैंने बात शुरू की।

दूसरा कोई हो खीझकर बोल उठे 'अभी शांति रख! मैच खत्म होने दे। परन्तु तुम मानोगे?

इसके विपरीत स्वप्न ने तो टीवी ही बंद कर दी। मेरी तरफ कुर्सी मोड़कर बोला...।

ये सब मैच वाले तो फिफ्टी-फिफ्टी नहीं परन्तु फिक्स-फिक्स खेलते हैं। इससे तो अच्छा है तुम अपनी बात करो..। इन्टरेस्टिंग होगी... और सच तो होगी ही...।

फिर तो मैं पूरा आधा घंटा, जो हुआ वह एक-एक अक्षर शब्दसः शुरू से सुनाया। उसे भी इतना ही मजा आया इतना मजा आया कि न पूछें बात।

अभी परसों की ही बात है, मुझे दो दिनों से बुखार था। बुखार में शरीर साधारण गर्म था। आजकल बरसात और ठंडी है। दो-तीन दिन में मिट जायेगा। नहीं मिटेगा तो एकाध दिन सूंठ और काली मिर्च का काढ़ा पी लेंगे, दूसरा क्या?

परन्तु नहीं...। भाई साहब को ज्यों ही खबर पड़ी कि मानों आसमान टूट पड़ा। घबरा गया। तुरन्त ही ऑफिस में फोन कर तीन दिन की छुट्टी ले ली, और मुझसे कहने लगा चल अभी अस्पताल चलते हैं।

अरे भाई... रहने दो, कोई जरूरत नहीं, साधारण बुखार है, मिट जायेगा, लेकिन मेरा मानता कौन?!!

मुझे बड़े अस्पताल में भर्ती करवा दिया।

वहीं लार्सन के चीफ एक्जीक्यूटिव साहब को उनके मोबाइल में मैसेज आया...।

मिस्टर स्वप्न डोन्ट वरी एबाउट योर लीव, टेक केयर ऑफ योर वाइफ।

टेककेयर...? क्या खाक टेककेयर! यहाँ कहाँ आसमान टूट पड़ा है कि...।

आज शाम छह बजे सभी रिपोर्ट नार्मल आया, फिर छुट्टी देते समय डॉक्टर ने कहा...। 'यूं तो इसमें कोई विशेष चिंता नहीं है। दो-तीन दिन बेड रेस्ट की जरूरत है। साधारण वायरल की असर है। दो-तीन दिन में मिट जायेगा।

देखा न... मैं कहती थी न पहले से ही!

और यह दो दिन तो मेरा जिस तरह बीता है, जिस तरह बीता है...। रात को प्रति दो घंटे में उठकर हाथ रखकर देखता है कि कहीं गर्म तो नहीं है...। जरा भी गर्म लगे तो वह ताजा नमक के पानी का पोता तैयार ही रखा है।

सुबह में मुझसे पहले उठ जाता है। मेरे लिए सूंठवाली चाय बनाकर मुझे प्रेम से जगाता है। वहीं सुबह दो घंटा रसोईघर में था।

मैंने पूछा क्या कर रहे थे?

तो कहा कि भाखरी और सब्जी बना दिया है।

इसमें तो पूरा शर्ट हल्दी वाला कर दिया... मैंने पूछा क्यों?

तो कहने लगा, ऊपर से हल्दी की बरणी उतारने लगा तो बरणी हाथ से छूट गयी, हालांकि चिंता मतकर, बरणी गिरी जरूर परन्तु टूटी नहीं हल्दी गिरी परन्तु मैंने रसोईघर एकदम साफ कर दिया है।

'अरे साहबजी हल्दी एकदम ऊपर से, बड़ी बरणी में से थोड़ा निकालना था। यह सब मसाला छोटी-छोटी डिब्बी में भरा हुआ मसालिया तो नीचे ही रखा हुआ है न...। परन्तु ये तो भाई साहब! बड़ी कम्पनी के बड़े साहब...। छोटा-छोटा तो दिखे ही नहीं न! मैंने कहा, 'रहने दो अब तुम, कहीं लग जायेगा। अब से यह सब मैं ही करूंगी।'

तो मुझसे कहे, 'ना...ना... आराम मतलब आराम, डॉक्टर क्या कह रहे थे, बेड रेस्ट, कम्पलीट बेड रेस्ट।'

लोगों को आराम तकलीफ दायक लगता होगा, किन्तु मुझे तो क्या मजा आया... क्या मजा आया।

बस यूं ही बैठे रहना, बिस्तर पर पीछे दो तकिया रखकर, और पूरा दिन टीवी के चैनल बदलते रहना। स्वप्न थोड़ी-थोड़ी देर में आकर हालचाल पूछता जाये, शरबत देकर जाये। मानो मैं कोई छोटा बालक हूँ। खाने का निवाला लेकर अपने हाथ से मुझे खिलाता।

सच कहूँ तो... दो दिन से मैंने एक भी दवाई गोली ली ही नहीं..। ऐसा तो कड़वा जहर खाये कौन? स्वप्न दे जाये तो ले लूं, फिर वह आगे-पीछे हो तो खिड़की से बाहर।

कैसा स्वर्ग के समान है यह मेरा छोटा विश्व, मेरा स्वप्न। उस अकेले से ही मेरी पुरी दुनिया छलक जाये। मुझ अकेली का मेरा स्वप्न...। पल-पल बढ़ रहा उसका प्रेम। किसी दिन भी न रुके, ऐसा उसके प्रेम का उफान...।

अभी बिस्तर में पड़े-पड़े लगता है कि किसी दिन... किसी दिन यह बीमारी मिटे ही नहीं।

कैसी लगी यह कहानी?

यह कहानी मैने तकरीबन तीस वर्ष पहले लिखी थी।

मैं मतलब डॉ. फोरम झवेरी, एमडी, डीएम. कन्सल्टैंट न्यूरोलोजिस्ट

हां वही, जिनका देश के मशहूर ज्ञानतंतु विशेषज्ञ डॉक्टरों में महत्वपूर्ण नाम है।

आज अस्पताल में अवकाश था, और मैं घर में पुराने कागजात खंगाल रही थी। मैं जब बीस वर्ष की थी तब, पेंसिल से लिखी हुई मेरी यह कहानी मिल गयी।

यदि आप हमें पहचानते होंगे तो पलभर के लिए स्तब्ध हो जाओगे, और बोल उठोगे...।

परन्तु मेडम आप तो अनमैरीड हैं...!!

हाँ...भाई हाँ...तुम्हारी यह बात भी सच, शत-प्रतिशत सच, परन्तु यह तो कहानी है, कहानी स्वप्न का स्वप्न मात्र 'बाकी मेरी भी मंगनी तो बहुत आयी थी परन्तु, स्वप्न जैसे दूल्हे के इंतजार ही इंतजार में मुझे उनचासवां वर्ष शुरू हो गया।

बाय द वे

है कोई दूल्हा आपकी नजर में ?

6. हिडेन ट्रुथ ऑफ रिवील मर्डर

जीवन में ऐसी तो कितनी ही घटनाएं हैं, तर्क के आधार पर जिनका मूल्यांकन असंभव है। उन्हें विज्ञान के आधार पर साबित करना भी असंभव है।

घटनाएं सचमुच होंगी या मन का भ्रम? घटनाएं संयोगवश होंगी या फिर उसमें सचमुच में सच्चाई होगी?

इस मानवीय जगत के अतिरिक्त अन्य प्रकार के जगत का अस्तित्व है?

आपने पोस्टमार्टम रूम देखा है?

बहुत ही विचित्र होता है उसका वातावरण।

सड़ रहे शवों की दुर्गंध, और उस दुर्गंध को मिटाने के लिए की गयी अगरबत्ती और रूम फ्रेशनर की मिश्रित वास, आपकी इच्छा हो या न हो फिर भी जबरन आपके फेफड़े में घुस ही जाती हैं।

पोस्टमार्टम रूम...। कम से कम वेंटीलेशन वाला रूम। बीच-बीच में निश्चित दूरी पर सीमेंट के पिलर पर तिरछा पड़ा हुआ लोहे का पाटा, उस पर हमेशा के लिए सुलाए गये शव। मरे हुए शरीर के अंदर बिलबिला रहे कीड़ों को पकड़कर स्केल के सहारे उनकी लम्बाई और कद निश्चित कर उसके आधार पर डॉक्टर मौत का समय निश्चित करते हैं।

यह शहर के सबसे बड़े अस्पताल के पोस्टमार्टम रूम के बाहर लगी तख्ती देखी?

डॉ. पी. रामाराव (एम.डी.)

हेड ऑफ द डिपार्टमेंट

फॉरेन्सिक मेडिसिन

यह डॉक्टर पी. रामाराव... ये मैं स्वयं। हमारी तरफ दक्षिण में नाम का पहला अक्षर शॉर्ट में ही लिखा जाता है।

अधिकांश लोगों को यहाँ पोस्टमार्टम में ठीक, इस क्षेत्र के आस-पास से निकलते हुए भी डर लगता है। कहीं शव की पहचान के लिए भूल से

भी आना पड़े तो...। भविष्य में इस घटना को याद कर उनकी रातों की नींद हराम हो जाती है।

हालांकि, हम डॉक्टरों की बात अलग है। मदारी पिटारा खोलता है तब आस-पास खड़े छोटे बच्चे जिस कौतूहल से...जिस जिज्ञासा से देखते हैं, ऐसा ही कौतूहल हमें गले से लेकर नाभि तक चीरा लगाकर शरीर का पिटारा खोलते हुए लगता है।

शव अर्थात् मरा हुआ व्यक्ति और तो क्या...!! दूसरे ऐसा भले मानते होंगे परन्तु मेरे अनुसार मरने-मरने में भेद है। एक्सीडेंट, सांप काटने से, जहर पीने से, डूबने से, प्राकृतिक-अप्राकृतिक... ताजा मृत्यु से लेकर सिर फाड़ डालने वाली दुर्गंध वाला।

यह सब पोस्टमार्टम में, वहीं बीमा वाला . बिना बीमा वाला, पुलिस हिरास्त में मौत, सही-गलत पॉलिसीवाला, सिफारिशवाले, नेताओं की सिफारिश वाला या फिर इस दुनिया में जिसका कोई न हो मतलब अननोन।

इन सभी प्रकार के मामलों में मैंने मेरे जीवन के कीमती बत्तीस साल समर्पित किये है। कितने ही मामलों के पेपर्स इन्टरनेशनल जर्नल ऑफ फोरेंसिक मेडिसिन में प्रकाशित हुए है, और अंतर्राष्ट्रीय स्तर पर उसकी प्रशंसा भी हुई है। यूं तो मैं कभी मृत्यु का कारण जानने में असफल नहीं हुआ परन्तु एक बार...।

रात के दस बजे मेरा मोबाइल बज उठा।

हैलो।'

'सर... हॉस्पिटल के पुलिस डेस्क से बोल रहा हूँ, कांस्टेबल सुभाषसिंह...।'

'बोलिए।'

'एक पोस्टमार्टम है सर, फिमेल डेडबॉडी है।'

'उमर?!!

'तकरीबन पच्चीस वर्ष।'

'कल सुबह तड़के पी.एम. करें तो...?'

अभी रात को जाने का मेरा मूड नहीं था।

'यूं तो सर आप को अभी डिस्टर्ब नहीं करता, आपके जूनियर से भी काम चल जाता, परन्तु एक तो यह लड़की मैरीड है। फांसी लगा ली है। लड़की का पति डॉक्टर है, ऐसा कहा जाता है कि उसका किसी एडवोकेट के साथ लफरा था. वहीं पोलीटिकल कनेक्शन की संभावना भी है।

ऐसे में अकारण ही पूरी रात दबाव में रहने से अच्छा है काम पूरा कर छुट्टी पा जायें।'

कांस्टेबल की बात सच थी। दूसरे दिन के लिए पोस्टमार्टम स्थगित रखने का अर्थ यह भी था कि पूरी रात लोगों की सिफारिश सुनते रहना। उसमें भी जब आपको आखिरकार सत्य ही पकड़ रखना हो तब, इसमें विशेष परेशानी का आना निश्चित है।

'ठीक है तो...। फिर आता हूँ...।' थोड़ी देर तक विचार करने के बाद मैने जवाब दिया।

'पुलिस पंचनामा और मुझे देने के कागजात तैयार रखना।'

'सर, आप के साथ जिस दूसरे डॉक्टर मतलब कि पैनल की जरूरत हो तो किसी सीनियर या जूनियर रेसीडेंट को बुला लूं।'

'यूं तो सादा आत्महत्या का मामला हो तो मुझे किसी की जरूरत नहीं। मैं पाँच-सात मिनट में तैयार हो गया। सभी डॉक्टर्स को लगभग जल्दी ही तैयार होने की आदत पड़ जाती है।

मैने गाड़ी स्टार्ट की। हॉस्पिटल पहुँचने में लगभग आधा घंटा लगना था। वर्षाऋतु की साधारण शुरुआत हो चुकी थी। रात के अंधेरे में रोड की स्ट्रीट लाइट का प्रकाश...भीगे काले डामर को और काला चमकता हुआ दिखता जा रहा था।

मेरी गाड़ी थोड़ी ही दूर गयी होगी कि वहाँ तो अगले रिक्शा स्टैंड के पास हमारे फोरेंसिक डिपार्टमेंट की जूनियर रेसीडेंट प्रतीक्षा को खड़ी देख मैने ब्रेक मार दी।

मैं और इस प्रतीक्षा के बाप...दोनों एक ही स्कूल के लंगोटिया मित्र थे। वह फार्मसी कर अपने कारोबार में लग गया और मैं यहाँ हॉस्पिटल में आ गया। प्रतीक्षा उसकी इकलौती बेटी...। हर महीने एकाध बार तो दोनों परिवार के साथ मिलते और डिनर का प्रोग्राम बनाते। प्रतीक्षा ने एम.बी.बी.एस. किया और फिर संयोगवश मेरे ही युनिट में फोरेंसिक मेडिसिन में एडमीशन लिया। अब वह जुनियर रेसीडेंस के तौर पर पोस्ट ग्रेज्युएशन कर रही है।

परन्तु वह...अभी? ये सभी तो अभी कश्मीर घूमने गये थे। और मैंने पूछा, 'क्यों बेटा...अभी यहाँ? गये नहीं फिर...।'

'सर...ऑटो का इंतजार कर रही हूँ...। अभी पुलिस डेस्क से फोन आया था कि एक पी.एम. है...। यूं तो टूर के लिए सप्ताह का ब्रेक लिया था,

किन्तु बाद में कश्मीर का पूरा प्रोग्राम ही निरस्त हो गया। फिर पता चला कि पी.एम. है। इसलिए मुझे लगा कि जाकर आऊँ...। कुछ नया सीखने को मिलेगा...।

'परन्तु कांस्टेबल ने तो मुझे अकेले को ही बुलाया था!'

'हाँ! परन्तु कांस्टेबल ने मुझे फोन पर कहा कि शायद मेरी जरूरत पड़ जाये, फिर मुझे लगा कि शायद आप जाओ और मुझे पेनल में बुलाने के लिए फोन करो तब तक तो देर रात हो गयी होगी, इससे तो अच्छा है कि अभी पहुँच जाऊँ। यूं भी परीक्षा करीब ही है। सीखें उतना अच्छा। ऐसा कह मेरी गाड़ी में बैठ गयी।

'तुम्हारे हाथ में नोवेल है?'

गाड़ी चलाते-चलाते मेरी नजर उसके हाथ में रखी किताब पर पड़ी, इसलिए पूछ लिया।

''अंकल...अच्छी किताब है। एकबार पढ़ लिया है। दूसरी बार पढ़ रही हूँ। ऑथर हैं वॉल्ट पीटर और नाम है 'द हिडेन टुथ ऑफ अनरिवील मर्डर''

गुड...। परन्तु मुझे लगता है एक्जाम करीब है इसलिए तुम्हें टेक्स्ट बुक पढ़ना चाहिए। हम तुम्हारे जितने थे तब...।

उसका चेहरा फीका पड़ गया।

कुछ देर तक सन्नाटा छा गया। थोड़ी देर के बाद उसका मूड ठीक करने के इरादे से मैने पूछा...।

बाय द वे..., क्या कहता है? यह तुम्हारा वॉल्टपीटर...? प्रतीक्षा की आँखों में फिर से चमक आ गयी।

'अंकल... एक गजबनाक कहानी है' प्रतीक्षा सामान्यतः मुझे अंकल ही कहती, हालांकि, कॉलेज में तो अनिवार्य रूप से 'सर' ही कहना पड़ता।

'रोजी नामक एक लड़की की कहानी है, कम्पनी में साथ काम कर रहे स्टीव के प्रेम में पड़ती है। तीन वर्ष के प्रेम के बाद दोनों शादी करने का निर्णय करते हैं।

उस दौरान स्कुबा ड्राइविंग करने समुद्र में गया स्टीव लापता हो जाता है। उसे खोजने के सभी प्रयास असफल हो जाते हैं। स्टीव का केवल लाइफ जैकेट और ड्राइवर ही मिलते हैं। लोग मान लेते हैं कि स्टीव की मृत्यु हो गयी। रोजी आघात में पड़ जाती है। इतनी हद तक कि उसे मेंटल एसाइलम में भर्ती करना पड़ता है।

डिप्रेशन से बाहर लाने के लिए मेंटल एसाइलम के डॉ. निकोलस दिल से कोशिश करते हैं, और इस तरह वे स्वयं रोजी के प्रेम में पड़ जाते हैं।

आखिरकार रोजी मेंटल एसाइलम के आफ्रिकन डॉ. निकोलस के साथ शादी कर लेती है। धीरे-धीरे सब ठीक होता जाता है। एक बालक भी पैदा हो जाता है। ऐसे में अचानक...।'

'स्टीव वापस आ जाता है यही न' मैं बीच में ही बोल उठा।

'वाऊ...अंकल तुम्हें किस तरह पता चला...।'

'यह तो बहुत पुरानी कहानी का प्लाट है, इसमें क्या नया है?!!

'नया अब आता है...। स्टीव रोजी से मिलता है। अपनी दुःख भरी कहानी बताता है। रोजी भी आँख में आंसू के साथ खुद पर गुजरी बात कहती है। इस प्रकार दो अलग हुए दिलों का पुनः मिलन होता है। इस युगल को फिर एक होने, पुनः मुलाकात के बाद संभावना न होने के बाद भी अब अलग होना भी असंभव लगता है।

आफ्रिकन डॉक्टर निकोलस का डर है, फिर भी इन दोनों की मुलाकातें होती रहती थी।

रोजी की हालत ही गजब है। एक तरफ उसका डॉक्टर पति निकोलस को छोड़ नहीं सकती, जिसने समर्पण भाव के पागलपन वाली मानसिक हताशा से छुटकारा दिलाया था, तो वहीं दूसरी तरफ पुराना स्टीव भी उससे छोड़ा नहीं जा सकता। जिसे वह अपना दिल पहले से ही समर्पित कर चुकी थी। धीरे-धीरे हालात ऐसे हुए कि रोजी निकोलस के साथ न हो तो स्टीव के पास हो, और स्टीव के साथ न हो तो निकोलस के साथ हो।

हालांकि, निकोलस इन सब से अनभिज्ञ था।

स्वाभाविक तौर पर जिस प्रकार होता है, उसी प्रकार एक दिन दोनों बेड रूम में होते हैं, वहीं अचानक निकोलस आ पहुँचता है।

'फिर पिस्तौल निकाल कर दोनों को खतम कर देता है...।' मैने हंसते हुए बीच में ही बात काटते हुए कहा।

'ना अंकल यहाँ नया है। यहाँ हत्या या मार-पीट नहीं होती।'

निकोलस दोनों को अभिनंदन देता है... और हंसते-हंसते मानो कुछ हुआ ही नहीं, इस तरह सहजता के साथ बात करता है।

शुरुआत मे तो रोजी और स्टीव पकड़े जाने के कारण स्तब्ध हो जाते हैं। उन्हें क्या करना है, इसकी खबर ही नहीं पड़ती। पहलवान जैसे निकोलस

के सामने क्षीणकाय स्टीव डर के कारण पत्ते की तरह हिल रहा था, परन्तु निकोलस के व्यवहार में कहीं गुस्सा या अनबन का नामोनिशान ही नहीं था। वह रोजी और स्टीव को बड़ा सा भाषण दे डालता है। अंकल यह लेक्चर बहुत ही रुचिकर भाग है, इस नोवेल का...। लेक्चर ने पूरा ग्यारह पन्ना रोक लिया है।

'क्या है उसमे' गाड़ी मोड़वाले रास्ते के पास पहुँची तो मैने गियर बदलते हुए पूछ लिया...। अब हमें भी रुचिकर लगने लगा था।

लेक्चर में बाइबल का हवाला देते हुए आत्मा की आवाज को पहचानने की बात कही गयी है। दिल की भावनाओं को कभी रोकना नहीं चाहिए। इस प्रकार एक्स्ट्रा मेराटाइल रिलेशनशिप को निकोलस उचित साबित करता है। यदि स्त्री अपने दोनों बालकों को समान प्रेम कर सकती है तो दो पति को क्यों नहीं? आखिर दूसरे के शरीर अपना एकमात्र आधिपत्य ही होना चाहिए, यह विचार ही मानव जाति के दुःख का कारण है। इतनी हद तक कि निकोलस हर सप्ताह रोजी को स्टीव के पास भेजने का वादा करता है।'

'यूं भी गोरों को देख-देखकर हमारे लोगों ने भी सीख लिया है'...

लीव इन रिलेशनशिप और इसी तरह का सबकुछ। कमिटमेंट और डेडीकेशन कैसा होगा?!! ऐसे लोगों को तो पकड़-पकड़ कर मारना चाहिए। प्रतीक्षा ने कुछ नहीं कहा, परन्तु उसका चेहरा फीका पड़ गया।

'बेटा...तू ही कह, संस्कारिता की दृष्टि से इसे अच्छा कहा जा सकता है?'

'अंकल सच कहूं तो हमारे और आपके विचारों में मूलभूत परिवर्तन है।' यह सच है कि मैं उस तरह नहीं सोचती। मैं तो इतना ही मानती हूँ लग्न का फेरा फिरने जैसी पाँच-दस मिनट की खोखली धार्मिक विधि को आध ारभूत मानकर पूरा जीवन एक ही व्यक्ति के साथ जुड़े रहने से बेहतर होगा, जब भी आत्मा की आवाज जिस दिशा में ले जाये उस दिशा में चला जाना।

'यू मीन एक्स्ट्रा मेराइटल...?!! कुछ देर के लिए मुझे लगा कि इस मेरी लाडली बेटी को तो कौन सा भूत सवार हुआ है। ये सब मन की मान्यतायें है अकंल...। गोल-गोल सात फेरा क्या फिर लिए कि हो गये मैरीड...। और बाकी सब एक्स्ट्रा?!! कैसा एब्नार्मल जमाना है...। नही?!!

'ह्वाट डु यू मीन? कान्ट यू अन्डर स्टैंड अवर सोशियल नॉर्मस?

'ह्वाट नॉर्मस?!! हू इंज फोलोइंग नॉर्मस...? उसने ऊँचे स्वर में कहकर शामिल किया।

सॉरी टू से यु...बट हू मेड दैट नॉर्मस? मुझे विश्वास है कि यह सब गले उतारना अजीब लगेगा...। क्योंकि बचपन से सिखाया गया है, और समाज सिखाते ही जाता है। इससे खिलाफ विचार करना सरल नहीं है।

इस दुनिया के दूसरे जीवों को देखिए।

मानव के सिवा किसी जीव में है कहीं ऐसी अव्यवस्था और जंजालों का मायाजाल?

यह सच और यह गलत, इसे बचपन से ही दिमाग में ठूस दिया जाता है। समाज व्यवस्था के निश्चित ढांचे में ठूस-ठूसकर बेचारी मुक्त जिंदगी को भर दिया जाता है। जिससे जीवन का मूल स्वभाव दिखाई ही न दे। एक तरह से अब तकलीफें दिखाई नहीं देती, परन्तु यहाँ तकलीफों का अंत नहीं प्रारंभ है, प्रारम्भ...।

इसे करो, इसे ना करो। इस प्रकार विचारोगे तो पाप लगेगा, नरक में गिरोगे...वगैरह, वगैरह जालसाजी कर, गभरा कर, सही और गलत का डर बताकर प्रकृति के एक स्वतंत्र अस्तित्व के समान मानव को तोड़ मरोडकर सामाजिक बनने पर मजबूर किया जा सकता है परन्तु अंतिग सत्य यह नहीं है।

लोग घर में तोता पालते हैं, मनभावन गोल्डेन कलर के पिंजरे में अंदर एक छोटा झूला, और छोटी प्याली में पानी। अंदर एक दो लाल मिर्च रखकर व्यक्ति संतोष ले सकता है कि उसने तोते को पिंजरे में बंदकर दिया है। परन्तु व्यक्ति को यहां एक मूलभूत सत्य को समझने की जरूरत होती है कि पिंजरे में तोते को बंद किया जा सकता है मतलब तोते के शरीर को उसके मन को नहीं।'

प्रतीक्षा मेरे साथ एक सांस में दृढ़ता पूर्वक बोलती जा रही थी। उसके चेहरे पर जमी पसीने के बूंद को देखकर मैं चालू गाड़ी में दाहिने हाथ से स्टीयरिंग पकड़कर बायें हाथ से ए.सी. आन किया।

बाकी शास्त्र क्या? धर्म क्या? वह सचमुच वास्तविकता है या कि खोखली मानसिकता...?!! मन, वचन और कर्म से शुद्ध पवित्रता जैसे शब्द केवल धर्मग्रंथों में देखने मिलेंगे, वास्तविक जीवन में हरगिज नहीं। कबर के

नीचे गड़े हुए शव के अतिरिक्त मन, वचन और कर्म से अणिशुद्ध, परिशुद्ध जैसा इस विश्व में कुछ भी नहीं है'।

प्रत्येक व्यक्ति के जीवन की सच्ची किताब खोलकर पढ सको जानकर आश्चर्य होगा कि हरएक मानव, छोटा या बड़ा, थोड़ा या ज्यादा, छिपा या घोषित, कर्म से या केवल मन से भी कुछ न कुछ गलत, कुछ कलंक साथ रखकर जीता है। वह चेहरा सामाजिक तौर पर उसके मान्यता प्राप्त सुनहरे चेहरे से बिल्कुल विपरीत होता है।

'तुम्हारी बात भले तार्किक रूप से सच लगती हो, परन्तु हमारी समाज व्यवस्था के लिए...मुझसे बिना बोले नहीं रहा गया।

समाज व्यवस्था?!! छ्ट, दंभी, तत्वहीन, खोखली..। इस विवाह प्रथा का उद्‌भव कैसे हुआ था, इसकी जानकारी है? कमजोर पुरुष अपनी पत्नियों पर आधिपत्य जमाये रखने के लिए आवश्यक शक्ति या सामर्थ्य नहीं रखते थे। इसलिए धर्म के नाम पर काल्पनिक कहानियां गढ़ डालीं।

स्वर्ग...नरक और पाप-पुण्य जैसे मनगढ़ंत ख्यालों का सर्जन कर विवाह, परिवार और समाज का निर्माण किया। केवल और केवल एक ही कारण से, जिससे बलवान वे पुरूषों से अपनी स्त्रियों को बचा सकते हैं।

प्रतीक्षा एक ही सांस में सबकुछ कह गयी, परन्तु उसे डर होगा कि मैं क्रोधित हो जाऊंगा, इसलिए गाड़ी के बगल से गुजर रहे वृक्षों की कतारों की तरफ देखने लगी।

'यह तो ठीक परन्तु वॉल्ट पिटर हिडेन ट्रुथ नावेल में आखिर क्या रिवील करता है?!! मुझे उपन्यास का अंत जानने की जिज्ञासा थी।

'दूसरे ही दिन पुलिस को रोजी का शव मिला। रोजी ने फांसी लगाकर आत्महत्या कर ली थी।'

'पाप भी कितना सहन कर सके' मैं बोल उठा हालांकि, मन में।

'डेड बॉडी से फोरेंसिक विशेषज्ञों ने परिणाम लिखा...।

आत्महत्या की रस्सी का आधा गले की चमडी पर निशान...विरुद्ध दिशा में झुकी हुई गरदन, मुंह से टपक रही लार, शरीर पर मार-पीट का कोई निशान नहीं, गले के हाईयोईड हड्डी को नुकसान नहीं, रीढ़ की हड्डियों के मणके एकदम सुरक्षित।'

'बराबर...ऑफ्टर गोइंग थ्रू पोस्टमार्टम रिपोर्ट दिस इज परफेक्ट केस ऑफ सुसाइडल डेथ, हैंगिंग!!! मैने फाइनल रिपोर्ट दे दिया।

तुम...आगे तो सुनो...। यहाँ तक तो सब ठीक था, परन्तु एक जूनियर डॉक्टर के ध्यान में आया कि रोजी की पीठ पर एक जगह छोटे-छोटे तीन घिसने के निशान हैं। ये डेढ़ सेंटीमीटर के क्षेत्र में मृत्यु के पहले के घिसने के निशान किस कारण पड़े होंगे, इसकी खोज में पूरी टीम लग गयी।'

'कन्फर्म सुसाइड। नो डाउट एबाउट इट। कई बार ऐसा भी होता है, कोई एक निशान पूरे पोस्टमार्टम के साथ सुसंगत न भी हो...।'

'ना अंकल...उस डेढ़ सेंटीमीटर के निशान से पूरा मामला स्पष्ट हो गया। सच तो यह था कि रोजी की हत्या हुई थी। हत्यारों ने डॉक्टर पूरी बात में हत्या के बदले कन्फर्म सुसाइड मामलें, उसकी पूरी तैयार की थी। आखिर में रोजी के पति डॉ. निकोलस को अपनी पत्नी की हत्या के लिए आजीवन कारावास की सजा हुई।'

'निकोलस?' मैं आश्चर्य से स्तब्ध हो गया...। वह तो ओपन माइन्डेड था न?!!'

'हाँ निकोलस। जब रोजी और स्टीव निकोलस के हाथों पकड़े गये तब यदि निकोलस पिस्तौल चलाता तो उसका अपराध तुरन्त मालूम पड़ जाता, परन्तु निकोलस खूब होशियार था। उसने चतुराईपूर्वक संयम रखा। उसने बाइबल का उदाहरण देकर लंबी कहानी बना डाली, जिससे भविष्य में भी किसी को उसके षडयंत्र का ख्याल न आये।'

देर रात चुपके से छत के हुक में रस्सी बांधकर उसका एक किनारा अपने मजबूत हाथों में पकड़ रखा। रस्सी के दूसरे छोर को फंदा बनाकर बिस्तर पर सोयी हुई रोजी के गले में पहनाकर बलपूर्वक रोजी के गले को रस्सी के साथ खींच लिया। रोजी की मृत्यु से आस्वस्त होते ही उसे फिर लटका दिया। अपने हाथ में रबर का ग्लोज लगा रखा था। मृतक रोजी की अंगुलियां फिंगरप्रिंट के लिए रस्सी के साथ दबाने के बाद शव को ज्यों का त्यों लटकाकर अपने हॉस्पिटल की ओर रवाना हो गया।

'परन्तु वे कंधे के छिलने के निशान?!!'

हाँ अंकल...गले में फंदा लगाकर, उसके सहारे रोजी को खींचते समय बेड की लकड़ी के साथ रोजी के पीठ घिसने के कारण पड़े थे।'

रोजी के पहने हुए ऊन के वस्त्र के थोड़े छोटे रेशे उस लकड़ी पर चिपक गये थे। जो केस सुलझाने में प्राथमिक सबूत बने।

'ओह...' मैं आश्चर्यचकित हो गया। मैं मान रहा था आत्महत्या निकला मर्डर?!! इतने वर्षों में सैकड़ों के हिसाब से पोस्टमार्टम कर डाला होगा परन्तु, यह विचित्र संभावना दिमाग में ही नहीं आयी।

'अंकल गाड़ी टर्न करो। सीधे सीधा कहाँ जा रहे हो।'

ओह गलती से हॉस्पिटल का टर्निंग आ गया, और ख्याल भी न रहा। मैंने गाड़ी हॉस्पिटल कैम्पस में मोड़ दी। वहीं प्रतीक्षा बोल उठी 'अंकल मुझे यहीं उतार दो...। मेरे होस्टल के पास...। दो ही मिनट में मैं डेथ स्लिप कोरी पी.एम. नोट लेकर पी.एम. हॉल में पहुँच जाती हूँ।' कहकर प्रतीक्षा गाड़ी से उतर गयी।

मैने गाड़ी पास में ही खड़ी कर सीधा पी.एम. हॉल में पहुँच गया। पुलिस के पास से सभी कागजात फटाफट लेकर पढ़ डाला।

'मृत्यु को प्राप्त युवती की उम्र 25 वर्ष, आधे गले तक रस्सी शामिल हो चुकी थी। शादी हुए दो वर्ष...। पंचों के अनुसार आत्महत्या परन्तु उसके निश्चित कारणों की जानकारी प्राप्त करना।'

समय रात के बारह पैतालिस लिखकर मैं तारीख डालकर नीचे हस्ताक्षर कर पुलिस के कागजात ले लिये। अन्दर जाकर पोस्टमार्टम शुरू कर दिया। मुंह से लार टपकी हुई थी...। हत्या में होता है ऐसा हाईयोईड बोन और मणका में कोई घाव देखने को नहीं मिला। किसी भी जगह घाव या घायल होने के निशान नहीं, सुसाइड परफेक्ट...।

मैने कौतूहलवश शव को उलटकर देखा...। पीठ में ऊपरी हिस्से पर मेरी नजर गड़ गयी। पीठ पर पड़े हुए डेढ़ सेंटीमीटर के घिसने के तीन निशान मानों मेरी आँखों में बस गये...। उनके डायरेक्शन, डेप्थ...।

'ओह यह तो वॉल्ट पीटर की कहानी जैसा ही है...। यह तो आत्महत्या नहीं परन्तु ठंडे कलेजे हत्या...।'

तुरन्त ही पुलिस कंट्रोल रूम में सूचना दिलवा दी।

'मृतक लड़की के पति या प्रेमी को अभी जाने मत देना। होमी साइड है। खून है खून...।

कहकर मैं काम में मशगूल हो गया। काफी समय बीतने के बाद, अचानक ही मुझे विचार आया कि प्रतीक्षा सामने ही होस्टल में अभी आने का कहकर गयी परन्तु अभी तक वह क्यों नहीं आयी...?!!!

मैने ग्लोव्ज निकालकर सीधे ही प्रतीक्षा को फोन जोड़ा...। बेटा कहां है तू...। पी.एम. नोट का इंतजार कर रहा हूँ।

सुन...तुम्हारे वॉल्टपीटर की इन्टरेस्टिंग नोवेल की तरह ही...।

सामने से प्रतीक्षा का उनीदी जवाब आया।

'अंकल कैसी पी.एम.नोट...।? कैसा नॉवेल? आप किसकी बात करे रहे हैं? आपको तो मालूम है, अभी मैं फेमिली के साथ कश्मीर के दलसरोवर में हाउसबोट में हूँ। तुमको कहकर तो घूमने आयी हूं। आप से दो हजार किलोमीटर दूर।

मैं प्रतीक्षा... मैं प्रतीक्षा हूँ...। अंकल लगता है आपने मुझे भूलवश फोन लगा दिया होगा।

7. सुंदरम्

जेल में रहा हुआ व्यक्ति मतलब बंद पड़ी घड़ी की तरह है जिसमें कल, आज और कल किसी परिवर्तन का कोई अवकाश नहीं होता।
प्रेम अजब है। न हो सके तब भी वेदना और हो जाये तब भी वेदना। सफलता मिले तो बाद में मिलने वाली वास्तविक वेदना, और असफलता तो काल्पनिक सुख की तुलना की वेदना हो या ना भी हो, हो रहा हो या न हो सकता हो, बस वेदना, वेदना और वेदना।

ऑफिस से आने के साथ ही मैं कुर्सी में लम्बा हो गया। पत्नी पानी का ग्लास ले आयी। पानी पीने के बाद मैं तुरन्त ब्रीफकेस खोलकर उसमें से अखबार निकाल कर पढ़ने लगा।

न्यू इण्डिया टाइम्स

ता. 26 जुलाई (ऑल इण्डिया न्यूज सर्विस)

विवाह मंडप में अंधाधुंध गोलीबारी से छप्पन वर्षीय प्रौढ़ की मौत

एक हमलावर गिरफ्तार

ता. 26

आज शाम तकरीबन साढ़े सात बजे 'सुकर्णम् पार्टी प्लॉट' में, हो रहे विवाह समारोह में किसी कारणवश हुई गोलीबारी में एक व्यक्ति की घटना स्थल पर ही मृत्यु हो गयी।

विश्वसनीय सूत्रों के अनुसार स्कायलोन इण्डस्ट्रीज के मालिक का पुत्र प्रथम माखीजा और एम.बी.ए. के आखिरी वर्ष में अध्ययनरत चित्रांगदा का शादी समारोह जारी था, उस समय किसी अजनबी से लग रहे व्यक्ति ने अचानक ही विवाह मंडप में पहुँचकर धड़ाधड़ गोलीबारी शुरू कर दी थी। हालांकि, इस घटना में वर और वधू का बचाव हो गया था, परन्तु यज्ञवेदी के पास ही बैठे छप्पन वर्षीय शांतिराय साहू की घटना स्थल पर ही मौत हो गयी थी।

इस हत्यारे को वहाँ उपस्थित सिक्यूरिटी गार्ड द्वारा पकड़ लिया गया था। पुलिस ने इस व्यक्ति के पास से जर्मनी की हेवीत्सर कम्पनी की रिवॉल्वर जप्त की है। उल्लेखनीय है कि हेवीत्सर कम्पनी के शस्त्रों का विशाल जखीरा केवल सात दिन पूर्व गिरफ्तार किए गये आंतकवादियों के पास से बड़ी मात्रा में बरामद हुआ था। इस व्यक्ति का अन्य किसी आतंकवादी संगठन के साथ संपर्क है या नहीं इसकी जाँच जारी है। पुलिस सूत्रों के अनुसार भारतीय दंड सहिता की धारा 302 और आर्म्स एक्ट के अनुसार कार्यवाही चल रही है।

इस विवाह समारोह में राज्य के कानून मंत्री स्वयं उपस्थित थे। इसलिए पुलिस विविध स्तरों से जाँच कर रही है। कानून मंत्री से हमारे संवाददाता द्वारा पूछने पर बताया कि 'देश ऐसी आतंकवादी चुनौतियों...'

'क्या पढ़ रहे हो'? मेरे हाथ से अखबार छीनकर मेरी पत्नी ने जरा क्रोध में आकर कहा।

हालांकि, उसका गुस्सा करना स्वाभाविक था। सामान्य तौर पर मुझे अखबार पढ़ने की सुबह में ही आदत थी। शाम को साढ़े सात बजे हाथ में अखबार लेकर बैठने का यह पहला अवसर था।

'समाचार'!! मैंने ठंडे दिल से जवाब दिया।

'वह तो मैं देख रही हूँ, परन्तु ऑफिस से छूटने के बाद तुरन्त अखबार लेकर बैठ गये। ना बात ना चीत...। यहाँ हम सुबह से ही इंतजार कर बैठे हैं।'

'यह अखबार आज का नहीं लगता।' झीनी नजरों से वह अखबार की तारीख की ओर देखते हुए बोली।

छोटी-छोटी हैरतअंगेज बातों को पकड़ने के लिए स्त्री को ईश्वर ने विशिष्ट शक्ति प्रदान की है।

'हाँ, यह अखबार आज का नहीं है। पाँच वर्ष पुराना है।'

'पाँच वर्ष पुराना? मालूम नहीं कहाँ से ऐसी रद्दी खोज-खोज कर घर में लाते होंगे।'

उसने बड़बड़ाना शुरू किया।

'इस प्रकार तो अब आप गुंडों से भी मित्रता करने लगे? यहाँ आने से पहले ही मैंने आपको सौगंध दिलाया था कि ऐसे लोगों के साथ काम से ही बात करोगे। परन्तु फिर भी आप...एक कन्सल्टैंट डॉक्टर के तौर पर

कितना खराब लगे? मेरी मानो तो जेल की इस नौकरी से तबादला करवा लो। देखना...कहीं फंस जाओगे तब मुझे याद करोगे।'

'इसमें फंसने की बात कहां से आयी'?

'इन गुंडों के साथ सम्बंध रखने से गलती करते-करते कहां तक चले जाएंगे, कभी खबर भी नहीं पड़ सकती। हे भगवान... मुझे ऐसे में कहाँ तबादला...' कहते हुए उसकी आँखे डबडबा गयी।

अब तू बात का बतंगड मत कर, तुझे अच्छा न लगता हो किसी क्रिमिनल के साथ नहीं बोलूंगा बस...। यह तो एक कैदी था, उसने मुझसे कहा 'साहब, पढ़ना...' इसलिए लेकर आया।

कहते हुए मैं अखबार बंदकर बैग में रख दी।

शांति स्थापित करने के लिए यह एक ही विकल्प था।

*

जेल में मेरा तबादला हुए तीन महीने हुआ था। शुरुआत में 'डॉक्टर ऑन ड्यूटी' के तौर पर भी जेल में जाना मुझे विचित्र लगता। तबादला एक तो वतन से दूर, और वह भी जेल में, मेरी पत्नी को तो दोहरा आघात सहन करने का समय था।

पहली बार मोटी-मोटी दीवारों के बीच स्थित लोहे के दरवाजे के अंदर प्रवेश किया तब एक स्थायी भय पैदा हुआ, वहाँ के अधिकांश भावना विहीन से लग रहे अफसर एवं दुनिया की नजर में जो चोर, खूनी, या असमाजिक तत्व कहे जाने वाले कैदियों के बीच काम कैसे होगा, यह चिंता मुझे सताये जा रही थी।

हालांकि, ज्यों-ज्यों समय बीतता गया त्यों-त्यों कैदियों के प्रति मेरी घृणा कम होती गयी।

आज सुबह प्रतिदिन की तरह मेरा मरीजों की जाँच का कार्य जारी था। प्रत्येक कैदी मरीज नम्बर के अनुसार अपना क्रम आने का इंतजार कर लाइन में बैठे थे।

'नम्बर सोलह...!'

'यस सर!' एक छह फुट का सीधा-सादा सा युवक कैदी आकर मरीजों के स्टूल पर बैठ गया।

'नाम'

'सुंदरम्'

‘उम्र’

‘अट्ठाइस’

कहिए क्या तकलीफ है?

नींद नहीं आती। सिर दुखता रहता है। विचार रात को भी शांति से नहीं रहने देता। विचार करते-करते जेल की सलाखों पर सिर पटकने का मन हो जाता है।

मैंने पल्स एवं ब्लड प्रेशर की जांच की। काला, भद्दा, बढ़ी हुई दाढ़ी वाला, कभी-कभी कई दिनों तक नहीं नहाने वाले, ऐसे गुनहगारों के बीच स्वच्छ एवं सुघड़, सुंदरम् एकदम अलग लगा।

क्या करता था पहले...?

‘सर, एम.बी.ए. के फाइनल इयर में था।’

‘कितने वर्ष की हुई है?’

‘खबर नहीं, उसने बेफिक्री से जवाब दिया।

मुझे जानकारी हो गयी कि जवाब देना उसे अच्छा नहीं लग रहा है, फिर भी मैंने पूछ ही लिया।

क्या करता?

हकीकत में उसके रोग का कारण जानना चाहता था या फिर मानव सहज कौतूहलवश पूछ रहा था, इसे तो राम जानें...।

‘फिर कहूंगा’ कहकर सुंदरम् खड़ा होकर बैरक की तरफ चला गया।

उसके बाद शाम को ऑफिस से छूटते समय वह मेरे चैम्बर के पास आया। ‘मे आई कम इन’ जेल में कोई कैदी अगर इतनी तहजीब वाला मिल जाये तो आप शायद ही आश्चर्यचकित न हों।

‘यस...।’ मैंने उसे अंदर बुलाया। सुंदरम् के हाथ में पुराना अखबार था। ‘सर अंदर न्यूज है, उसमें मेरी क्राइम स्टोरी थोड़ी-बहुत लिखी हुई है। ‘ओके’ उस समय मुझे घर जाने में विलंब हो रहा था। इसलिए मैंने उसके हाथ में से अखबार लेकर तह बनाकर ऑफिस बैग में रख दिया था।

फिर घर जाकर तुरन्त ही बैग खोलकर अखबार पढ़ने बैठ गया था। इसलिए सुबह से अकेली घर रही मेरी पत्नी आज क्रोधित हो गयी। हालांकि, मेरा तबादला जेल के डॉक्टर के तौर पर होने के बाद हमारे घर में झगड़ा होना कोई नयी बात नहीं थी।

*

दूसरे दिन सुबह जेल में प्रवेश किया तब सुंदरम्, हुसेन और अमीर मिया नामक कैदी अन्य कैदियों के साथ फावड़ा लेकर रास्ते के दोनों तरफ के पौधों की क्यारियों को ठीक कर रहे थे।

'गुडमोर्निंग सर।'

'गुडमोर्निंग मैंने जवाब दिया।'

अभी सुबह के साढ़े नौ बज गये थे। सभी कैदी अलग-अलग प्रवृतियों में व्यस्त थे। मैं उनका चेहरा देखता रहा। सुना है कि जेल के वातावरण में निगेटिव शक्ति रहती है, और उसका प्रभाव सभी चेहरों पर रहता है। इतने समय में मैंने यहाँ किसी चेहरे पर निर्मल, निखालस हास्य नहीं देखा। शायद कोई कैदी हंसता हुआ मिल भी जाये परन्तु वह हास्य कोई गोरा अंग्रेज अफ्रीका के जंगल में गरीब आदिवासी बालक को छोटी चॉकलेट दे, और उस बालक के चेहरे पर जिस प्रकार की लाचारी वाला दुःख की लहरवाली... खोखली स्मित...।

सुंदरम् मुस्कराते हुए मेरे पास आया।

'सर पढ़ लिया? मानों उसने कोई बड़ा पराक्रम किया हो इस तरह बोला।

'हां'... मैंने उस अखबार को उसके हाथ में वापस देते हुए कहा।

'पढ़ा तो सही परन्तु इसके कारण मेरे घर झगड़ा हो गया!'

'क्यों?'

'मेरी पत्नी को मैं किसी भी क्रिमिनल के साथ सम्बंध रखूं, बिल्कुल पसंद नहीं है' वह मेरे सामने देखता रहा, परन्तु कुछ बोला नहीं। ठीक है अब, बाय द वे... परन्तु यह पागलपन करने की जरूरत क्यों पड़ी?' सुंदरम् हंसने लगा...दुख की वह लहर उसके हास्य में स्पष्ट रूप से दिख रही थी।

'डॉक्टर मुझे मालूम था कि आप ऐसा ही पूछोगे'

'पूछ लिया तो उसमें गलत ही क्या है?'

'कल शाम तक शायद आपको आपके प्रश्न का उत्तर दे दूंगा।'

'अभी क्यों नहीं...?'

वह कुछ बोला नहीं, मेरे सामने एक नजर डालकर चला गया। सुंदरम् की एक खास विशेषता थी। अनिच्छा के हालात में वह कुछ नहीं कहता था। बस शांति से चला जाता था। इस जेल में व्यतीत किए गये त्रासदायक वर्षों में बड़े से भी बड़े विद्रोही का मस्तिष्क ठंडा हो जाता। सुंदरम् भी उनमें से ही एक होगा, ऐसा मैंने मान लिया।

दूसरे दिन शाम को मेरे जाने के समय वह आ पहुँचा...। हाथ में रखे कागज में छोटे-छोटे अक्षरों में कुछ लिखा हुआ था।

'सर...।'

'बोल क्या है...?'

'मेरी आत्मकथा का छोटा टुकड़ा।'

मुझे वह इन्टरेस्टिंग व्यक्ति लगा। वर्षों तक जेल में व्यतीत किया हो, कब रिहा होगा, उसकी जरा भी आशा न हो, अपने भूतकाल क्षणिक आवेश, कुछ क्षण उसके वर्तमान और सुनहरे भविष्य को खा गयी हो, तब उस कलंकित, अनचाहे भूतकाल के बारे में कुछ भी लिखना, कोई छोटी-मोटी बात नहीं है।

'कब लिखा यह सब...?'

'कल रात को, सबके सो जाने के बाद...।'

'अच्छा...अच्छा...।' मैंने, कागज घर ले जाने में जोखिम था, फिर भी ले लिया। वह जाने लगा। 'घर जाकर पढ़ लूंगा। ऐटलीस्ट मेरी नजर में तो तुम निर्दोष साबित हो सकोगे।'

'निर्दोष...।' उसे गलत लगा हो, उस तरह उद्वेग में आकर खड़ा हो गया।

'आप ऐसा मानते हैं कि मुझे निर्दोष साबित होना है। आप जज थोड़े हैं? उसमें भी जब मैंने जज के समक्ष भी ट्रायल में, कोई दलील नहीं की तो आप के सम्मुख क्यों...?.

'सॉरी...बस' जाने-अनजाने उसे दुःख पहुँचाने का मुझे अफसोस हुआ।

'डॉक्टर साहब यह दोषी और निर्दोष सब मन का मायाजाल हैं। कानून जितने हैं, उतने ही उससे छूटने के रास्ते भी हैं। सच क्या है, निष्पक्ष रूप से उसकी तो कहाँ किसी को खबर है।

से फॉर एक्जाम्पल, एक स्टेट और दूसरे स्टेट के बीच क्लीयर बोर्डर लाइन होती है। एक स्टेट के पुलिस स्टेशन की सीमा पूरी और दूसरे स्टेट के पुलिस स्टेशन की सीमा शुरू ऐसे बोर्ड लगे होते हैं। मान लो एक स्टेट में शराबबंदी है तो दूसरे स्टेट में नहीं है। तुम इस बोर्डर की सीमा के बीच विस्की की बोतल लेकर पीने के लिए खड़े रहो। इस तरह आपका मुंह इस राज्य की सीमा में झुका दो तो तुम गुनहगार, और उस राज्य की सीमा में झुका दो तो निर्दोष, ऐसा होता है? परन्तु होता है। कितना फनी लगता है कि नहीं?

'हाँ?' मैने जवाब दिया।

मुझे कई बार ऐसा एहसास होता है कि सुंदरम् पागलों की तरह बोलता ही चला जाता है। बोलेगा। हालांकि, उसकी बात में सच्चाई जरूर होती है, और यही एक बात मुझे आकर्षित करती है। दूसरा यह भी एहसास होता है कि ऐसे लोगों को सुनना भी एक सेवा का ही काम है। क्योंकि जेल में, ऐसे लोग बाहर की दुनिया के किसी को भी कुछ सुना नहीं सकते कि कुछ सुन नहीं सकते, इसलिए हमेशा किसी को सुनाने-सुनने के लिए तत्पर रहते हैं।

'ओ.के., डॉक्टर, सुंदरम् बोलते जा रहा था...।

'एक दूसरा उदाहरण दूँ...।'

'जंगल में वनप्राणी जैसे खरगोश, हिरन की हत्या करें या हत्या में कोई भी व्यक्ति साथ दें उसे सात वर्ष की सजा का प्रावधान है। अब बाघ के अभयारण्य में खाना कम पड़ जाये तब बाघ को जिंदा रखने के लिए वन विभाग के कर्मचारी खरगोश अथवा हिरन अन्य प्रदेश से खरीदकर लायें और बाघ के शिकार के लिए छोड़ दें इसे अपराध नहीं कहा जा सकता!

'तो निकलूं... मुझे देर हो रही है' घड़ी की ओर देखकर मैं बोल उठा।

'देर...?' सॉरी सर, हमें ऐसा कंसेप्ट नहीं है। आजीवन कैदी की सजा पाने वालों को कभी देर होती ही नहीं। यहाँ हमारी जिंदगी में घड़ी नहीं है। यही नहीं तारीख, दिन या कैलेंडर भी नहीं है। उसने फीकी स्मित दी। मैं उसका कागज लेकर निकल गया।

रात दस बजे मेरी पत्नी टीवी में कोई सीरियल देखने में व्यस्त थी तब, मैं धीरे से सरक कर दूसरे कमरे में चला गया।

टेबल लैम्प चालूकर बैग से कागज निकालकर पढ़ने लगा...।

*

'चित्रा'

'कह दे कि तू मेरी परी नहीं है।'

'कह दे कि तुझे मेरे प्रति प्रेम नहीं है।'

'नहीं।'

'तू ऐसा कह ही कैसे सकती है?'

'क्यों?'

'याद है अपने कॉलेज की पिकनिक में तुमने मुझसे कहा था...।'

'वह कॉलेज की पिकनिक थी...यह रीयल लाइफ है रीयल लाइफ।'

'मीन्स यू वेर नाट रीयल ऐट दैट टाइम?!!'

'तू समझता क्यों नहीं?'

'सच कह तू मुझे प्रेम करती है कि प्रथम को!'

'प्रेम...प्रेम...प्रेम... व्हाट नान्सेन्स, प्रथम माखीजा एम.बी.ए. फर्स्ट इयर से ही कैम्पस इन्टरव्यू में मुझे उसकी कम्पनी में सिलेक्ट कर चुका था। अब वह मुझे अपना लाइफ पार्टनर बनाना चाहता है, और मुझे इतनी अच्छी लाइफ मिलती हो तो विरोध क्यों?'

'है विरोध है...। दो-दो वर्ष से हम जिस थिएटर में एक दूजे के हाथ में अंगुलियां पिरोकर मूवी देखा उन थिएटरों का विरोध है। हमने क्लास से गायब रहकर पूरे-पूरे दिन जिन बगीचों में भ्रमण किया, उन बगीचों का विरोध है। गार्डेन में उस जूही के लता के पास मैं फूल तोड़कर तेरे सिर में लगाता, उस लता का विरोध है...।'

'बस...बस बहुत हो गया। आई.आई.एम. के एम.बी.ए. के थर्ड इयर के स्टूडेंट के मुंह से देशी कवि की तरह फनी क्वॉट अच्छा नहीं लगता।'

'और तू कह रही है वह अच्छा लगता है?

'आफ्टर आल इट्स माय लाइफ।'

'एण्ड मी? चेहरा दयनीय हो गया।

'यु गो टू हेल...! चित्रांगदा उर्फ चित्रा, उर्फ परी, पैर पटकती हुई चली गयी।'

डॉक्टर साहब, गो टू हेल, कह कर उस दिन अलग हुई, और रीयली मैं अब इस नरक में पड़ा हुआ यह लिख रहा हूँ...।

अभी बीस बाय बीस की बैरक में सैंतालिस, सैंतालिस, ठूस ठूसकर सुलाये गये कैदियों के बीच सुंदरम् नामक एक जमाने का फाइनल एम.बी.ए. का स्टूडेंट भी है। मेरे चेहरे से एक ही फुट दूर सोये हुए बब्बर के मुंह की गरम, दुर्गंध मारती भाप, जब कुछ देर के बाद सोने जाऊंगा, तब जलाएगी, यह निश्चित है। मेरे दाहिने तरफ सोया त्रिकम उसकी तिगुनी मोटी जांघ बार-बार हटाने के बाद भी प्रतिदिन की तरह मेरी शरीर पर ही रहेगी, निश्चित है। पास से आ रही यूरीनल की दुर्गंध रोकने के लिए यह बारह फूट ऊंचा, तीन बाय एक की वेन्टीलेशन नामक जाली असमर्थ हो जायेगी, यह भी निश्चित है। नथुनों से भयानक आवाज, पसीने और यूरीनल की मिश्रित दुर्गंध, जेल के नियम के अनुसार पूरी रात जलती रहने वाली लाइट नर्कागार है।

'इट्स हेल ओनली, परी...रीयली इट्स हेल'

*

मैंने पूरा कागज पढ़ लिया।

सुंदरम् ने लिखने के बाद अंत में लम्बी लाइन खींच दी थी।

मानो वह आगे लिखना ही नहीं चाहता था, या आगे लिखने के लिए शक्ति ही नहीं बची थी।

सुंदरम् का यह कागज फटाफट पढ़ ऑफिस बैग में रख मैं वापस बैठक रूम में जाकर बैठ गया। मेरी पत्नी तल्लीन होकर टीवी के सामने बैठ गयी थी। टीवी में 'डान्स इण्डिया डान्स' का प्रोग्राम चल रहा था। आनन्द के अतिरेक में पूरा ऑडियन्स नाच रहा था।

*

दूसरे दिन सुबह साढ़े ग्यारह तक मेरा मरीजों की जाँच एवं चिकित्सा का काम चला। बीच में एक-दो बार सुंदरम् डिस्पेंसरी के पास आकर देख गया, परन्तु दूसरे कैदी मरीजों को देख वह वापस चला गया। वह पौने बारह को वापस आया। मैं वॉश-बेसिन में हाथ धो रहा था। उसने खुले दरवाजे के पास आकर पूछा।

'मे आई कम इन सर।'

'यस' वह अकेला कैदी ऐसा था जो कभी भी शिष्टाचार भूलता नहीं था।

'डॉक्टर, पढ़ लिया... मेरी आत्मकथा का टुकड़ा?'

'हां'

'आज तो भाभी के साथ घर पर झगड़ा नहीं हुआ न...?'

'ना वह तो टीवी देख रही थी।'

'डॉक्टर, साथ में जीने वाले हकीकत में लकी होते हैं, नहीं?'

'इस प्रकार अकेला जीने वाले मानते हैं, सुंदरम्' वह कुछ बोला नहीं, कुछ देर बाद मैंने कहा।

'मुझे लगता है कि तुमने चित्रा के साथ शामिल होने के लिए पहली निष्फलता में हार मान ली, यह भूल थी।'

'आपने यह कैसे मान लिया कि मैंने हर संभव कोशिश नहीं की होगी। प्रयत्न भी एक बार नहीं अनेक बार...। मुझसे सम्भवतः सभी, सभी का मतलब सभी, शुरुआत में तो उसकी बातचीत करने जितनी सहानुभूति थी, बाद में तो मैं वह भी खो बैठा।

कॉलेज में बहुत से हम दोनों के कॉमन फ्रेण्ड थे, एक तो निकट का ही प्रोफेसर था, परन्तु अन्त में तो चित्रा के निर्णय के आगे सभी असफल रहे।

प्रोफेसर से तो उसने इमोशनली कह दिया... 'सर, आपकी बेटी की इच्छा के खिलाफ कोई लड़का उसके पीछे-पीछे घूमता रहे तो आप क्या करेंगे?

इस दुनिया में सहानुभूति हमेशा स्त्रियों के पक्ष में मिलती है डॉक्टर साहब, मेरे निकटतम् मित्र भी उन दिनों में मुझे 'सुधरने' की सलाह देते थे। उसकी शादी के दो दिन पहले मैंने उसे फोन किया, यह मेरी और उसकी आखिरी बातचीत।

'चित्रांगदा, तू मुझे एक...बस एक बार मिल सकती है?' उसका नाम 'परी' लेने की हिम्मत तो मैं खो चुका था।

'...' सामने से कोई प्रत्युत्तर नहीं आया।

'प्लीज, चित्रा प्लीज'

'ट्राय टू अन्डरस्टैंड मी... आएम गोइन्ना टू मेरी विद प्रथम।'

'बस, मुझे एक बार तुमसे मिलना है...।'

'परन्तु क्यों?'

'बस एक ही बार।'

'ओके. यू कैन कम, परन्तु अभी, यू...नो... मैं मेरे मैरेज फंक्शन में अत्यन्त मतलब अत्यन्त ही बिजी हूँ।' डॉक्टर तब कुछ देर के लिए मैं स्तब्ध हो गया था। यह जो सामने से बोल रही है वह... हमारी परी ही है या अन्य कोई? उसकी बात चालू थी।

'यूं कैन कम ऐट माई होम, ऑफ्टर वन मंथ यू नो, ऑफ्टर कम्प्लीशन ऑफ माय मोरेशियस हनीमून टूर...एण्ड माइंड वेल फार एवर, आई विल एवर मीट यू इन प्रजेन्स ऑफ प्रथम ओनली।'

'प्रथम...प्रथम...प्रथम...हू इज प्रथम...फॉर मी?! मैं गुस्सा काबू में नहीं रख सका।

'फॉर मी...ही इज एवरीथिंग...माय वर्ल्ड, एण्ड अगेन माइन्ड वेल, नेवर से एनीथिंग अनफेर एबाउट हिम, अदरवाइज आई विल नाट बेर।'

परन्तु मेरी जिंदगी के साथ इतना अनफेयर हो रहा है, इसका क्या? मैंने जिंदगी में केवल तुम्हें ही प्रेम किया है। तुम्हें भी खबर है कि मैं तुम्हें अपनी पत्नी के रूप में देखना चाहता हूँ। दो-दो वर्ष के दोनों के मन और हृदय के लाइव रोमान्स के बाद मुझे इतना अधिकार नहीं?

'एक अच्छे मित्र के तौर पर साथ में रहे, उसमें कौन सा अधिकार मिल गया?' उसकी आवाज ऊँची हो गयी।

'एक सच्चे प्रेमी के तौर पर, सच्चे मानव के तौर पर मेरे अधिकार नहीं हो सकते? मैंने अपना बचाव जारी रखा।

'जो होता है उसे सहन कर, नहीं तो जो हो सके वह कर लो, समझ गये, यदि मानव के तौर पर तुम्हारे अधिकारों का हनन हो रहा है तो जाओ मानव अधिकार आयोग के पास...और करो शिकायत। उसने फोन कट कर दिया।

बंद रिसीवर में इस सुंदरम् से अंत में इतना कह दिया गया 'चित्रा, किसी आयोग के सम्मुख मेरी निजी जिंदगी के लिए भीख मांगनी पड़े, इतना कमजोर मैं...नहीं।

उस रात कबाड़ी मार्केट के व्यापारी जमाल के पास से रिवाल्वर खरीद लिया। सेकण्ड हैण्ड...। मुझे मालूम नहीं अथवा तो इस परिस्थिति में ऐसी जानकारी रखना चाहिए इसका ख्याल भी नहीं, परन्तु यह रिवाल्वर उसी कम्पनी का था, जिस इन्टरनेशनल कम्पनी का शस्त्रों का जखीरा सीमा के पास आतंकवादियों से बरामद हुआ था। मुझ पर लगी कई धाराएं आंतकवादी तथा राष्ट्रीय सुरक्षा पर खतरों के बारे में भी हैं।

'परन्तु तुम यह सब अपने बचाव में भी कह सकते थे।'

'हाँ, परन्तु इससे क्या फर्क पड़ जाता, शायद कुछ समय पहले रिहा हो जाता परन्तु उससे भी क्या? परी थोड़ी मिल जाती?'

'यूं तो...तुम्हारी अंधाधुंध फायरिंग में गोली चित्रा को लगी होती तो... चित्रा किसी को भी नहीं मिलती।'

'ऐसा होता भी कैसे? मैंने उस तरफ गोली ही नहीं छोड़ी थी। मैंने रिवाल्वर से शादी के मंडप के बीच रखी यज्ञ वेदी की तरफ निशाना लगाया, और गुस्से में ट्रिगर भी दब गया। मृतक की मौत संयोग था। मेरी और उसके बीच नाम मात्र भी पहचान नहीं थी, और डॉक्टर...चित्रा पर तो मैं चाहूं तो भी गोली नहीं छोड़ सकता। मुझ पर गोली लगे तो चलेगा, लेकिन मेरे दिल पर गोली का लगना कैसे सहन हो सकता है?'

सच कहूँ सुंदरम्, इसी की खबर नहीं पड़ती कि तू उसे अनहद प्रेम करता है कि नफरत? तुम्हारे दोनों तरफ के विचार हमारी समझ में नहीं आते।'

'डॉक्टर, मुझे भी मेरे दोनों तरफ के विचार समझ में नहीं आते, परन्तु इतना निश्चित है मुझे चित्रा को किसी भी तरह से घायल नहीं करना था, यूं भी आप किसी से सच्चा प्रेम करते हैं तो, आप उसे केवल प्रेम ही कर सकते हैं, प्रेम के अतिरिक्त कुछ भी नहीं कर सकते। अरे चाहो तो भी नहीं। बस मुझे तो चित्रा की शादी का विरोध ही करना था।

'यह विरोध रिवाल्वर बिना भी हो सकता था।' मैंने बीच में ही बोल दिया।

'डॉक्टर साहब...' उसने हंस दिया... 'दिल से जीता हूँ। दिमाग से नहीं...। और यह सब विरोध उसी का है, बाकी थोड़ा बहुत दिमाग से प्लानिंग किया होता यहाँ बैरक नम्बर आठ में होता।'

'परन्तु, जो हुआ सो हुआ...। विद्रोह मानो, दुर्घटना मानो या जो मानो वह...। परन्तु एक बार आने के बाद जेल को ही स्थायी निवास स्थान बना सकते हैं? जमानत के लिए प्रयास किया?'

'खास कुछ नहीं'

'परन्तु क्यों?

तुम्हारी इच्छा हो तो मैं कोशिश करूं...। हमारे दो-एक पहचान के वकील भी हैं। कोशिश करूंगा तो जमानत निश्चित ही मिल जायेगी।

वह मेरे सामने देख रहा था, उसकी आँख में न तो आनन्द था न आश्चर्य। बस निर्लेप भाव से देख रहा था। मुझे आश्चर्य हुआ। पाँच-पाँच्च वर्ष से जेल की यातना भोग रहे और भविष्य में अनिश्चित समय तक यातना सहने वाले कैदी के लिए बैरेक की दुनिया से छूटने की कल्पना, थोड़ा भी रोमांचित न कर सकी, यह असंभवित था।

'डॉक्टर, आभारी हूँ आपका, परन्तु छूटना शायद इतना मुश्किल नहीं, जितना छूटने के बाद जीना...।'

'क्यों लग रहा है समाज स्वीकार नहीं करेगा...?'

'यहाँ समाज को मानता ही कौन है? माना होता तो ऐसी हालत होती...? वह हंसने लगा,

'तो फिर? एक दो अच्छे वकील मेरे मित्र हैं, प्रयत्न करने में क्या जायेगा...'

'डॉक्टर साहब...आप नहीं समझ पायेंगे।'

'भले, जमानत के लिए प्रयास न करें, परन्तु प्रयास न करने का कारण मुझे जानना है। मैंने जिद की।

वह सावधान हुआ, थोड़ी देर तक शांत बैठा रहा, फिर बोला।

'मान लो कि मैं छूटूंगा, मैं छूटूंगा तो सीधा... वहाँ जाने की इच्छा न हो... फिर भी परी के शहर में पहुंचूगा। मेरा मन मुझे वहाँ खींचकर ले जायेगा। मुझे मालूम है वहाँ क्या होगा, क्या हो सकेगा, फिर भी कतल खाने जा रहे लाचार पशु की तरह असहाय होकर, मैं खुद ही धीरे-धीरे उसके शहर की तरफ खिंचता जाऊँगा, मेरे पैर, मेरी आँखे, मेरा मन, अरे मेरा पूरा अस्तित्व, वह दुनिया के किसी भी किनारे होगी...। वहाँ खींचकर ले जायेगा।

वहाँ पहुँचकर मेरी आँखे उसे ही खोजती रहेंगी। मेरा मन उसके लिए तरसता रहेगा। चक्कर काटता रहेगा...डॉक्टर...बहुत खतरनाक बीमारी लगी है? कहकर वह गंभीर हो गया।

वह शायद मिल जाये तो? वह होगी, उसका पति होगा, उसका बालक होगा, उसका सर्वसंपन्न संसार होगा। उस संसार का सुरक्षा कवच होगा।

मैं उस अभेद सुरक्षा चक्र से मन पसन्द बिन्दु अलग नहीं कर सकता, या फिर स्वयं एक बिन्दु बनकर उसमें शामिल हो सकता हूँ इसलिए...

वह थोड़ी देर रुका,

उस सुरक्षा चक्र के सापेक्ष मैं मतलब दूर-दूर तक एकदम अकेला... परिधि के बाहर का बिंदु...।

जो परिधि में नहीं, परिधि में शामिल भी नहीं हो सकता, और अत्यधिक दु:ख की बात तो ये है कि यह बिंदु अपने आस-पास अपना एकदम अलग परिधि बना भी नहीं सकता।

'परन्तु क्यों?' मैंने उसे बीच में रोका।

'डॉक्टर आपको ब्रह्मांड की आखिरी सीमा की जानकारी है? कभी विचार करना? आप एकदम असीम, सभी सीमाएं पार कर जहां ब्रह्मांड की तरह, जहाँ अंतिम सीमा के बारे में विचार करना भी मूर्खता है, इतनी हद तक... इतनी हद तक किसी को प्यार किया है? उसने गहरी सांस ली।

'मैंने किया है डॉक्टर...' और इसीलिए कहता हूँ कि उसे अन्य किसी के साथ देखने की मेरी शक्ति नहीं है।'

'परन्तु तुम उससे शादी बात भी नहीं कर सकते?' मैंने मौन तोड़ा।

'बात...?' वह हंसने लगा।

'मैं बात करूं...! बात तो एक तरफ रही, केवल मुझे देख लेगी तो भी क्या कहेगी कहूँ आप से...!

'प्रथम यह दाढ़ीवाला हमारे पीछे-पीछे क्यों घूम रहा है?

'अरे आ...हा प्रथम तुमने पहचाना वह मर्डरर, हमारे मैरेज फंक्शन का मूड खराब कर डाला था वह... साइकिक, लगता है जमानत पर छूटा है। तुम्हें नहीं लगता कि सरकार को इस प्रकार छूटे हुए अपराधियों को इसी समाज में बसाने के बदले कोई अलग व्यवस्था करनी चाहिए। आई मीन, मेरे कहने का दूसरा अर्थ नहीं, परन्तु जो व्यक्ति समाज में तनाव दायक परिस्थिति पैदा कर जेल गये हों। उन व्यक्तियों को पुनः इसी समाज में लाकर, शेष शांति से जी रहे लोगों के साथ हम कितना अन्याय कर रहे हैं?'

मुझे और उसे...व्हाट नान्सेंस, प्रथम तू भी क्या, बिल्कुल सीली बात करता है। वह तो बिल्कुल घनचक्कर है, घनचक्कर, हमारी कॉलेज का एकमात्र पागल...।

यह तो कॉलेज में मेरे क्लास में था इतना ही, मेरी और उसकी तो बराबरी भी कैसे हो सकती है!

मैं तो कॉलेज में...आँख के आगे आयी लट को एक ही अंगुली की मदद से नजाकत से कान के पीछे संभालकर रखने पर वह कहेगा...।

इस मोन्टू की मम्मी बनने के बाद भी...प्रथम सच कहना मैं कैसी लगती हूँ? तब तो कॉलेज में छोटे थे इसलिए स्वाभाविक तौर पर ही सौंदर्य तो होगा। कॉलेज में सभी ने मेरा नाम ब्यूटी क्वीन रखा था, वह कोई यूं ही होगा? और कॉलेज में यह दाढ़ी मुझे देख गया होगा। अब मुझे तो क्या मालूम...। हम थोड़ा अच्छे लग रहे हों तो लड़के एकटक देखते रहें, देखते रहें तो देखते रहें, भले इससे क्या? इससे क्या मुझे बुर्का पहनकर कॉलेज जाना!

हमें तो फर्स्ट इयर से एक ही नियम...घर से सीधा क्लास में और क्लास से सीधा घर...। अरे, मूवी देखने के लिए जाना हो तो भी...तुम्हें तो...मेरी मम्मी की खबर है ना... बिल्कुल ओर्थोडॉक्स, तुम तो तय भी नहीं कर सकते कि यह अवतार अट्ठारहवीं सदी का होगा, या इस सदी का!

मैं कहूं कि मुझे सहेलियों के साथ मूवी देखने के लिए जाना है, तो भी स्पष्टता के साथ ही आये। फिर कहने लगे...। यह जमाना कैसा है। लड़कियों को अकेले पिक्चर देखने नहीं भेजना चाहिए। आजकल के लड़कों का क्या भरोसा...? तब मुझे अधिक रिस्ट्रीक्शन महसूस होता, परन्तु आज लगता है कि मम्मी सही थी। हम अच्छे हैं तो भले, परन्तु पूरी दुनिया अच्छी होगी,

इसकी क्या गारंटी...। आखिर में तो हमारे देश की संस्कृति और संस्कारिता को सुरक्षित रखने की जिम्मेदारी किसकी...?

इतना सुनकर प्रथम प्रेम से परी का हाथ अपने हाथ में ले लेगा...।

स्त्रियां खतरनाक हद तक स्वार्थी और झूठी होती है डॉक्टर। परी कहती जायेगी... 'होगा भाई होगा, हमें क्या...प्रथम, तुमने कल वो न्यूज पढ़ा...। एक व्यक्ति उस हिन्दी मूवी की हीरोइन ऐश्वर्या को गत पाँच वर्ष से प्रतिदिन पोस्टकार्ड लिखता है, और वह भी पेन या पेंसिल से नहीं, परन्तु अपने खून से...। बोल अब क्या कहना है ऐसे दिमाग से खाली पागल को, भगवान ने दुनिया में कैसे-कैसे नमूने बनाये हैं। अरे, इससे अच्छा होता इतना ब्लड डोनेट किया होता तो कितनी जिंदगियां बच जाती।

प्रथम... प्रथम माखीजा जी हजूरिया की तरह हाँ में हाँ मिलाता जायेगा। ये पुरुष भी कितना जी हजूरिया होते हैं और ये स्त्रियां...कामरू देश की खतरनाक जादूगरनी।

'तुम्हारा दिमाग निगेटिव हो गया है सुंदरम्, तुम्हें पोजीटिव थिंकिंग करना चाहिए।'

डॉक्टर पोजीटिव या निगेटिव ये आपके ख्यालात हैं, कि आप घटना को किस तरह देखते हैं। सचमुच में ऐसा कुछ होता ही नहीं है।

उदाहरण के तौर पर यह जेल आप को निगेटिव लगती है। यहाँ के कैदी आप को पिंजरे में बंद हिंसक प्राणी जैसे लगते होंगे, परन्तु कुछ समय उनके साथ जियो तो आप भी मान जायेंगे कि ये कथित हिंसक जीव निगेटिव भी नहीं या पोजीटिव भी नहीं, केवल वही हैं, जो हैं।

हिरन का शिकार सिंह करे तो उसे निगेटिव कहा जा सकता है? ये सभी मूल्यांकन हमारे हैं। इन जेल के जीवों के बारे में तो मैं इतना कहूँगा कि...जैसा होंगे वैसा, हिंसक तो हिंसक, खूनी तो खूनी, परन्तु यहां छल कपट नहीं है। छलावा नहीं है, यहाँ के किसी भी कैदी के साथ बात करें, कभी झूठ नहीं बोलता।'

तुम्हारी थिंकिंग जो भी कहे, परन्तु आखिरकार तुम्हें क्या मिला? तुम्हें नहीं लगता कि सच्चे प्रेम को अच्छी भावनाओं को तुमने एक विचित्र अंजाम दिया है।'

'डॉक्टर, यह सब मेरे हाथ की बात थोड़ी है? पर्वत के अंदर से झरना निकलता है फिर तो पर्वत को भी खबर नहीं होती कि यह झरना कहाँ जायेगा?'

'मतलब यह झरना एम.बी.ए. का भविष्य छोड़कर जेल में जा पहुँचा...।' मैंने व्यंग्य किया।

पर्वत की इच्छा से सब चलता तो कोई नदी रेगिस्तान में मिलती सही? आप नहीं समझेंगे डॉक्टर, परन्तु जेल एक रोचक जगह है...। अच्छा खराब, निर्दोष, दोषित सभी व्यक्ति हिंसक प्राणियों की तरह पिंजरे में बंद हैं। यहाँ अच्छा लगने का एक ही कारण है...। यहाँ लोग दिल से जीते हैं। दिमाग से नहीं। बस दिल को लगा वही सही...। खबर है आपको, ये गुनाहगार अपराध क्यों करते हैं?!

शायद होंगे तो केवल दो-एक प्रतिशत हैबीच्युअली साइकोलोजिकली पवर्टेड क्रिमिनल हों, परन्तु शेष अट्ठानबे प्रतिशत तो केवल संयोग के शिकार हो जाते हैं। इसमें भी सबसे बड़ा सच तो यह है कि सभी अपराधी जेल में नहीं जाते, और जेल जाने वाले सभी अपराधी नहीं होते।

डॉक्टर आप सब बाहर की दुनिया वाले दिमाग से जीने वाले हो। केवल दिमाग से जीने वाले झूठे होते हैं। यहाँ सब हृदय से जीने वाले होते हैं।

नहीं समझे?...दो वर्ष के बालक एवं बाइस वर्ष के युवक में क्या फर्क? यही कि दो वर्ष का बालक हृदय से जीता है। भूख लगती है तब रोता है। आपने कितना ही महंगा कपड़ा पहनाया हो, परन्तु यदि उसे पहनने में चुभता है तो रोता है। प्यार करोगे तो हंसता है। कोई लॉजिक नहीं होता उसके पास, बस स्वाभाविक प्रतिक्रिया है।

जबकि बाइस वर्ष का लड़का... इन्टरव्यू में बैठा हो, मार्क के आधार पर सिलेक्शन नहीं होगा, वह जानता है तब भी चेहरे पर स्मित चिपका कर रखता है।

अनचाहे पड़ोसी के घर किसी की मृत्यु हो तब भले आंतरिक खुशी हो, अंदर से कह ही रहे हों... 'अच्छा हुआ वह गया, बहुत चढ़ गया था। परन्तु बाहर तो वही गमगीन चेहरा रखकर कहते फिरेंगे... बहुत बुरा हुआ।'

दिमाग से जीने वालों के सभी आनन्द या दुःख के हावभाव के लिए एक निश्चित कैलकुलेशन होता है। आंतरिक वास्तविकता चाहे जो भी हो, परन्तु बाहर लोगों की नजरों में वही चेहरा प्रदर्शित करते हैं, जो लॉजिकली दूसरों को अच्छा लगे।

यह जेल लोगों को भले निगेटिव लग रही हो, परन्तु सच तो यह है कि जेल का समाज भले खराब होगा, परन्तु झूठा नहीं है। जेल में बहुत

सी असुविधायें होने के बाद भी इन लोहे की सीखचों के अंदर जाने के बाद सुरक्षा का गजबनाक एहसास होता है, और इन सीखचों के बाहर की दुनिया... आपने...गाय की खाल ओढ़कर बैठी सिंहनी को देखा है?

'तुमने फिलॉसफी का अध्ययन किया है...सुंदरम्।

इन दुष्कर जेलों में जिन्हें लम्बी सजा हुई हो, उनके बाकी जीवन में संभावनाएं बहुत कम होती हैं। क्रूर हो जायें, हताश हो जायें या पागल हो जायें अथवा हमारी तरह...(वह अपनी ओर अंगुली का इशारा करके बोला...) इस तरह... फिलॉसफर, उसने हल्का स्मित किया।

'तो मिस्टर फिलॉसफर मतलब तुम...तुम तो इस जेल को निगेटिव नहीं मानते? मुझे आश्चर्य हुआ।

'हूँ...?

वह कुछ बोला नहीं।

*

सुबह में डिस्पेंसरी में आकर बैठा ही था कि तुरंत ही एक कैदी ने झांक कर कहा।

'सलाम साब'

'सलाम'

आज रात को क्या हुआ पता है...? छुन्नर और मकबूल के बीच झगड़ा हो गया। छुन्नर ने मकबूल का माथा फोड़ा तो मकबूल ने छुन्नर को दांतो से काट लिया।

'हूं..., मैंने बिलकुल ठंडा प्रतिभाव दिया, वह क्षोभ से भर गया।

आपको कोई बीमारी, तकलीफ है?

'ना'।

'तो अपने काम पर जाइये...।

वह अनमन होकर चला गया। जेल में इस प्रकार की घटनायें अक्सर हो जाती। जेल के बहुत से कैदी हमारे तथा हमारे स्टाफ के साथ बातचीत के जरिए सम्बंध बनाने के लिए आतुर रहते।

इसमें अगर गलती से भी इनकी बात में आ जायें तो चार-पाँच मुलाकात में तो दोस्ती हो जाये। एक बार सम्बंध बंध जाने के बाद वे बिना कुछ मांगे रह नहीं सकते। उन्हें बीड़ी, माचिस, तम्बाकू, पीने के लिए स्प्रिट या ऐसा ही कुछ और भी चाहिए।

मेरे पास ऐसे लोगों की मुख्य रूप से दो मांग रहती, एक तो बड़े अस्पताल में दाखिल होने के लिए ट्रांसफर सर्टीफिकेट और दूसरा नींद की गोलियां।

हालांकि, मेरी यहाँ की सिस्टम ही ऐसी थी कि कोई भी अवांछित मांग कभी पूरी नहीं होती। परन्तु फिर भी मैं सतर्क रहता और सेफ डिस्टैंस रखता।

बस सुंदरम् ही एकमात्र अपवाद था।

कारण, खबर नहीं।

*

चार-पाँच दिन के बाद सुंदरम् शाम को फिर आ गया।

'डाक्टर साहब एक रिक्वेस्ट है, एक मदद करोगे?'

'बोल।'

'पाँच मिनट आप के मोबाइल का काम है देंगे...?'

'ना' स्पष्ट शब्दों में ना कहने की कला मैंने बहुत समय पहले ही विकसित की थी।

'ऐसा हो तो मुझे मत देना, आप स्वयं बात करना बस।'

'देखिए, मांगने वालों में तुम पहले नहीं हो, और इससे पहले कैदियों को दिया ऐसा ही जवाब तुम्हें भी देने वाला हूँ। इसमें संशय का स्थान ही नहीं है। फिर भी केवल जानकारी के लिए पूछ रहा हूँ कि काम क्या है?'

मैं सुंदरम् को मोबाइल देने वाला नहीं था, फिर भी जानने का कौतूहल रोक नहीं सकता था।

'काम है।'

'परन्तु क्या। परी के साथ बात करना है?'

'आप भी क्या!' वह नीचे देखने लगा। क्षणभर के लिए उसकी आँख में आकाश उमड़ने लगा।

'काम मुझे नहीं हुसेन चाचा को है।'

'हुसने चाचा...!' नाम बोलने के साथ मेरी नजर में एक अस्सी वर्ष का सफेद दाढ़ी वाला वृद्ध कैदी का चेहरा स्पष्ट हो गया। सभी लोग सम्मान के साथ उसे चाचा कहते। बहुत संस्कारी व्यक्ति। जेल में किस तरह आ गये होंगे, इसे तो वे चौबीस घंटे जिसकी इबादत करते, वह अल्लाह ही जानें, उन्हें आप नमाज पढ़ते देखो तो उनमें आपको एक औलिया का दर्शन हो, ब्लडप्रेशर के लिए नियमित दवाई लेने आते।

'हुसेन चाचा को एक फोन करना है...।'

'क्यों उन्हें क्या काम पड़ गया?'

मुझे मालूम था, बीस-बीस वर्ष से जेल में रहने वाले व्यक्ति की किस प्रकार सामाजिक दुर्दशा होती है। शुरुआत में दो-पाँच व्यक्ति महीने-दो महीने मिलने के लिए आते हैं। फिर तो सभी सम्बंध धीरे-धीरे कम होते-होते बिल्कुल मिट जाते। जेल में जाने से पहले देखा हुआ संसार, उनकी छवि, दिल के साथ जुड़ जाती है। जेल में कुछ नया नहीं होता, वहीं दूसरे किनारे संसार हर पल परिवर्तित होता रहता है। वर्षों तक जेल में बिताने के बाद वापस आनेवाला कैदी नये रूप और रंग में दुनिया को देखते ही चकाचौंध हो जाता है। यहाँ ऐसा कुछ दिखता ही नहीं, जो वह यहां छोड़कर गया था।

हुसेन चाचा ऐसे ही एक व्यक्ति थे। गत बीस से भी अधिक वर्षों से इसी जेल में सजा काट रहे थे। उनके समय का कोई बचा हो या किसी का सम्बंध यथावत रहने की सम्भावना बहुत ही कम थी।

'हुसेन चाचा को क्या काम पड़ गया होगा...?'

'डॉक्टर, हुसेन चाचा मेरे साथ बात करते-करते रो पड़े। उनकी बेटी सलमा के साथ बात किए हुए वर्षों बीत गये। अभी चालीस साल सजा काटना है। बिचारा हुसेन चाचा, इतना वर्ष तो उनकी जिंदगी भी नहीं है।

कितनी धाराएं लगी हैं, उनके खिलाफ...?

'अरे जाने दो न साहब, अंगुली के पोर भी कम पड़ जायेंगे गिनने के लिए...'

'क्यों?...क्यों इतनी अधिक...?'

'ऐसा तो वे भी वर्षों से पूछते रहते हैं...।'

'मतलब!'

'जाने दो...डॉक्टर, ये बात ही जाने दो...। मुझे तो आपसे यह कहना है कि चाचा उनकी बेटी से बात करना चाहते हैं। कई बार समाचार भी कहलवाया। कितने ही पत्र भी लिख डाले, आज तक कोई जवाब नहीं आया, क्योंकि सलमा का पति नहीं चाहता कि उसकी पत्नी ऐसे गुनहगार बाप के साथ सम्बंध रखे।

अब तो हुसेन चाचा को भी लगने लगा है कि वे ज्यादा दिन नहीं खींचेंगे। एक बार सलमा के साथ बात करा दें तो...।

'देखो सुंदरम् जेल में मैं डॉक्टर के तौर पर आया तब एक नियम के साथ आया था कि किसी भी कैदी के साथ सम्बंध नहीं रखेंगे, या किसी भी प्रकार के तर्क-वितर्क में नहीं पड़ेंगे, उसमें भी इस प्रकार का काम...। आखिर में भलाई करें और पकड़ लियें जायें तो? डॉक्टर की इस रिवॉल्विंग चेयर से सीधे तुम्हारे साथ बैरक नम्बर आठ में आ जाऊं तुम्हारी ऐसी इच्छा है?'

'ना...ना... तो फिर जाने दो यह तो मुझे ऐसा कि...।'

सुंदरम् गमगीन होकर चला गया।

*

सबकुछ पूरा कर घर पहुँचा तब, यहाँ जेल के डॉक्टर के तौर पर तबादला होने के बाद सामान्य तौर पर, रोज साधारण गमगीन रहनेवाली मेरी पत्नी आज खुशी के साथ मेरा इंतजार कर रही थी।

'छूट गये?'

हाँ...।' मैंने बैग सोफा पर रखते हुए कहा।

'ना...ना...मैं यूं कह रही हूँ कि जेल से छूट गये...।'

'मतलब?'

उसने मेरे घर के पते पर आया सरकारी लिफाफा बताया। मैंने अंदर का कागज निकालकर पढ़ा। जेल से मेरा तबादला और शहर की मुख्य हॉस्पिटल में प्रमोशन का सरकारी ऑर्डर था।

'वाऊ...सुपर्ब...!' मैं भी आनन्दित हो गया। बड़े हॉस्पिटल में काम करने की मजा ही और है। वहां बड़ा क्वार्टर और अन्य सुविधाएं भी सही। सबसे बड़ा सुख यह कि बड़े शहर में रहना और काम करना।

कुछ देर बाद मेरी पत्नी ने कहा, 'मुझे तो बहुत बड़ी शांति मिल गयी। कितनी ही प्रार्थनाएं की थी। यह जगह बदले इसलिए, पहले तो कोई भी पूछे कि तुम्हारे पति कहाँ हैं? और मैं कहूँ कि 'जेल में।' सुनने वाला सुनकर भ्रम में पड़ जायेगा।

'जेल में!' फिर मुझे समझाना पड़ेगा...।'

'अभी मैं, बिल्कुल छूटा हुआ नहीं कहा जा सकता!'

'क्यों?' उसके ललाट पर चिंता की रेखाएं उभर आयीं।

'अभी हमारे लिए एक जेल तो बाकी ही है न!' मेरी आँखों में तूफानी स्मित था।

'कौन सी?'

'तुम्हारी।'

'मेरी?! ये तो छूटे...! ये तो आजीवन कारावास है। आजीवन कारावास कहते-कहते वह...।

*

एकाध सप्ताह में ही हम नयी जगह में सेट हो गये, दो-तीन महीने में तो जेल लगभग भूल ही गयी। सुंदरम्, पंडित, सुलतान, भूतनाथ, हुसेनचाचा, मोटी दीवारें, डिस्पेंसरी, बैरेक, लोहे के दरवाजे, बीड़ी-तम्बाकू, अवैध रूप से ब्रिकी करता छोटा लड़का पानी और भी बहुत कुछ...। मानस पटल से धीरे-धीरे धुंधला हो गया था।

*

आज रविवार था। प्रत्येक रविवार की तरह मेरे लिए सुबह देर से हुई। मेरी पत्नी चाय-नास्ता करने के बाद रूचिपूर्वक अखबार पढ़ रही थी। आलस मिटाते-मिटाते मैं वहां पहुँचा। उसके हाथ में पड़े हुए अखबार की हेडलाइन पर मेरी नजर पड़ते ही वहीं गड़ गई।

सेंट्रल जेल में सुरंग कांड, चार आरोपित फरार, एक आरोपित पकड़ा गया

ता. 16 फरवरी (ऑल इण्डिया न्यू सर्विस)

आज शहर की सेंट्रल जेल में सुरंग खोदकर आजीवन सजा प्राप्त कुछ कैदी फरार होने में सफल हो गये थे। घटना के अनुसार आज आधीरात लगभग दो बजे यहाँ की सेंट्रल जेल में अड़तीस फुट लम्बी और छह फुट चौड़ी सुरंग खोदकर उसका एक किनारा ड्रैनेज लाइन के मेनहॉल से जोड़कर कुछ आरोपित फरार होने में सफल हो गये।

जेल में सख्त सुरक्षा व्यवस्था के बावजूद आरोपितों ने जेल के बगीचों से सटकर थोड़ा-थोड़ा कर एक लंबी सुंरग खोद डाली थी। इस खनन कार्य में उपयोग में ली गयी सरिया, लकड़ी, बरतन बरामद कर लिए गये हैं।

उल्लेखनीय है कि सुबह सात से बारह और सायं पाँच से छह के दौरान आरोपितों को बैरक के बाहर निकाला जाता है। इस दौरान आरोपित बारी-बारी से सुंरग खोदते थे।

बगीचा में फूलों की क्यारी बनाने के बहाने इस षडयंत्र को अंजाम दिया गया था।

फरार हुए आरोपितों में अब्दुल, कमलनाथ, तथा सीरियल बम ब्लास्ट का अस्सी वर्षीय हुसेन भी शामिल है। दो जाबांज पुलिस कर्मियों की सूझबूझ के

कारण सुंदरम् नामक अट्ठाइस वर्षीय कैदी को गिरफ्तार करने में सफलता मिली है। उल्लेखनीय है कि सुंदरम् पर आतंकवादी, राष्ट्रविरोधी प्रवृतियों के लिए मुकदमा चल रहा है।

इस घटना में अस्सी वर्षीय आरोपित हुसेन जो बड़ी मुश्किल से चल सकता है, फरार होने में सफल हो गया था। यह चर्चा का विषय है।

आरोपितों के खिलाफ भारतीय दंड संहिता की धारा 130 (कैदियों को भगाने), 225 (कानूनन हिरासत का विरोध), 120 बी (आपराधिक षड्यंत्र) के अंतर्गत तथा 1948 की धारा 42 (असामान्य वस्तुएं जेल में लाना) तथा धारा 45 (जेल में जान बूझकर आदेशों का उल्लघंन) जैसी धाराओं के आधार पर अपराध दर्ज किया गया है।

पुलिस, एटीएस, एवं फोरेंसिक लेबोरेटरी की टीम के विशेषज्ञ घटना स्थल पर पहुँच गये हैं। राज्य का गृह विभाग घटना पर नजर रखे हुए है।

गजब हो गया नहीं...? मेरी पत्नी ने कहा।

'हां...इतनी पुलिस एवं सिक्यूरिटी की उपस्थिति में इतना बड़ा षड्यंत्र!!' मैंने कहा।

'और मुझे तो इससे भी ज्यादा आश्चर्य इस बात का है अस्सी वर्ष का बुड्ढा फरार हो गया और एक नवयुवक गिरफ्तार हो गया।'

'मुझे तो ऐसा लगता है कि उसने भागने की कोशिश ही नहीं की होगी...।' सुंरग के द्वारा सभी को भगाकर स्वयं अकेले वहीं बैठ गया होगा, गिरफ्तार होने तक।

'क्यों ऐसा?'

'ऐसा ही होगा।'

'परन्तु तुम्हें कैसे मालूम?' मेरे सामने डिटेक्टिव की तरह जिरह करती हुई बोली।

मैने स्पष्टता करने का विचार किया परन्तु...परन्तु ओंठ खुले ही नहीं।

8. रामायण

वर्ष व्यतीत होता गया, सदियां भी बदलती रहीं, युग शुरू और समाप्त, वाणी बदल गयी, वस्तुएं बदल गयीं, वस्त्र और परिधान भी परिवर्तित हो गये, शायद आस-पास का भौतिक विश्व भी परिवर्तित हो गया होगा, परन्तु मानव की मानसिकता?
सबकुछ बदल गया हो तो फिर क्यों, कोई सदियों पहले गुलाम की तरह स्त्री की सहनशीलता कंधा रख पुरुष के अहं का कोड़ा खाने के लिए नतमस्तक होकर खड़ी है आज भी?
है जवाब ?

'ओह हो...ऐसा तो कहीं हो।'

'जटाशंकर बिचारा भगवान का आदमी...। उसे किस अपराध की यह सजा।

ना...ना...पागल है तो दवाई करवाओ, न मिटे तो मेंटल अस्पताल में भर्ती रखिए, अन्यथा घर में रस्सी से बांधकर बंद रखो, इस प्रकार ऐसी जंगली लड़की को खुली रख सकते हैं?'

'बिचारा भोलाभाला ब्राह्मण गया...मेरे राजा राम भी काम नहीं आये, ब्रह्म हत्या मतलब सबसे बड़ा पाप... अघोरपातक इसके बाद तो नर्क में भी, लड़की को लाइन में खड़ा रहना पड़ेगा लाइन में और उबलते हुए तेल की कड़ाही में...।'

*

इस पूरे मंडल में आप कहीं चले जाइए, और पचीस-तीस महिलाएं हाथ जोड़कर कथा सुन रही हों, और चार बांस एकत्रकर उस पर पीताम्बर रख सादी व्यासपीठ बनाया हो और उस व्यासपीठ पर विशाल ललाट एवं लम्बी शिखावाला किसी जनेऊ धारी को देखें निश्चित मान लें कि वह जटाशंकर ही होगा, और मैं तो आगे बढ़कर इतना भी निश्चित कहूँ कि

इनमें से कितनी महिलाओं की आँखें नम हो गयी होंगी, वे रुमाल से आँख साफ करती दिखें तो मान लेना कि अरण्य कांड का सीता विरह का प्रसंग चल रहा होगा।

यूं देखें तो जटाशंकर सामान्य परिस्थिति वाला साधारण ब्राह्मण, अभी तक बाल ब्रह्मचारी रहकर जिंदगी का आधा रास्ता तय कर लिया था। जटाशंकर यूं तो संतोषी जीव...और यूं भी बचाना हो तो अब किसके लिए। रामजी मंदिर में रहना और रामकथा करते-करते जिंदगी गुजारना ही जीवनमंत्र। यूं कहें तो व्यक्ति छोटा होते हुए भी नाम भी बड़ा और काम भी बड़ा। आजीविका का एक मात्र साधन रामकथा मानो तो रामकथा, परन्तु रामकथा को केवल आजीविका का ही साधन मान लें तो जटाशंकर के साथ सरासर अन्याय होगा। कथा तो जटाशंकर के लहू में थी। जिह्वा पर साक्षात सरस्वती बसी हुई थीं। परन्तु उनकी पूरी जिंदगी में लक्ष्मी कहीं आस-पास भी नहीं दिखीं। लेकिन यहाँ परवाह भी कौन करता है? वह तो आधा मन अनाज में ही खुश हो जाते। नये जमाने का रंग नहीं लगा था। इसलिए भगवान राम केवल उनकी पोथी में ही नहीं दिल में भी बसे हुए थे। एक बार कथा की शुरुआत होने के बाद जटाशंकर को स्थल, काल, श्रोता या दक्षिणा किसी की भी चिंता नहीं रहती।

*

नाम उसका आरती। उम्र सत्ताइस वर्ष पूरा, इस आठवीं मार्च को अट्ठाइसवां लग जायेगा। सुन्दर इतनी कि न पूछो बात, जैसे वह साढ़े पाँच फुट की संगमरमर पर कुरेदी हुई जीवित प्रतिमा। इस लड़की के बोलने पर मानों फूल झर रहे हों...ना...ना... मैंने झूठ बोला। अब तो यह आरती बोलती ही कहां है? यह तो पहले की बात। आरती जानकी बहन और सेठ

शामल शाह की एकमात्र संतान। सेठ ने दौलत और शोहरत दोनों इसी प्रदेश से अर्जित किया था। कॉलेज की पढ़ाई के लिए आरती को निकट के शहर में भेज दिया। जिस दिन आरती ने उसकी थीसिस 'कोग्निटिव स्टडीज इन वुमन एम्पावरमेंट' के लिए पीएच.डी. की उपाधि एवं गोल्ड मेडल माँ-बाप को दिखाया उस दिन खुश होकर शामल शाह सेठ ने पूरे गाँव को लड्डू खिलाकर मुंह मीठा करवाया था। कुछ ही समय में आरती को इसी शहर में लेक्चरर की अस्थायी नौकरी भी मिल गई। इसलिए विवाह के लिए सगे

सम्बन्धियों का दबाव भी शुरू हो गया। शामल शाह सेठ हाँ-ना कहते-कहते उनके बचपन के मित्र मोहनलाल को इंकार नहीं कर पाये। यूं भी उनका इकलौता पुत्र शुभांग आरती से साढ़े पाँच वर्ष बड़ा था, परन्तु इंजीनियर हो गया था। उस समय भले स्थिति और नौकरी साधारण थी, फिर भी लड़के का उज्ज्वल भविष्य देखकर शामल शाह सेठ ने तय कर दिया, और अपनी प्रतिष्ठा के अनुसार धूमधाम से शादी भी कर दी। शादी के बाद पहला वर्ष तो सामान्य रूप से जिस तरह होता है, कब गुजर गया इसका शुभांग या आरती दोनों में से किसी को कुछ खबर ही न पड़ी।

*

'आरती आज शाम तुम किसके स्कूटर पर बैठी थी?' घर आने के साथ ही आरती का स्वागत हुआ!! आरती कुछ देर असमंजस में पड़ गयी। शुभांग का सीबीआई के इंस्पेक्टर जैसा चेहरा आरती को जीवन में पहली बार असंगत लगा। 'सुरेश भाई के...?' भाई शब्द पर जाने-अनजाने आरती ने अधिक बल दे दिया।

वह तो बस की लाइन में खड़ी थी। वहीं सुरेश भाई मिल गये। बिचारे कितने अच्छे, उन्होंने तुरन्त स्कूटर खड़ा कर दिया, और इसी तरफ आ रहे थे... वह, आरती ने असाधारण सवाल से हुई ग्लानि छिपाते हुए चेहरे पर नकली मुस्कान बिखरने दिया। वह हालात को यथा संभव जल्द ही पूर्ववत करना चाहती थी।

'देखिए, आरती...मुझे यह अच्छा नहीं लगता। कोई देखेगा तो कैसा लगेगा?' शुभांग ने पहले से ही मन में तैयार दलील की। 'वुमन एम्पावरमेंट' में पीएच.डी. की हुई लड़की को यह समझने में देर नहीं लगी कि इस प्रश्न से किसी और को तकलीफ नहीं परन्तु शुभांग के अंदर छिपे पौरुषत्व का आधिपत्य का...स्वामित्व की भावना का खोखले मोहरों की तकलीफ हो रही है। आरती को शांत देख शुभांग अब और आक्रामक हो गया।

'आज के बाद मैं ऐसा नहीं चलाऊंगा, समझी!'

'क्यों तुम उस दिन मृणालिनी बहन को बाइक के पीछे बैठाकर छोड़कर नहीं आये थे...?' प्रतिकार के सिवा आरती के पास अब कोई विकल्प नहीं था।

'मेरी...बात...अलग...है।' शुभांग एक-एक शब्द अलग-अलग कर बोल रहा था।

'आज के बाद कभी तुम्हारी तुलना मेरे साथ मत करना। तू...तू...है और मैं...मैं...। आखिरी शब्द 'मै' शुभांग के मुंह से भारी...अकल्पनीय वजन के साथ बोला गया। आरती शुभांग को और उससे निर्मित हुए सुंदर संसार को चाहती थी। आरती ने 'सॉरी' कह दिया, और पूरी बात समाप्त हो गयी। हालांकि, 'मेरी बात अलग है...। तू...तू...है और मैं...मैं' ये शुभांग के शब्द कांटा बनकर कई दिनों तक चुभते रहे। हालांकि अब आरती सावधान रहने लगी।

*

एक दिन कॉलेज में सांस्कृतिक प्रोग्राम था। दूसरे दिन इस कार्यक्रम का फोटो अखबार में छपा। सुबह में आरती ने बड़ी उमंग के साथ शुभांग को जगाया, 'शुभांग...देखो मैंने उस प्रोग्राम में भाग लिया था, वह...मेरा फोटो छपा है। मैं गीत गा रही हूँ...। शुभांग भी फोटो देखने के लिए तुरन्त बैठ गया, और खुशी के साथ अखबार छीन लिया, परन्तु दुर्भाग्यवश अधिक देर तक टिक नहीं सकी?

'यह तुम्हारे बगल में तबला कौन बजा रहा है...?'

'सुरेश...भाई' आरती ने जरा हिचकते हुए जवाब दिया।

'पूरी कॉलेज में इस अकेले को ही तबला बजाना आता है?' शुभांग बोलते-बोलते रुक गया...। परन्तु उसके चेहरे की रेखाएं बदल गई थीं।

'ये तुम सब...इतने नजदीक-नजदीक क्यों बैठे हो?'

'इसमें तबला की धुन गायक कलाकार के ओंठ के इशारे पर सेट करना पड़ता है, और यूं भी हमारा स्टेज छोटा...इसकी तुलना में एन.एच.एल. कॉलेज का स्टेज चार गुना बड़ा...।' हालांकि, इतना बोलते हुए आरती के ओंठ कांपने लगे। यूं भी जब आप बिल्कुल सच्चे हों और फिर भी तुम्हें झूठे आरोपों का जवाब सलीके से देना हो तो वह विकट समय होता है।

'दूरदर्शन की संगीत संध्या कार्यक्रम में तो कलाकार एक दूसरे से दूर-दूर बैठते हैं।' हालांकि, बाद में शुभांग ज्यादा कुछ नहीं बोला।

शुभांग अब बहुत कम बोलने लगा, आरती को समझ में नहीं आ रहा था कि अब किया क्या जाये। सुरेश पटेल स्टाफ का मिलनसार एवं लोकप्रिय प्रोफेसर था। कॉलेज का आधा हिसाब-किताब प्रिंसिपल की ओर से वही देख रहा था। स्टाफ या स्टूडेंट में उसका कोई विरोधी नहीं था।

इस प्रकार के मानव के साथ जब एक ही कॉलेज में कदम-कदम पर काम पड़ने वाला है तब बातचीत बंद करना या झगड़ा कैसे कर सकते हैं?' और वह भी अकारण। मानो छोटा-सा मन हजारो मन के पहाड़ के नीचे दबता चला जा रहा था। वह असहनीय...अकथनीय मानसिक दबाव में जीने लगी। घटनायें शामिल होती गयीं। आरती ने सोमवार की सुबह कॉलेज जाने से पहले खाना बनाकर प्रतिदिन की तरह दो टिफिन तैयार किये, एक अपने और एक शुभांग के लिए, अनायास ही शुभांग ने आरती का टिफिन खोला, 'तू छह रोटी क्यों ले जाती है?'

'इस स्टील के डिब्बे में गर्म-गर्म भर्ती हूँ इसलिए नीचे की रोटी भाप से गल जाती है, और ऊपर की रोटी सूख जाती है।'

'परन्तु घर पर तो तू तीन रोटी ही खाती है न!'

आरती अनमन होकर टिफिन ले गयी, उस दिन आरती को भूख ही नहीं लगी। शाम को भरा हुआ टिफिन यूं ही वापस आया...।

*

एक दिन आरती कॉलेज में अकेली बैठी थी तो सफाई कर्मचारी महिला नजदीक आयी 'बहन...आप से एक बात करना है...।'

आरती ने माना कि अवश्य ही कोई दुःख भरी बात कहकर सहानुभूति पैदाकर रुपये उधार मांगेगी, इसलिए आवाज में पहले से ही लापरवाही... थोड़ी बेरुखी के साथ वह बोली...बोलिए...।' कमूबाई ने जो बात की वह चौकानेवाली थी। कमूबाई का लड़का शुभांग की ऑफिस में चपरासी की नौकरी करता था। शुभांग ने उसके द्वारा कमूबाई को आरती पर 'वॉच' रखने के लिए कहा था। आरती व्याकुल हो गयी। उस रात उसने शुभांग से कह दिया...।

'मैं नौकरी छोड़ देती हूँ...।'

'क्यों?'

'बस यूं ही...आरती ज्यादा नहीं बोल सकी।'

'परन्तु फिर घर कैसे चलेगा...। अभी हमें पाँच वर्ष का एक्सपीरियंस के बाद अमेरिका का वीजा मिलेगा तब तक तो तुम्हें...?' शुभांग ने अपनी मजबूरी प्रस्तुत की।

'तो फिर...।'

'कुछ नहीं...एन्ज्वॉय...मैं हेल्प करूंगा...' चेहरे पर मजबूरन बनावटी स्मित लाते हुए शुभांग ने कहा।'

*

तरकश के तीर का लगना अच्छी बात है। एक तो वह तीर दिखता है। उसे चलाने वाला दिखाई देता है। वह शरीर के मांस में घुस जाती है। खून निकले और लगने वाले को पीड़ा होती है। सबकुछ दिखाई देता है। जबकि यह तो...आरती दिन-प्रतिदिन घायल होती गयी। अदृश्य बाणों की बौछार से...एन्जाइटी...डिप्रेशन...।

*

कॉलेज में छात्रों के नये पाठ्यक्रम के लिए यूजीसी ने प्रोफेसरों को दिल्ली में ट्रेनिंग के लिए आमंत्रित किया। रात को आरती ने शुभांग से जैसे ही यह बात की तो शुभांग ने पहला ही सवाल किया।

'दूसरा कौन-कौन आनेवाला है तुम्हारे साथ...?

'दूसरे आठ प्रोफेसर हैं। एक तो मालिनी बहन...कमला बहन... आरती बहन, आरती नाम गिनाने लगी हालांकि, सुरेश भाई का नाम भी सबसे आखिर में था।'

रात भर पति-पत्नी के बीच अनबन से अस्थायी फायदा यह हुआ कि आरती ने दूसरे ही दिन इस पूरी टीम से अपनी बीमारी के मेडिकल के बहाने अपनी ट्रेनिंग स्थगित करवा दी। परन्तु विधाता इस तरह सरलता से किसी को छोड़ते हैं,? संयोगवश इसी रात को ही सुरेश भाई के पिता का अवसान हुआ और वह भी नहीं जा सके।

*

आज ट्रेनिंग में बचे हुए प्रोफेसरों की महीने के बाद ट्रेनिंग की व्यवस्था की गयी। आज आरती की ट्रेन थी दिल्ली के लिए। पन्द्रह दिन की ट्रेनिंग थी। शुभांग भेजने गया। शुभांग ने आरती के दो बैग चढ़ा दिये...। ट्रेन छूटने में अभी बीस मिनट की देर थी। शुभांग आरती का रिजर्वेशन कन्फर्म हुआ कि नहीं, देखने के लिए डिब्बे पर बाहर की तरफ से चिपकाई गयी लिस्ट देखने के लिए नीचे उतरा...। लिस्ट में आरती का नाम तो तुरन्त नजर में नहीं आया, परन्तु दूसरे एक नाम पर नजर पड़ते ही रुक गयी। बी-3, बर्थ-27, पटेल सुरेश सोमाभाई उम्र- 45, शुभांग नख से शिख तक जल उठा। दौड़ते हुए डिब्बे में वापस चढ़ गया और कंधे से पकड़कर आरती को ट्रेन के प्लेटफार्म पर नीचे फेंक दिया। आरती रोने लगी। पिटाई कर दी। लोग इकठ्ठा हो गये। रेलवे पुलिस दोनों को पकड़कर ले गयी। हालांकि, घरेलू मामला मानते हुए पुलिस ने शिकायत दर्ज नहीं किया। इतना ही नहीं

आरती को उसके पिता शामल शाह सेठ के घर तक भेजने का सौजन्य भी प्रदर्शित किया।

पाँच दिन तक एक भी शब्द बोले बिना गुमसुम होकर बैठी आरती जब घर की टीवी सेट फ्लावर पॉट से वार कर तोड़ डाला तब शामल शाह शेठ ने तय किया कि कुछ भी हो जाये, लेकिन सुबह उठने के साथ ही शहर में जाकर अच्छे से अच्छे मानसिक बीमारी के डॉक्टर को दिखाना है।

*

छह महीने में तो केवल शहर के ही नहीं, दिल्ली और मुंबई तक के अनेक अस्पतालों का चक्कर लगा दिया। ट्रांक्वीलाइजर दवाइयों के असर से आरती दिन-रात सोती रहती। आँख बंदकर सो रही आरती निर्दोष परी की तरह लगती, परन्तु लड़की को पूरी जिंदगी सोने दिया जाये?

डॉक्टर साहब...मेरी आरती ठीक तो हो जायेगी न? लगभग दो लाख रुपये को पानी करने के बाद जानकी बहन ने रोते-रोते पूछ लिया...।

'यह मैं कैसे कह सकता हूँ? परन्तु लम्बी अवधि तक दवाई लेंगे तो थोड़ा फर्क जरूर पड़ेगा' डॉक्टर ने बड़ी बेशर्मी के साथ जवाब दिया।

'वह डॉक्टर तो 'पेरेनोइड डेल्युजन' या ऐसा ही कुछ कहता था।'

'ना बहन, यह डायग्नोसिस गलत है। इन्हें साईकोसिस है साईकोसिस, 'एक्युट डिप्रेसिव मेनियाक साईकोसिस'

परन्तु साहब, आज तक तो हमारी आरती को नख में भी रोग नहीं था, और इस प्रकार बिल्कुल अचानक...।'

'यूं भी साईकोसिस नख में नहीं होता।' डॉक्टर ने जॉक लगाया। मानों किसी के स्वजन की चिता से बीड़ी जलाई।

*

'जानकी बहन इससे तो अच्छा है धर्मध्यान में मन लगाओ, ऊपरवाला अच्छा ही करेगा...।' पड़ोशन नयना बहन ने अच्छी सलाह दी...।

कुछ धर्म ध्यान या पूजा पाठ करवाइये। भले सत्यनारायण भगवान की कथा करवाइये तो भी कुछ गलत होगा, अमंगल होगा तो निश्चित ही खत्म हो जायेगा और तुम्हें मेहनत में मेहनत क्या? केवल पाँच प्रकार के फल और सूजी का हलवा, बस! और यदि आपको यज्ञ करवाने की इच्छा हो तो इसके जैसा उत्तम एक भी नहीं। यज्ञ में गायत्री माँ का यज्ञ सबसे अच्छा। यज्ञ कुंड से लेकर पीले वस्त्र और पूजा तक सबकुछ तुम्हें गायत्री मंदिर में से ही मिल जायेगा।

अरे, वहाँ जाकर खाली नाम लिखाकर आओगी तो भी महाराज आकर निःशुल्क ही कर जायेंगे। आधा दिन का काम है यूं तो! नहीं तो रामकथा पारायण बैठाइये...। अपने जटाशंकर रामकथा कार एकदम भगवान के आदमी। अच्छे आदमी के कदमों से भी फर्क पड़ेगा, और विघ्न चुटकी बजाते ही टल जायेगा। खबर नहीं किसके नसीब में यश लिखा होगा...। मेरे विरजीभाई का लड़का चकूड़िया बारह वर्ष का हुआ तब तक गूंगा था। गूंगा मतलब बिल्कुल गूंगा...। बहुत से डॉक्टरों को दिखाया। आखिर में रामपारायण करवाया। सातवें दिन उत्तरकांड की पूर्णाहुति की तैयारी ही थी कि चकूड़िया चालू कथा में खड़ा होकर बोल उठा...। 'मुझे पहला प्रसाद देना...' सभी सुनने वाले अवाक रह गये। जिंदगी में जिसने जन्म से ही बा...बा...या...का...का... न बोला हो वही चकूड़िया इस तरह सड़सड़ाट बोलने लगे तो किसको ताजुब न हो? और फिर यह बात मैंने किसी से सुनी नहीं। उस पारायण में मैं स्वयं उपस्थित थी। बोलिए, इससे बड़ा उदाहरण और क्या चाहिए। फिर हमें कहाँ पूरे गाँव को आमंत्रित करना है? नजदीक वालों को बुलाकर घरेलू कथा करवाएं। इस बहाने कुछ नहीं तो आखिरकार भगवान का नाम तो लिया जाएगा।'

जानकी बहन को ही नहीं, शामल शाह शेठ को भी नयना बहन की सुनहरी सलाह हलवा की तरह गले उतर गयी।

*

बोलो सियावर रामचंद्र देव की जय...। आज लंका काण्ड समाप्त कर उत्तरकांड की ओर आगे बढ़े।' जटाशंकर ने प्रतिदिन की तरह शुरू किया। आज तीस-पैंतीस श्रोता बहनों और आठ-दस भाई कथा में शामिल हो गये हैं। जटाशंकर छोटी सी व्यासपीठ पर विराजमान हैं। आरती को रोज की तरह ऊपरी मंजिल पर बालकनी में उसकी मौसी के साथ बैठाया गया है। यहाँ से जटाशंकर महाराज इतने नजदीक हैं कि उनकी आवाज बिना माइक के ही स्पष्ट रूप से सुनी जा सकती है। बालकनी में आरती के बिल्कुल पास में ही पड़े तुलसी के गमले पर अगरबत्ती जला दी है। आरती शांत हो तब बहुत ही सुंदर दिखती है।

'...भगवान रामचंद्रजी रात के अंधेरे में भेष बदलकर निकले थे। धोबी के कठोर वचनों से विह्वल होकर महल में वापस आये...। सीधे ही जाकर माता सीता को जगाया। इस प्रकार परमात्मा को अचानक आया देख आश्चर्य चकित देवी ने परमात्मा के चरणों में वंदन किया।'

देवी...। ग्लानि से मेरा दिल भर आया है। नगर में एक आँख वाले धोबी ने उसकी पत्नी को मारते-मारते ताना मार रहा था कि मैं कोई राजा राम नहीं कि बाहर गयी मेरी पत्नी को वापस घर में घुसने दूं।' हतप्रभ देवी श्री क्षणभर के लिए विचलित हो गयीं। फिर भी कहा...।

'स्वामीनाथ मैं अग्निपरीक्षा दे चुकी हूँ। विशाल अग्नि ज्वालायें भी मेरी पवित्रता के कारण मेरा कुछ बिगाड़ नहीं सकीं। क्या आपको मुझ पर विश्वास नहीं?

'मैं, मेरी नहीं, अयोध्या नगरी के नगरजनों की बात कर रहा हूँ।'

'परन्तु मैं तो आपकी पत्नी हूँ।'

'मैं इस राज्य का राजा हूँ और मेरा यह कर्तव्य भी है कि...।'

...जटाशंकर क्षणभर के लिए रुके, घूंटभर पानी पिया। श्रोताओं में एक-दो बहनों ने आँख पोछने के लिए रुमाल निकाला।

'एक श्रोता के मन में दुष्ट विचार आया। ऐसा क्यों...? सीता ने भगवान से कभी ऐसा पूछा नहीं कि रावण उठाकर ले गया उसके बाद आप मेरे बिना अकेले ही इतने जंगलों में भ्रमण करते रहे नगर और राज्यों का भ्रमण किया। आपकी निर्दोषिता का कोई सबूत आप ने दिया? या फिर...या फिर. .. तुम्हारी बात भी अलग है। सीता तो सीता हैं और राम तो राम। यह कौन अधम, कौन पापी मन इस प्रकार का दुष्ट विचार करता है।

सीते...मेरी आज्ञा है कि तुम सुबह का सूरज निकले उसके पहले ही इस नगर को छोड़कर चले जाइये।'

'परन्तु अभी!!' सीता माता की आँख में से सावन-भादो बरसने लगा।

(पापी मन में विचार आने लगे...एक जन्म जात राजकुमारी से रानी बनी देवी ने जिनके साथ चौदह-चौदह वर्ष वन में दुख सहन किया हो... पत्तों का वस्त्र धारण किया हो और कंदमूल खाया हो ऐसी पत्नी को ऐसा कहने के लिए हिम्मत कैसे हो?)

'आप का रथ तैयार है...मैं अनुचरों को आज्ञा दे चुका हूँ' परमात्मा क्षण भर के लिए पत्थर हृदय हो गये...। स्वर्ग से देवता और गांधर्व सभी यह दृश्य देखने के लिए एकत्र हुए... 'क्यों भाई क्यों? देवताओ...गांधर्वो आपको खूब आनन्द आ रहा होगा...ना आपको? देवी अनुरोध करते-करते आंसू गिरायें इसे देखने की?... आनन्द करो देवताओ, स्वर्ग की अप्सराओं के साथ लीला

करते रहो और देखते रहो धरती का नाटक स्वर्ग से...धिक्कार है देवताओं तुम्हें धिक्कार है...।

'परन्तु मेरे पेट में अयोध्या का भावी नरेश पल रहा है। स्वामीनाथ दया कीजिये।' (स्त्री की ऐसी अवदशा और वह भी बिना किसी अपराध के ही?! अब तो सहन नहीं होता!)

'देवी...अयोध्या नरेश एक ही बार आज्ञा देते हैं...।' जटाशंकर ने भगवान रामचंद्र का यह वाक्य पूरा किया कि तुरंत धड़ाम...व्यासपीठ पर जोर से आवाज हुई। देखा तो लहूलुहान जटाशंकर ढल गये थे...। 'महाराज को चोट आयी...महाराज गया...।' चिल्लाते हुए सब एकत्र हो गये। 'दौड़ो भाई दौड़ो...। जल्दी एम्ब्यूलेंस बुलाओ...। आरती बहन ने तुलसी का बड़ा गमला फेंका है...। वह महाराज के सिर पर लगा है...।'

मैं तो पहले से ही कहती थी कि आरती को इस तरह खुली नहीं रखना चाहिए।

*

जटाशंकर को 'मेसिव ब्रेन हेमरेज' का निदान हुआ। हॉस्पिटल में जटाशंकर केवल चार दिन ही जीवित थे। आखिर तक उन्हें यह जानकारी नहीं हुई कि उनका अपराध क्या था...। पूरा जीवन त्रिकाल संध्या और व्रत करने वाले ब्रह्मचारी...निर्विकारी...ब्राह्मण की अंत में ऐसी दुर्दशा क्यों?

*

भाई जटाशंकर, पूरी जिंदगी तुमने केवल किताबी रामायण ही देखा है। तुमने वह एक ही रामायण समझा है...। तुम एक ब्रह्मचारी ब्राह्मण को क्या मालूम कि संसार में तो ऐसे कितने ही रामायण, पारायण चलते रहते हैं। इसमें से एक रामायण का जाने-अनजाने तू भी शिकार बन गया बिना मतलब ही।

९. ओच्छवचंद का टीला

कितनी ही वस्तुएं ऐसी होंगी, जो हमारी दैनिक जिंदगी का हिस्सा ही होती हैं, फिर भी हम उस पर कभी ध्यान ना देते। 'बाय डिफोल्ट' अथवा 'टेकन फोर ग्रान्टेड' मतलब कि इस पैकेज के साथ इतना तो मिलने ही वाला है। कोई विशेष प्रयत्न ही नहीं, इसलिए ही कोई विशेष आभार भी नहीं। कभी वह बंद हो या अभाव हो जाये तभी तकलीफ पड़े वस्तु तो शायद बदलकर नयी ला दें परन्तु...
मानव जैसे मानव में ऐसा हो तब।

जिह्वा पर सरस्वती न हो ऐसा यानी कि मुंह का मीठा न हो वैसा बनिया बड़ी मुश्किल से मिलता है। कई बार तो ऐसा वाकचातुर्य अर्थात शब्दों की कला दिखाते हैं कि तुम्हें स्वयं भी अहसास हो कि छले जा रहे हो तो भी उसके द्वारा आपको वह भी अच्छा लगने लगे। हालांकि, अमित अमीचंद हमारा वर्षों पुराना मित्र, इसलिए हमारे साथ ऐसा कुछ तो ना करे परन्तु बिना किसी कारण के ही चापलूसी कर मुझे विचलित कर दे, यह निश्चित है।

अमित अमीचंद उसके बेटे के विवाह का आमंत्रण देने आया।

आना जरूर भाभी के साथ...भूल मत जाना, अट्ठाइसवीं तारीख, को याद रखना...नहीं आये तो...? घर से बारात नहीं निकालूंगा...मेरा लड़का कुंवारा रह जायेगा। इसकी जिम्मेदारी फिर तुम्हारी...।'

अमित अमीचंद मेरा लंगोटिया मित्र, उसके पिता का नाम अमीचंद हॉस्टेल में साथ ही रहते थे तब उसे किसी ने अमित अमीचंद कह दिया, वह नाराज हो गया, बस तभी से उसका नाम अमित अमीचंद पड़ गया।

'अरे, ऐसा तो कहीं होता है, आऊंगा जरूर आऊंगा।'

'गाँव में कहां है तुम्हारा घर? मैंने आमंत्रण पत्रिका में लिखे पते पर नजर घुमाते हुए पूछा, मिलेगा तो सही न...?'

'गाँव में घर न मिले ऐसा होता होगा? यह तो तुम्हारे मुंबई जैसा शहर थोड़ी है। उनाई मतलब गाँव, थोड़ा बड़ा गाँव...घर क्यों न मिले...? हालांकि,

यह सच है कि अट्ठाइस को उनाई में चार जगह शादी है। उसमें भी दो घर तो अमीचंद के हैं, जो कि दूसरे अमीचंद के घर के भोजन समारोह में भोजन करके आयेंगे तो भी चलेगा, वह भी अपना सम्बंधी है, लेकिन चांदला के लिए तो मुझे ही याद रखना...कहकर वह खड़खड़ा कर हंसने लगा।

'दो अमीचंदों का घर...? यह तो फिर तकलीफ।'

मेरी बड़ी कमजोरी यह है कि मुझे बड़ी मुश्किल से ही पते से घर मिलता है, मैं हमेशा टेढ़े-मेढ़े रास्ते में असमंजस में पड़ जाता हूँ। हालांकि, अमित अमीचंद को इसकी जानकारी थी।

'अरे...इसमें तकलीफ कैसी? सीधा हाईवे पर बाईं तरफ ऐरो लगा उनाई का चौराहा आयेगा वहाँ तक तो आ जाओगे न...?'

'हां।'

'बस वहाँ से बाईं तरफ मुड़कर जाना, सीधा आधा किलोमीटर मतलब उनाई गाँव। वहाँ आकर पूछना अमीचंद शाह जो ओच्छवचंद के टीले के पीछे रहते हैं, वे...छोटा लड़का भी बता देगा...।'

'ओच्छवचंद का टीला? आगरा में मैं गतवर्ष तक ताजमहल के निकट स्थित कॉलोनी में रहता था। ताजमहल में मुमताज महल की कब्र के पास शाहजहां की कब्र है। जिसे शाहजहाँ टोम्ब कहा जाता है। यह तुम्हारा ओच्छवचंद भी शाहजहां की तरह ऐतिहासिक पात्र ही लगता है।' मैंने मजाक किया।

उनाई में तुम्हारे शाहजहां को कोई नहीं पहचानता, परन्तु ओच्छवचंद का टीला बोलो तो कोई भी बताये, और उनाई में तो ठीक आस-पास के दस गावों में जाकर किसी को भी पूछिए... 'ओच्छवचंद का टीला' तो खबर ही हो।'

'इसलिए सचमुच में यह ओच्छवचंद का टीला है क्या?' मैंने जल्दबाजी में पूछ ही लिया।

'ओच्छवचंद उनाई का एक मशहूर पात्र है। अभी तो केवल टीला है टीला...। पुरातन काल की ईंटों का रोडा और मिट्टी का ढलान, उनाई की इस ऐतिहासिक ईटों के मलबे के नीचे ओच्छवचंद का भूतकाल दबा हुआ पड़ा है। उनाई के ओच्छवचंद के सामने तुम्हारे शाहजहां की कोई औकात नहीं समझे?'

'यूं ऐसा।' कब से शांत होकर सुन रही मेरी पत्नी ने कहा।

'अरे भाभी केवल इतना ही नहीं, तीन-तीन पीढ़ी के बाद भी आज गाँव में पति-पत्नी के बीच झगड़ा होता है तो आखिरी शस्त्र के तौर पर पत्नियां कह ही डालती हैं... 'दर्शन करके आओ एक बार ओच्छवचंद के टीला का...फिर झगड़ा करना मेरे साथ।'

'तो फिर कह दे अभी', मेरी जिज्ञासा बढ़ती जा रही थी।

'कहूंगा...किसी दिन शांति से...आज तो...।'

'इसमें क्या, पाँच मिनट इधर या उधर।'

'छोड़ो ना बात...तुम्हें तो ठीक है, फुर्सत में हो, परन्तु अमित भाई को अभी पूरे शहर में कई जगह आमंत्रण पत्रिका बांटने के लिए जाना होगा!!! आप भी कब से ओच्छवचंद' ओच्छवचंद लेकर बैठ गये हो? मेरी पत्नी ने रोज की तरह पीछे से बात काटते हुए कहा।

अमित अमीचंद के जाते-जाते मेरे दिमाग में ओच्छवचंद को छोड़ता गया, उसके बाद तो हम शादी में भी जाकर आये, ओच्छवचंद का टीला भी देखा, परंतु अमित अमीचंद के पास पूरी बात सुनने का मौका ही नहीं मिला।

अभी इस ओच्छवचंद की ईंट मिट्टी के टीले का कौतूहल मेरे मन में यथावत था।

कौन होगा यह ओच्छवचंद और कैसी होगी उसकी वार्ता! जिसके समक्ष शाहजहां के इतिहास का भी कोई मूल्य न हो, ऐसी तो कैसी बात!

उसके बाद भी दो-एक प्रसंग में अमित भी मिला।

'शांति से कहूंगा ओच्छवचंद के टीले के बारे में', जब भी पूछता तब उसका एक ही जवाब।

एक दिन मुझे और अमित अमीचंद को ट्रेन में एक साथ जाने का अवसर मिला,

उसे और मुझे आवश्यक समय मिल गया।

*

यह समय था, आजादी के पहले का, अंग्रेजों का राज। गाँधीजी के रंग में पूरा देश रंगा हुआ था। हालांकि, उनाई, गाँधीजी या आजादी से ज्यादा निस्बत नहीं थी। राष्ट्रीय या राज्य के समाचार भी आम लोगों में अधिकतर चर्चा का विषय नहीं बनते। आज का अखबार दूसरे दिन आता। उनाई में कसम खाने के लिए एक कॉपी ही आती। वह भी हरखचंद की पीढ़ी पर। सुबह में दर्शन कर वापस आते श्रेष्ठीगण, रास्ते के बीच स्थित हरखचंद

की पीढ़ी पर कुछ देर तक बैठते। हाईस्कूल के मेहताजी गंगाधर दास बड़ी काली फ्रेम का चश्मा पहनकर धीरे-धीरे अखबार का समाचार चार-पाँच श्रोताओं को सुनाते जाते।

गाँव में बनिया के बहुत से परिवार, उसमें हरखचंद विख्यात, टावर के पास छोटी दुकान और गाँव में बड़ी हवेली।

कहा जाता है कि यह हवेली राजाशाही के समय हरखचंद के दादा को भेंट में मिली थी। हरखचंद स्वयं जरूरत पड़ने पर आधी रात को भी लोगों के काम के लिए खड़े हो जाते, परन्तु ब्याज के व्यवहार में पक्के। कर्ज देता परन्तु बदले में मानव एवं पशु के अतिरिक्त कोई भी वस्तु गिरवी रखता। सोना, चाँदी, जमीन या फिर आखिर में बरतन।

अधिकांश जनता श्रमिक और अति सामान्य हालात वाली, यदि एक वर्ष भी विपरीत हो जाये तो बिना कठिनाई के गुजारने वाले मझोले वर्ग को श्रीमंत ही कहा जाये ऐसे गाँव में तो ठीक पूरे प्रदेश में बहुत ही कम मिलेंगे। प्रसंगवश सभी को रुपये की जरूरत पड़ती। आधीरात को भी लोगों का काम हो जाये इसीलिए, हरखचंद पक्का बनिया होते हुए भी लोग उसे सम्मान देते।

गाँव में जैन मंदिर के निर्माण के लिए दान किया, इसके दूसरे ही वर्ष संयोगवश हुआ हो या फिर कुदरती हुआ हो, कुछ भी करके हरखचंद के घर बच्चे का जन्म हुआ। हरखचंद खुशी के मारे इतना पागल हो गया कि सवा महीने पर भोजन समारोह का आयोजन कर पूरे गाँव को भोजन करवाया।

सवा महीने पर नामकरण करने आयी फोई ने भी उमंग उत्साह को देखते हुए छोटे बच्चे का नाम ओच्छवचंद रख दिया।

कहा जाता है कि ओच्छवचंद जन्म के समय खिलखिला कर हंस पड़ा था, फिर तो सोने के घूंघरू के साथ बड़े हुए ओच्छव को दुःख का एहसास ही नहीं हुआ।

पाठशाला में गाँव के ही शिक्षक को तख्ती मारकर भागकर आये ओच्छवचंद के लिए हरखचंद ने थोड़ा इधर-उधर कर फिर उसी शिक्षक को अपने घर पर ही ओच्छव के लिए ट्यूशन रखा। ओच्छव ने भी इकरार और इंकार करते-करते लेन-देन की जरूरत के मुताबिक गणित भी सीख लिया। वह धीरे-धीरे पीढ़ी पर भी बैठने लगा। हरखचंद ने कुछ ही समय में ओच्छवचंद का हाथ पीला कर घर में थोड़ी बहुत पढ़ी-लिखी बहू भी लाकर बैठा दिया।

अगले वर्ष यहाँ महामारी फैल गयी। ओच्छवचंद के माँ और बाप की इस बीमारी के कारण मृत्यु हो गयी। पूरा व्यापार और कारोबार ओच्छवचंद के हाथ में आ गया। उसकी पत्नी सावित्री व्यवहार कुशल थी, परन्तु ओच्छवचंद कभी किसी भी कामकाज में उसकी सलाह या सहायता लेने का विचार तक नहीं करता।

कभी-कभी गाँव का वरिष्ठ इसके लिए उससे कहता भी...।

'इन हिसाबों में थोड़ा बहुत इधर-उधर हो जाता है, इससे अच्छा सावित्री की मदद ले लेता हो तो...।'

'बुद्धिहीन उस सवली को क्या मालूम है? वह तो पशु है पशु!'

तुमने सावित्री को देखा न हो तो वर्तमान समय के अनुसार स्त्री जाति में ऐसा भी कोई पैदा होता होगा उसकी कल्पना भी नहीं कर सकते।

वह जमाना मतलब? स्त्रियां दूसरों की हाजिरी में अपने पति के सामने देखें भी नहीं और सार्वजनिक तौर पर घूंघट निकालें, इसी को सच्ची मर्यादा कहते हैं। इस प्रकार के भ्रामक विचारों वाला यह जमाना...।

दोनों को साथ चलने का अवसर तो शायद ही मिले, परन्तु यदि ऐसा मौका आ भी जाये तो पहले पति चले और लगभग दस-पन्द्रह फुट दूर पीछे पत्नी चले, ऐसा जमाना...।

सामाजिक व्यवहारों में, सामाजिक पंचायतों में और आर्थिक व्यवहारों में महिलाओं को अधिकांश तौर पर शामिल नहीं करने का यह जमाना...।

पत्नियों की पिटाई का उनके पति देव के तौर पर अबाधित अधिकार मिला हुआ है, इस प्रकार मानने वाला और स्त्रियों के कंधे पर डंडों के निशान यदि उनके पति देव द्वारा ही पडें हो तो बिल्कुल समाचार ही न बने ऐसा था वह जमाना...।

स्त्रियों को बहुत कुछ की जानकारी नहीं होती, स्त्रियां अबला, पति की आज्ञाकारी, मनोरंजन करने वाली और सुख-सुविधाओं का ध्यान रखने वाली सेविका हैं। इस प्रकार मानने वाली स्त्रियों के बड़े वर्गवाला यह जमाना...।

गाँव में एक ही बड़ा रास्ता, मंदिर से ओच्छवचंद की पेढ़ी से आगे निकल जाता है, रास्ते में आगे जाने पर ओच्छवचंद का घर भी आ जाता है। सुबह-सुबह में गाँव के श्रेष्ठीगण मंदिर जाकर दर्शन कर ओच्छवचंद के घर के सामने से वापस गुजर रहें तो लगभग प्रतिदिन सुभग दृश्य दिख जाता...। ओच्छवचंद की पत्नी सावित्री देवी तुलसी की क्यारे की आरती

उतारते हुए दिखती या फिर विवेक विहीन इधर-उधर लिपटी हुई धोती में और पलंग के पौने भाग में बही खाते बिखेरकर सोये हुए ओच्छवचंद की आरती उतारते हुए दिखती।

परन्तु यदि संयोगवश मंदिर से वापस आने में कुछ देर हो गयी हो और ओच्छवचंद की आँख अभी ही खुली हो तो 'नमो अरिहंताणं नमो... सिद्धाणं...' सुनकर अभी मंदिर से पवित्र होकर वापस आ रहे लोगों के कान में ओच्छवचंद का उसकी पत्नी को संबोधित कर जोर से बोले हुए कर्कश उच्चारण कांटे की तरह चुभ जायें... 'सवी ओ सवली, कहाँ...कहाँ मर गयी...?' इस समय सवी उर्फ सवली उर्फ सावित्री उर्फ सावित्री देवी नजर के सामने ही दातून पानी लेकर खड़ी ही हो।

तो वहीं कभी दूसरी बार

'सवी...ओ सवली कहाँ मर गयी, यह नहाने का पानी इतना गर्म, तेरी माँ ने ऐसा ही सिखाकर भेजा है...?' और फिर अपशब्दों की झड़ी लगती हुई सुनाई देती।

और फिर, तुरन्त हजार काम छोड़कर सवी उर्फ सावित्री नहाने की बाल्टी में दो लोटा ठंडा पानी डालकर, जरूरत के मुताबिक करती हुई दिखाई दे।

गाँव के गणमान्य लोग भी इस बारे में बोलने की हिम्मत नहीं करते तो...बिचारी सावित्री तो ओच्छवचंद के विपरीत एक शब्द भी बोलने की हिम्मत भी किस तरह कर सकती है?

'नसीब का खेल है भाई और क्या...?

'कौआ पनीर ले गया...बाकी ऐसे अविवेकी ओच्छव को सती जैसी सावित्री थोड़ी मिले?'

घर के सामने से यह तमाशा देखते-देखते गुजरने वाले अंदर ही अंदर चर्चा भी करते...।

'ओच्छव का नसीब मानो तो नसीब और सावित्री का कमनसीब मानो तो कमनसीब।'

'यह बाई भी हिम्मत वाली रोज यह नादान ऐसी हरकत करे तो भी वह उसकी हर हरकत को स्वीकार कर उसकी पूजा करती है।'

'होगा भाई होगा...पिछले जन्म का लेन-देन...दूसरा तो क्या?'

सचमुच पिछले जन्म का लेन-देन तो होगा...ना क्यों कहा जाये...बचपन से सोने के घुंघरू के साथ जन्मे ओच्छवचंद जब पाठशाला में अपने ही

शिक्षक को तख्ती मारकर भाग आये और इस पराक्रम के चलते उसे धमकाने के बदले पैसों के बल पर उसके बाप हरखचंद ने उसी शिक्षक को घर बुलाकर ओच्छव का ट्यूशन देने के लिए मजबूर किया तब से, ओच्छव ने जिंदगी का एक बड़ा पाठ सीख लिया था...और वह यह कि पैसे के बल पर कुछ भी किया जा सकता है और सावित्री से सावित्री देवी बन इस घर में कदम रखने वाली सवी उर्फ सवली को भी इस बात का विश्वास था कि ओच्छवचंद पैसे के बल पर कुछ भी कर सकता है। शायद सावित्री को कोई अज्ञात भय हो या फिर बचपन में मिले 'पति देवो भव' के संस्कार के अनुसार यह सहज प्रकृति हो...जो भी हो... सावित्री का दिन शुरू होने के साथ दिनचर्या भी कुछ इस प्रकार रहती।

सुबह में चार बजे उठने के साथ सर्वप्रथम पहला कार्य अधिकांशत: सोये हुए पति के दाहिने पाँव का अंगूठा सिर से लगाकर पायलगी करना, उसके बाद नाहा-धोकर, पूजा-अर्चना करने के साथ ही तुलसी की पूजा करना, भगवान की आरती करने के बाद फिर पति की आरती उतारना, फिर घर के अन्य कार्यों के साथ-साथ ओच्छवचंद के लिए नहाने की चौकडी में पानी रखना, ठंडा-गर्म कर जरूरत के अनुसार करना, इस्त्रीवाला कपड़ा तैयार रखना, आखिर में ओच्छवचंद के दुकान जाने से पहले उन्हें अनुरोध कर भोजन करवाना, भोजन करते समय हाथ में पंखा लेकर हवा करना और उसके बाद बचा खुचा खा लेना।

पति के साथ व्यतीत किए हुए इस समय के दौरान पति किसी चीज की फरमाइश करे तो दिली खुशी के साथ उसे देना, यह सभी सेवा सुश्रूषा करने के बाद भी ऐसे पति की तरफ से सद्व्यवहार की आशा तो अतिशयोक्ति कही जा सकती है, परन्तु क्रोधित न हो मारपीट न करे, यही अहोभाग्य...।

वहीं ओच्छवचंद की दिनचर्या बिल्कुल विरोधी रहती। सुबह में उठने के साथ ही उसकी कड़वी जिह्वा से सख्त शब्द निकलते...

'सवी ओ सवली कहाँ मर गयी?'

इसमें भी सावित्री के काम में जरा भी गलती हो तो काल ही मंडराने लगता।

नेमीचंद, ओच्छवचंद का मित्र। कभी-कभी ओच्छवचंद की पेढ़ी पर जाकर उसे उलाहना देता...ऐसा तो कहीं किया जाता है, स्त्री पर हाथ उठाता है, बनिया का पुत्र होकर!'

'ये तो ऐसा ही किया जाता है' ओच्छवचंद दृढ़ता के साथ महाज्ञानी की तरह जवाब देता...।

'...' नेमीचंद मुंह चौड़ाकर दिग्मूढ़ बन देखता रहता। ऐसा ही किया जाता है, शास्त्र में लिखा है ना...कि स्त्रियां तो सभी जगह एक समान ही होती हैं। अपनी लेन-देन की दुकान में मोटी गद्दी पर पालथी मारकर बैठे ओच्छवचंद उसके सामने पड़े मेज पर हाथ से थपथपा देता।

'किस शास्त्र में ऐसा लिखा है...' नेमीचंद दलील करने लगता।

'क्यों भूल गया...वह मूल शंकर ब्राह्मण कथा में नहीं कहता कि मनू भगवान कह गये थे...।

ढोल, गंवार, पशु और नारी
ये सब ताड़न के हैं अधिकारी...

इनकी पिटाई न करो तो काम ही न करें...।'

'तुमसे तो कैसे पार पायें...'

इस तरफ सावित्री देवी ने भी, 'पति है तो मार-पीट भी करे...' का सिद्धांत आत्मसात किया, अर्थात् मारपीट, त्रास एवं अपशब्द सतत सहन करने के बाद भी पति के सुख के लिए सतत ईश्वर स्मरण करती रहती।

आज भी जिस तरह भगवान प्रतिदिन दुख देते रहते हों तो भी बहुत से भक्त खुशी-खुशी 'प्रभु तो मेरी परीक्षा कर रहे हैं' ऐसा कहकर दुगुने उत्साह के साथ भक्ति करते रहते हैं, बस इसी तरह सावित्री देवी सम्पूर्ण समर्पित भाव से पति भक्ति करती रहतीं।

*

विधाता का लेख कहो या कुदरत का करिश्मा परन्तु हंसते-हंसते जन्म लेनेवाला ओच्छव आज तक हंसता ही रहता है। उसकी आँख से कभी आंसू नहीं गिरा। मानों विधाता ने दुख का पत्र लिखने वालों की सूची में ओच्छवचंद का नाम लिखना ही भूल गये हों।

सुख को मुठ्ठी में लेकर पैदा हुए ओच्छवचंद को आज तक कभी किसी चीज का अभाव नहीं हुआ। अरे, उसके माँ-बाप की मौत हुई तब भी नहीं। वह तो सबसे कहता अच्छा हुआ, पीढ़ी में अब बापा का खटराग और घर में माँ का...। दोनों एक साथ समाप्त हो गये।

*

एक दिन सावित्री की अचानक मौत हो गयी। अभी तो हमें अचानक ही लगे, परन्तु लम्बे समय से किसी पीड़ा या बीमारी से पीड़ित हो, कौन जाने... ओच्छवचंद की सेवा में अपना दुख ही भूल गयी हो या फिर ओच्छवचंद के सम्मुख उसकी हिम्मत ही न हुई हो अथवा तो जो सच लगे वो... यह हो सकता है कि उसने अपना दुख शब्दों अथवा व्यवहार द्वारा व्यक्त किया भी हो, परन्तु ओच्छवचंद ने ध्यान ही न दिया हो।

जो भी हो...सावित्री देवी उर्फ सवी, उर्फ सवली उर्फ ओच्छवचंद के मुंह से निकले हजारों अपशब्दों का पर्याय समान सावित्री गई तो गई।

पड़ोसी का लड़का दौड़ते हुए ओच्छवचंद को लेने उनकी दुकान पर गया। काफी देर से ओच्छवचंद घर आया। आने के साथ ही ओच्छवचंद ने सावित्री के शव की तरफ देखा भी नहीं और अंतिम क्रिया कांड करने आये ब्राह्मण को संबोधित कर बोला, 'महाराज चलो मैं आ गया हूँ...चलो फटाफट विधि शुरू करो।'

घर के बीचोंबीच सफेद कपड़े का टुकड़ा ओढ़ाई हुई लाश चित पड़ी थी। (लाश का सफेद कपड़ा तकरीबन चार मीटर होगा। यूं सवली की लंबाई देखते हुए अढ़ी मीटर लाये होते तो चल जाता...। आखिर में तो इसका भी पैसा देर-सवेर तो ओच्छवचंद को ही अदा करना होगा... आस-पास परिचितों के झुण्ड के बीच बैठे ओच्छवचंद को ऐसा ख्याल आया हो तो भी किसे खबर?)

ऐसे समय लोग शोकातुर, गमगीन हो नीचे बैठ गये थे।

एक कर्कश आवाज ने उन्हें हचमचाकर रख दिया।

'अब बहुत हो गया... रोना बंद करो। जो होना था हो गया। गया हुआ व्यक्ति वापस थोड़े आनेवाला है? चलो फटाफट काम पूरा करो... लोग तो चालू व्यापार-धंधा छोड़कर आये हैं।' सभी ने आश्चर्य से इस अनिच्छनीय आवाज की ओर देखा। यह आवाज खुद ओच्छवचंद की थी।

ओच्छवचंद की यह बेशर्मी किसी को अच्छी नहीं लगी। सभी के मन में एक ही बात थी 'उसे ही नहीं गम है तो हमें क्या? यह तो ठीक है, सामाजिक जिम्मेदारी समझकर आते है...बाकी तो ऐसे के यहाँ आये ही कौन?'

ओच्छवचंद श्मशान गया। वह सावित्री की जलती हुई लाश को देखता रहा। परन्तु आँख से आंसू का एक बूंद भी नहीं गिरा। मानो पीढ़ी का कोई कर्मचारी काम छोड़कर चला गया हो।

दुःख की छाया उस पर आयी भी हो तो आकर इस तरह गायब हो गयी कि देखने वालों को शंका पैदा हो कि ओच्छवचंद को थोड़ा बहुत विषाद हुआ होगा या नहीं?

ऐसे सिरफिरे के घर वापस जाकर अंतिम क्रिया के बाद का क्रिया काण्ड का तो अर्थ ही नहीं था। अंत में सब अलग हुए, रात हुई ओच्छवचंद बिल्कुल अकेला, ओच्छवचंद पूरी हवेली में अकेला।

*

'सवी ओ सवली कहाँ मर गयी...!!! सुबह तड़के प्रतिदिन की तरह आवाज तो लगा दी, फिर...फिर थोड़ा सकपका गया... आगे और कुछ नहीं बोला। बोल ही नहीं पाया। उठा, पैर वजनी लगा, फिर भी धीरे-धीरे कदम रखते हुए जाकर खुद पानी ले लिया।

आज दातून करने के लिए पानी ठंडा या गर्म यह तो एक तरफ रहा... पानी ही नहीं था। कपड़े पर इस्त्री नहीं थी। यूं तो टोपी खूंटी पर टंगी रहती परन्तु आज वहाँ नहीं थी। नयी धोती बही-खातों के खाट के नीचे धूल में सनी हुई मिल गयी।

'सवी...ओ सवली...हाथ में आ जाये तो पीस डालूं।'

ओच्छवचंद ने दांत किचकिचाया, फिर अपने खाली हाथों के सामने देखा। नहाने के जिस लम्बे चौड़े पत्थर पर वह नहाने बैठता वहाँ पैर पड़ते ही फिसल गया... 'सवी...ओ सवली कहां मर गयी...? इतनी काई इस नहाने के पत्थर पर, तेरी माँ ने सफाई जैसा कुछ सिखाया है या भैंस की तरह खाना ही आता है?' सामान्य समय होता तो ओच्छवचंद इस तरह बुलाता परन्तु आज ऐसा मौका नहीं था। गले से आवाज ही नहीं निकली, वह क्रोधवश बैठा रहा।

काफी देर के बाद जैसे-तैसे कर ओच्छवचंद दुकान पर गया। दोपहर तक दो-एक ग्राहक आये। दोनों को धमकाकर निकाल दिया। अपने क्लर्क रघु को भी बिना किसी कारण ही आड़े हाथों लिया।

दोपहर हो गई। ओच्छवचंद के किसी सम्बंधी ने भोजन की व्यवस्था की होगी इसलिए 'रामविलास' होटल में से ओच्छवचंद के लिए भोजन की थाली आयी। वह यंत्रवत मुंह में निवाला डालता है, नमक बहुत ज्यादा था।

'सवली, तेरा बाप खारापाट में पैदा हुआ था कि इतना नमक...।' बोलते-बोलते उसने सामने देखा, तो रुक गया, सामने सवली नहीं थी।

उसके स्थान पर रामविलास होटल का कुबड़ा भद्दा पसीने में सराबोर नौकर कालिया था।

कालिया थाली जल्दी खाली हो जाये तो, होटल से दुकान तक दो-दो चक्कर ना लगाना पड़े इसकी फिराक में खड़ा था।

वह एकटक कालिया को देखता रहा।

ओच्छवचंद शाम को देर तक दुकान पर ही रुक गया। शायद घर जाने की अनिच्छनीय क्षण वह टालना चाहता था। सूरज डूब गया। थोड़ा अंधेरा हो गया। क्लर्क रघु तो कब का निकल गया था। उसे लगा कि अब तो घर जाना ही पड़ेगा।

उसने दुकान बंद की। धोती के पट में चाभी खोंसकर आस-पास देखे बिना ही सीधे घर की ओर निकल पड़ा।

घर गया। परिसर का दरवाजा खोला, अंदर गया। घर का दरवाजा खोला। सतत खुला रहने वाला दरवाजा आज बंद होकर खुला था। इसलिए 'कीचुड'...की कर्कश आवाज आयी। यह आवाज उसे अच्छी नहीं लगी। दरवाजा खुलने के साथ ही घर का काला घोर अंधेरा छा गया। क्षणभर की हिचकिचाहट के बाद वह घर में घुस गया। अंदर भेदी सन्नाटा...वह थोड़ा डर गया। यह भेदी सन्नाटा मानो उसे अभी निगल जायेगा, ऐसा प्रतीत हुआ। वह जहाँ था वहीं धड़ाम से बैठ गया।

यह क्रोधवश है या दुख का यह, तय नहीं कर सका परन्तु...परन्तु... ओच्छवचंद की आँखों में से पहली बार...आंसू निकले।

सुबह तड़के सामने वाले परिसर में खाट डालकर सो रही दोनों पैरों से लकवाग्रस्त गंगा डोशी ने बात की कि ओच्छव तो पागल हो गया है। कल रात दरवाजे के साथ सिर पछाड़ रहा था। 'सवी, ओ सवली तू क्यों मर गयी...' यह कहते-कहते सिसक-सिसक कर रो रहा था, तब ओच्छवचंद को वर्षो से पहचानने वाला गंगा डोशी का परिवार, किसी भी तरह यह बात मानने को तैयार ही नहीं था। हालांकि, ओच्छव के घर के अंदर जाकर सच जानने की हिम्मत किसी की नहीं हुई। परन्तु आखिर में जब क्लर्क रघु दुकान का चाबी लेने घर आया तब...

'सेठ...सेठ...' रघु ने बहुत आवाज लगायी, पड़ोसी एकत्र हो गये। 'ओच्छवचंद... सेठ,... की आवाज लगाते हुए कुछ सम्बंधी घर के अंदर गये। एक-एक कोना छान मारा, परन्तु ओच्छवचंद कही नहीं मिला। आकाश

निगल गया कि धरती में समा गया, इसकी किसी को कोई जानकारी नहीं मिली...।

खोजा जा सकता है वहाँ खोज लिया। पूछा जा सकता है वहाँ पूछ लिया, परन्तु ओच्छवचंद कहीं नहीं मिला।

समय व्यतीत होता गया। अरे, शहर में रहनेवाले केशव काका ने तो बड़े मेंटल अस्पताल में पत्र लिखकर जानकारी भी दी 'सवी...ओ सवली क्यों मर गयी..., यह कहते हुए कोई सवा पाँच फुट...रंग गेंहुआ, लगभग चालीस-पैंतालीस वर्ष का...मिले तो...।

*

फिर तो ओच्छवचंद नहीं मिला तो नहीं मिला। वह आज तक नहीं मिला। बाद में तो ओच्छवचंद की पीढ़ी बंद हो गयी। क्लर्क रघु दुकान से सभी सामान लेकर भाग गया। वह दूर के गाँव में दुकान खोलकर रघुनाथ सेठ बन बैठा। कुछ दिनों में मालिक विहीन ओच्छवचंद की हवेली भी बिलकुल लुट गयी...ऐसा तो कौन पागल होगा जो लिया हुआ रुपया वापस देगा? और यदि वापस देने जाये तो भी देगा किसे? रुपये डूब गये। लोगों की जमीनें लिखा ली गई उन बहीखातों में से, कितने ही तो चोरी हो गये होंगे, शेष बचे बहीखातों पर चढ़ी हुई दीमक चाट गई होंगी

*

पन्द्रह वर्ष में हवेली का सामान, इमारती लकड़ी तो क्या हवेली की पुरानी मजबूत ईंटों तक उखाड़-उखाड़कर लोग अपने नये मकान के निर्माण के लिए उठा ले गये।

आज भी पुरानी हवेली के स्थान पर वही हवेली की पुरानी ईंटों का रोड़ा एवं मिट्टी का बड़ा टीला उनाई के बीच खड़ा है। यूं देखा जाये तो यह कुछ भी नहीं परन्तु यूं आखिरी रात ड्योढ़ी पर सिर पटकते ओच्छवचंद का चेहरा देखा हो तो मुमताज की मौत के बाद ताजमहल बनाने वाले शाहजहां का शोक फीका लगने लगे।

इस प्रकार भले...बिना किसी काम का ईंट मिट्टी का टीला, परन्तु यूं कहें तो पूरे उनाई में यदि कोई देखने जैसी जगह है तो यह एक ही...'ओच्छवचंद का टीला।'

10. मानव... केवल मानव

आखिर मानव कैसा? अच्छा या बुरा? सद्‌गुणी या दुर्गुणी, भोला या प्रपंची, सदाचारी और प्रेमी या दुराचारी और घातकी? लगता है कि कोई भी एक व्याख्या विश्व के किसी भी एक मनुष्य में सम्पूर्ण रूप से लागू नहीं होती।

इसीलिए स्वाभाविक है कि इन सभी गुणों का योगफल ही मानव... मानव मतलब मानव केवल मानव...

एक बात कह दूं आप से कि ऐसे रोगवाले मरीजों को खोजकर मिलना है तो डॉक्टर साहब, यूं इक्का-दुक्का ढूंढ़ते फिरोगे तो पूरी जिंदगी बीत जायेगी...और कोई धमकाएगा वह मुनाफा में...छोड़िए ये सब और चलें हमारे साथ।

मुंबई जाने वाले, घूमने वाले और रहने वालों में एक बात की समानता है। आप उनसे पुराने रेलवे स्टेशन के पीछे स्थित 'रानी की बस्ती' के बारे में बात करेंगे तो नाक भौं चढ़ जायेगा। कोई 'सज्जन' तो सफेद झूठ कह देंगे...खबर नहीं हाँ... हम तो तीस-तीस वर्ष से मुंबई में रहते हैं, परन्तु ऐसा कोई विस्तार यहाँ होगा यह तो आज ही सुना। यदि आप किसी नजदीकी मित्र को पकड़कर जबरन पूछने ही लगोगे तो वह शरणागति कबूल कर कहने लगेगा कि...जाने दो ना... आप भी क्या? मुंबई में देखने जैसा अन्य बहुत कुछ है...मार्केट, म्यूजियम, गेटवे ऑफ इण्डिया, चौपाटी...समुद्र...आप भी कहाँ ऐसा नाम लेते हैं। तो वहीं दूसरा कोई नाम सुनते ही मुस्करा उठेंगे 'रानी की बस्ती। क्या बात है साहब...हकीकत?'

मुंबई के लोग ज्यों-ज्यों आपको ना कहते जायेंगे त्यों-त्यों आपकी जिज्ञासा प्रबल होती जायेगी। आप विह्वल होते चले जायेंगे। रानी की बस्ती के बारे में आप बेचैन हो जायेंगे। आखिर वहाँ क्या होगा? वहाँ जाने के लिए सर्वप्रथम तो हमें टैक्सी करनी पड़ेगी। टैक्सी वाले को आप एकदम 'रानी की बस्ती ले चलो' ऐसा थोड़े ही कह सकेंगे?... आप को चेहरा गंभीर

रखकर टैक्सीवाले को कहना पड़ेगा 'रानी दरवाजा के लेफ्ट साइड में न्यूज पेपर कॉम्प्लेक्स में जाना है, परन्तु यह मुझे और तुम्हें ही खबर है कि हमें रानी का दरवाजा के पास उतर कर लेफ्ट साइट में नहीं परन्तु राइट साइट में जाना है। मैं मामद, तुम्हें विश्वास पूर्वक कह सकता हूँ कि टैक्सी में बैठने के बाद भी टैक्सी वाले के साथ कितना किराया तय किया, आपको बिल्कुल ख्याल ही नहीं होगा क्योंकि आपका मन टैक्सी में नहीं परन्तु!

लो...चलो, आ गया। इस क्षेत्र की जैसे ही शुरुआत होगी आपको तुरंत ही जानकारी हो जायेगी कि सार्वजनिक तौर पर घृणास्पद 'सज्जनों का निजी रूप से आने जाने के लिए यह प्रिय भूमि है। यहाँ सामान्य स्तर के भी सुन्दर जगमगाते कमरे हैं जिसे कोठा कहा जाता है। सभी कोठों में एक सौन्दर्या बैठी हैं। यहाँ प्रत्येक सौन्दर्या की कमाई का एक बड़ा हिस्सा कोठे वाली मौसी और दलालों का होता है। छोटे हिस्से में से सौन्दर्या और उसके बालकों का गुजर-बसर होता है। (पुलिस और म्यूनिसिपालिटी वाले अलग!) यहाँ ऐसे लगभग छह सौ कोठे हैं।

हालांकि, मामद को कोठे में से एक भी सौन्दर्या में जरा भी रुचि नहीं है। मैं किसलिए तुम्हें यहाँ खींच लाया हूँ इसे जानने के लिए तुम्हें थोड़ा धीरज रखना होगा। हम पहले फटाफट इस बस्ती से गुजर जायें। मैं जिसके लिए आया हूँ वह हिस्सा अब आयेगा। यह जो सामने दिखाई दे रहा है वह है रानी की बस्ती का पीछे का हिस्सा-अकेला...अलिप्त...अछूत...अभिशप्त... इसके बाद सीधी सरकारी जेल की बड़ी दीवार आती है। यहाँ कोई भूल से भी नहीं आता। यह हिस्सा जिसका समय व्यतीत हो गया है ऐसी भूतकालीन सौन्दर्याओं का निवास स्थान है। कल तक चकाचौंध कर देनेवाली सौन्दर्या ने आज गरीब, कृषकाय बन अंधेरे में अपना बाकी दिन बिता रही हैं। एक जमाने में 'पायोनियर' या लाओजे जैसे एयर फ्रेशनर की बोतल के सुगंधित छिड़काव के बीच रहने वाली सौन्दर्याओं को अब सेन्ट्रल जेल के खुले गटर के दुर्गंध के बीच रहने के अतिरिक्त अन्य कोई आसरा ही नहीं है।

आगे चलो...यहाँ आइये... वहाँ सामने देखिए...वह औरत बैठी है, उसे देखा?... उसका नाम सोणी...अभी तो सफेद चर्म ओढ़कर कंकाल बैठा है ऐसा ही लगता है। परन्तु एक जमाने में उस पर रुपयों का ढेर लग जाता। उसके दलाल का आज आप वरली में मकान देखेंगे तो मुंह में अंगुली डाल देंगे। तब सोणी का समय था...। जब देखो तब सोणी की आँखों में तूफान,

चाल में मस्ती, मुस्कराते होंठ और मादक अदा...बाजार में उसका नाम था... सोणी जितनी सुंदर पूरी रानी की बस्ती में कोई नहीं था। दूसरे कोठों के दलाल ग्राहकों को खींचते हुए दिखें, दूसरी सुंदरियां भ्रामक नाज, नखरा करती हुई दिखें, जबकि सोणी के लिए पहले से ही रुपये जमा करवा कर वेटिंग में नाम लिखाना पड़ता।

परन्तु सामान्यतः होता है कि सौन्दर्या के सुनहरे दिन लम्बे समय तक नहीं रहते। समय बीतने के बाद यह सब जो अभी तक था वह सपना था या हकीकत, इस सीमा तक परिवर्तित हो गया। पूरे हालात बदल गये। सोणी को लड़का पैदा हुआ। बाजार में नेपाली और थाई लड़कियां आ गयीं। सोंणी की आर्थिक हालत खराब होने लगी। ग्राहक तो बिल्कुल कम हो गये। पुराना दलाल सब पैसा लेकर फरार हो गया। फिर भी सोणी अभी तक सोणी ही थी। वह उसके लड़के के लिए टिक गयी। अपने लड़के के साथ, लड़के के लिए...। देखते ही देखते लड़के का पहला जन्मदिन भी आ पहुँचा।

सोणी बालक को बड़े प्यार के साथ रखती–सामान्य तौर पर माताएं रखती हैं, उससे अनेक गुना...क्यों यह तो सोणी को भी खबर नहीं थी। सोणी जब से समझदार हुई तब से उसने यही बस्ती देखी थी। खबर नहीं, उसे कौन लाया था, कहाँ से लाया था, कब लाया था। यहाँ आने के बाद उसके माँ–बाप कौन थे, इसकी खोज करना बहुत मुश्किल था, और अब निरर्थक भी। जन्म से आज तक उसके परिवार में यदि कोई है तो केवल उसका लड़का। शक्ल से वह सोणी पर ही गया था। सुन्दर और गोल मटोल... जीवन में सोणी ने केवल पैसा का सम्बंध ही देखा था, और सभी सम्बंध पैसे पर ही आधारित था। उसके पूरे जीवन में यह एक मात्र ऐसा सम्बंध था, वह जब से समझदार हुई तब से आज तक केवल और केवल प्रेम का ही स्थान था। अभी तक उसके दिल में जितना प्रेम था वह सब अपने छोटे से अंश पर न्यौछावर कर देती। पैसा प्राप्त करने के लिए भी उसका लक्ष बदल चुका था। अब वह जिस प्रकार जिंदा रहती, जो करती उसमें सम्पूर्ण रूप से छोटे अंश का भविष्य और उसके विचारों पर ही आधारित रहता।

सोणी को इसके अतिरिक्त एक दूसरा सम्बंध भी था जो उसके दिलो दिमाग से कभी हटता नहीं था। यह दूसरा सम्बंध यूं तो उसका अपना नहीं कहा जा सकता, केवल पैसों का ही सम्बंध था, फिर भी उसका सर्वाधिक

प्रिय आशिक...खान। खान को दो पत्नियां थी। दौलत अधिक। उसके नाम से मटका चलता था। रानी की बस्ती में सप्ताह में एकाध चक्कर निश्चित, और वह चक्कर सोणी के कोठा का होता, यह भी इतना ही निश्चित। इसमें कभी फर्क नहीं पड़ा। सच पूछो तो खान सोणी का नहीं उसके गुलाबी होंठ का आशिक था। 'ला-लीजर' की लिपस्टिक लगी हुई सोणी का जरा भी विचार आया कि खान हजार काम छोड़कर यहाँ आ पहुंचता। सोणी का नाक नक्श अच्छा था और उसके होंठ में जादू था। कोई सहेली सोणी से पूछा होता... तुम्हारे होंठ में ऐसा तो क्या है...? तो हंसते-हंसते सोणी कह देती... 'तुम खान को ही क्यूं नहीं पूछ लेती?' यह रुपहला होंठ केवल और केवल खान के लिए 'ला-लीजर' के गुलाबी रंग से रंगा जाता (यह साढ़े सात ग्राम की लिपस्टिक खान रुपये पाँच सौ देकर मोल से खरीदता...)

बिल्कुल खाली दिनों में भी उसके पास नियमित आनेवाला केवल खान ही था।

लड़के को उसकी साल गिरह की शाम से ही साधारण बुखार चढ़ गया। यूं तो सामान्य बात थी। परन्तु पूरी रात लड़के के पास जाने के लिए उसे बिल्कुल समय ही नहीं मिला। यूं भी पैसा बिल्कुल खतम हो गया था। ऐसे समय ग्राहक खोना भी ठीक नहीं था। सुबह सोणी ने लड़के के सिर पर हाथ रखा तब उसका सिर बुखार से धधक रहा था। नमक के पानी का पोता रखा। नीम की छाल का लेप बनाकर शरीर पर लगाया परन्तु-बेअसर...दोपहर तक तो बुखार और बढ़ गया। लड़के को दवाखाना तो ले जायें परन्तु किस तरह? घर में फूटी कौड़ी भी नहीं थी। सुबह तड़के ग्राहक का दिया हुआ सौ रुपया याद आया, लेकर फटाफट दौड़ी। डॉक्टर ने इंजेक्शन लगाया, कुछ दवाइयां लिख दी, पैसा देकर लड़के को लेकर घर आयी, परन्तु दवाइयां...? उसका भी पैसा? पूरा घर छान मारा कुछ है तो निकले ना...? लड़के को सीने से लगाकर रोती रही। बुखार थोड़ी देर में उतर जाये तो थोड़ी ही देर में वापस वैसे का वैसा...अचानक सोणी की नजर लड़के की सोने की ताबीज पर पड़ी। लड़के के जन्म के समय बहुत अरमानों के साथ बांधा था। उसने ताकत लगाकर ताबीज का डोरा तोड़ डाला, और लड़के को रखकर दौड़ पड़ी। ताबीज को बेचने पर पाँच सौ रुपये मिले। कुछ भी कर इसी में से दवाई लाना था।

वहीं रास्ते में खान मिल गया। आंकड़ा लिखवाकर वापस आ रहा था। वह खड़ी रह गयी। लड़के को भारी बुखार है, पूरे दिन कुछ खाया नहीं है। तड़प रहा है बेचारा... वह एक सांस में बोलती चली गयी, आँखे नम हो गयीं। उसके गुलाबी होंठ कांपते हुए और गुलाबी हो गये। खान के सामने सवालिया नजरों से देखती रही। इस आशा के साथ खान भी लड़के के बारे में कुछ पूछे और मदद करे...परन्तु खान और लड़के से क्या मतलब?...उसे तो इस पूरी बात के साथ कुछ निस्बत नहीं थी। वह तो सोणी के गुलाबी होंठ मारक निगाहों से देखता रहा। इतना ही बोला 'तेरे होंठ बहुत हसीन लगते हैं, मैं आ रहा हूँ आधे घंटे में...तैयार रहना...। वहीं दूसरी तरफ सोण ी को खान क्या बोलता था, उस तरफ ध्यान बिल्कुल नहीं था। उसका मन तो बीमार लड़के में था। 'ये दवाई ले आयेगा जल्दी...?' कहकर सोणी ने ताबीज की ब्रिकी से मिली पाँच सौ रुपये की नोट और डॉक्टर की चिठ्ठी उसके हाथ में दे दिया। ठीक है...मैं ला दूंगा कहकर खान ने नोट ले ली। जाते-जाते अकेले में बड़बड़ाते गया... 'साली लड़के की बीमारी के पीछे पड़ी है...मेरी बीमारी तो देख...।' वहाँ थोड़ी देर मे ही खान को भीडू मिल गया 'अबे सुन रेला है? सावन को खबर पहुंचाना कि दो घंटे में रेड पड़ने वाली है... किसी को मोबाइल से बात मत करना। भीडू माहीम का पुलिस वाला था। सब कुछ छोड़ खान अपने अवैध धंधे का सामान इधर-उधर करने पहुँच गया।

खान जब चार-पाँच घंटे के बाद देर से सोणी के कोठे पर पहुँचा तब सोणी के रुपये से दवाई के बदले सोणी के लिए 'लालीजर' का लिपस्टिक लेकर आया अट्टहास्य करते-करते वह बोला 'ये...ले...दवाई...मेरी...!!

चार-चार घंटे से दवाई के लिए इंतजार करके जिसके आंसू सूख गये थे, वह सोणी हतप्रभ हो गयी...क्रोध और ग्लानि से उसका चेहरा लाल हो गया। लिपस्टिक से खान पर खुले हाथ से वार किया। आज पहली बार खान में उसे नर राक्षस दिखाई दिया। वह लड़के के पालना की तरफ दौड़ी। कपाल पर हाथ रखा...असहनीय बुखार में तड़पता बालक अब हमेशा के लिए ठंडा पड़ गया था।

'नीच...नालायक...' कह चिल्लाती हुई सोणी खान के पीछे पड़ गयी, और जो भी हाथ लगा उसे लेकर फेंकने लगी। खान भाग खड़ा हुआ।

'तब से सोणी पागल हो गई है साहब, तुम्हें लगता होगा कि इस मामद को सोणी की इतनी अधिक एक-एक बात की खबर कहाँ से होगी? बराबर ना...? परन्तु सच कहूँ तो...मैं खुद ही खान। यूं तो मेरा पूरा नाम मामदखान परन्तु सोणी मुझे प्यार से खान कहती। पाँच वर्ष पहले मैं प्रति सप्ताह सोणी के कोठा पर आता था। अब प्रतिदिन आता हूँ। भोजन लेकर...टिफिन का डिब्बा प्रतिदिन सोणी के चौपाल पर रखकर चला जाता हूँ। यदि वह भूल से मुझे देख ले तो हाथ में जो भी आ जाये उसे लेकर मारने दौड़ती है। सोणी पागल है। किसी दिन खाती है, किसी दिन देखती भी नहीं तो किसी दिन फेंक भी देती है। बस पूरा दिन उस पालने की तरफ एकटक देखती रहती है। और मैं...ठंडी हो या बरसात अरे तूफान और कर्फ्यू में भी सोणी का डिब्बा यहाँ रख देता हूँ। गत पाँच वर्ष में एक दिन भी भूला नहीं, एक दिन भी नहीं।

मुझे पहचानने वाले जो मानना हो माने। कोई मुझे देवता माने तो कोई शैतान। मुझे लोगों की परवाह नहीं है। मैं तो मानव जैसा हूँ...वैसा हूँ... दंभ विहीन, आवरण विहीन मानव, केवल मानव।

अब सोणी बिल्कुल शांत बैठी है तो फटाफट जाकर डिब्बा रखकर एक ही मिनट में आ जाऊं।

चलो साहब, चलो...मेरा काम पूरा...बहुत बातें हुई, तुम्हें तो रानी की बस्ती देखना था ना, वह तो ऊपर...हम शुरुआत में आये थे... वहीं...चहल पहल और जगमगाहट...

वहाँ तो कितनी ही ग्राहकों का इंतजार करते-करते बैठी होंगी।

चलो...चलो...साहब, क्यों खंभे की तरह यूं खड़े हो गये हो? जाना नहीं?...'

11. लाल गुब्बारा

जब शासक को यह अहसास हो जाये कि प्रशासन में उसकी धाक है, और उसकी इच्छा के खिलाफ उसके राज्य में तृणमात्र का आगमन सम्भव नहीं तब समय अदृश्य अट्टहास्य करता है।
मानव के मनरूपी फूल के आस-पास सुख एवं दुःख रूपी दोनों पतंगे उड़ते रहते हैं। पलक मारते ही कौन-सा पतंगा उड़ जायेगा और कौन-सा बैठ जायेगा, इसकी तो कहां किसी को खबर ही होती है?

'नियंत्रण होना चाहिए, नियंत्रण...।'

'मतलब?' विवाह के लिए लड़का पसन्द करने हेतु अल्प समय के लिए इण्डिया आयी एन.आर.आई. जूली के दिमाग में कुछ नहीं आया।

'नियंत्रण मतलब नियंत्रण...समझ में नहीं आया! दबाव...डालो।

ज्योर्जिआ-ओ-केफी का माडर्न आर्ट देखते समय कुछ भी खबर न होते हुए भी मानो सब कुछ समझ गयी हो, इस तरह जूली ने स्वीकार में सिर हिलाया।

सामनेवाले को जड़मूल से ही दबा देना चाहिए, अन्यथा पुरुष जात तुम्हें जीने भी नहीं देगी...और यह दबाव शुरुआत से ही लाना पड़ेगा। बात में रुचि के उद्देश्य से आवाज को धीमाकर मानूनी मासी ने कहा।

हालांकि, यह इतना आसान नहीं है...तुम्हारे पास टारगेट एचीवमेंट्स का स्पेसिफिक फण्डा चाहिए... लाइक 'फाइव फन्डास ऑफ मानुनी' मानुनी ने स्मित के साथ कहा।

'अच्छा! कौन सा- कौन-सा?'

जूली की आँखों में आश्चर्य था।

'यही तो टॉप सिक्रेट है...।'

जूली एन.आर.आई. थी। यू.एस. में पढ़ाई और नौकरी की व्यवस्था हो गयी थी।

एक महीने की छुट्टी लेकर शादी के लिए लड़के का चयन करने के लिए इण्डिया आयी थी। कल मानुनी उर्फ उसकी एक मात्र मासी, मानुनी मासी उर्फ मानुनी बहन परेश भाई का जन्म दिवस था। और अगले दिन शाम को धूम-धाम से मनाया जाना था।

आगामी कल इस विला में और पास के प्लॉट में अभी तक की सभी ग्रान्ड पार्टियों को टक्कर मारनेवाली मेगा पार्टी आयोजित होनी थी।

दो दिन से परेश मासा बिजनेस के लिए बैंगलोर गये हुए थे।

जूली, मनुमासी से मुलाकात हो, काम काज में मदद बन सके और इस प्रकार की बड़ी पार्टी में सभी से पहचान हो तो अपनी भी व्यवस्था होने के फिराक में थी।

हालांकि, घर में आने के बाद जूली को जानने और खोज करने जैसी सर्वाधिक इन्टरेस्टिंग बात जो लगी वह केवल एक ही मानुमासी का घर में गजबनाक वर्चस्व। जूली को ही नहीं, जान-पहचान वाले सभी के लिए मानुनी का उसके घर में तानाशाही प्रिय विषय था।

परेश मासा का बड़ा कारोबार, धंधा अच्छा चलता था। चैम्बर ऑफ कॉमर्स में उनकी अच्छी शाख थी। पाँच-पचीस लाख का सौदा तो केवल टेलीफोन पर ही हो जाता था, परन्तु घर में।

घर में तो कसम खाने जितना भी नहीं चलता, गलती से भी बोल दें तो. ..। आँखें देखी हैं मनुमासी की। केवल परेश भाई ही नहीं, पूरा घर मनुमासी की अंगुली के इशारे पर नाचता था।

परेश भाई के अलावा इस घर में तीन नौकर थे। एक लाजो कामवाली, दूसरा हीरिया बगीचा, गाड़ी और बाहर के कामकाज के लिए, तीसरा रघला कचरा साफ-सफाई के लिए।

इस घर के सभी व्यक्तियों में एक बात सामान्य थी। ये सभी मानुनी की आंख ऊंची होते ही सीधे हो जाते थे, परेश भाई सहित।

आँखों से किसी को काट खाने में विश्वास न हो तो एक बार जूली की मानुमासी से मुलाकात कर लें।

मानुनी को पहचानने वाले सभी मन में मुस्कराते।

परेश भाई की तुलना में कम कमानेवाले पुरुष उनकी दयनीय स्थिति जानकर खुश होते और स्त्रियां ईर्ष्या से जल उठतीं।

'कहना पड़े यार...।'

मानुनी का अपने घर में एक चक्रीय शासन था। कहनेवाले मजाक में कह भी देते थे कि परेश भाई को घर में पानी भी पीना हो तो मानुनी के देखते हुए उसके सामने, और उसका इशारा हकारात्मक हो तो ही...।

तेइस वर्षीय विवाहोत्सुक जूली ने बहुत से सम्बंधियों का घर संसार देखा था परन्तु सर्वाधिक ताजुब तो उसे यहां आकर लगा।

'ऐसा तो कहीं होता होगा। उसके खिलाफ बोल ही नहीं सकते? टेरीफिक कमांडिंग!'

इसीलिए ही आज चाय पीते-पीते मौका देखकर उसकी लाडली जूली ने उसके इस अभूतपूर्व साम्राज्य का रहस्य पूछ ही लिया।

'कहूं तो सही, परन्तु सिक्रेट, याद रखना टॉप सिक्रेट है।' मनुमासी ने आंतरिक खुशी छिपाकर गंभीर होते हुए कहा।

यह बात चल ही रही थी कि वहीं नौकर हीरिया हाथ में कागज का छोटा लिफाफा लेकर आया। मनुमासी ने उसे केवल अंगुली का इशारा किया।

सर्कस के रिंग मास्टर का एक इशारा सिंह पर आतंकित होकर फैल जाये और सिंह चुपचाप एक कोने में खड़ा हो जाये, इसी तरह सवा छह फुट का हीरिया बाहर ही खड़ा हो गया।

'देखा! मनुमासी बोल उठी।

'यह नौकर है ना...कैसे ट्रेन्ड किया होगा? यह यहीं खड़ा रहेगा... आधा घंटा... एक घंटा...मैं जब तक उससे नहीं कहूं वह यहीं खड़ा रहेगा। बोल अब? कहते हुए मनुमासी विजयी मुद्रा में आँख की पलकों को ऊपर उठाया।

जूली मुग्ध होकर देखती रही।

'देखो जूली कल मेरा बर्थ डे का सेलीब्रेशन है।' टॉप सिक्रेटवाली बात बदलते हुए मनुमासी ने कहा। 'हमें तो ठीक, बर्थ डे एवं फर्थ डे...बयालिस वर्ष के बाद कैसा बर्थ डे...? परन्तु अग्रवाल ने अभी गत महीने उनकी पत्नी का बर्थ डे मनाया। इतना शानदार तो नहीं परन्तु सादा, तब से ही मुझे विचार आया कि हम भी मनायें, पर्ल बैक इनक्यूबेटर वाला, अग्रवाल एण्ड कम्पनी से कम थोड़े हैं?!!

'परेश मासा से पूछा था तब?' जवाब अपेक्षित था, फिर भी जूली ने जान बूझकर पूछ ही लिया।

'मुझे परेश से पूछना नहीं, कहना होता है, अभी इस कामकाज के समय भी वे दो दिन से बैंगलोर में हैं। आयेंगे देर शाम। परन्तु इसकी क्या जरूरत

है! कार्ड की डिजाइन मुझे तय करना है, डिस्ट्रीब्यूशन व्यवस्था भी मेरी, डेकोरेशन और फूड केटरर्स भी मुझे ही तय करना है।'

'और उन्हें?'

'उन्हें क्या? खड़ा रहना है शूट पहनकर और गिफ्ट स्वीकार करना है।'

'शूट का कलर भी तुमने ही पसंद किया होगा न...?' जूली ने जरा टोन्ट में कहा।

'शूट ही नहीं मोजा और रुमाल भी मेरी ही पसन्दगी का, बोल अब कुछ कहना है?' मानुनी ने हंसते-हंसते कहा, और फिर इसमें शामिल किया।

'मैंने तुम्हें सुबह पहले ही बताया ना, सामने गार्डेन का बड़ा लाल गुब्बारा... उसे बर्थ डे के लिए विशेष ऑर्डर देकर बनवाया है। अभी तो जमीन पर गुब्बारों का बड़ा कमरा जैसा प्रतीत हो रहा है परन्तु अभी तो केवल गैस भरकर स्टेबल किया है। मतलब जमीन से केवल पाँच फुट ऊंचाई तक चढ़ाया है। बाकी कल सुबह आकाश में साढ़े तीन सौ फुट चढ़ेगा। अर्थात् इस शहर के कोने-कोने से पढ़ा जा सकेगा। हैपी बर्थडे टू मानुनी।'

'सुपर्ब, मानुनी मासी द ग्रेट।'

'परेश ने तो कहा था कि अग्रवाल की तरह छोटे-छोटे गुब्बारे चिपकायें... अरे! भाई ये तो किसी छोटे बच्चे का जन्म दिवस थोड़ी है। जलसा करें तो ऐसा करें कि उसमें आने वाला जिदंगीभर याद रखे कि बर्थ डे तो मानुनी का, बाकी सब फीका।

वह गुब्बारा प्लेन लाल रंग का है। नाम लिखने के लिए दोपहर तक पेंटर आयेगा। इसका पेंटर भी स्पेशल होता है। कलर में भी केवल फ्लोरोसेंट स्प्रेकलर ही चलता है। धूप में भी चमके और रात में भी...लिखा जायेगा! हैपी बर्थ डे टू मानुनी... भई डेढ़ लाख रुपये कोई ऐसे ही थोड़े लेता होगा...? यूं तो इतना बड़ा गुब्बारा केवल बड़ी कम्पनियों के बड़े सेलेब्रेशन में ही आकाश में चढ़ाते है। यूं तो अपना भी काई छोटा सेलेब्रेशन थोड़ी है!

प्रोफेशनल गुब्बारे में भी अलग-अलग साइज आती है, आठ मीटर से लेकर अस्सी मीटर तक, कीमत थोड़ी ज्यादा भी कही जा सकती है...। पचहत्तर हजार से लेकर दो लाख तक। ये लोग कितनी साइज का गुब्बारा है, और कितनी ऊंचाई तक रखना है, उस पर कीमत तय करते हैं, कुछ बार्गेनिंग भी।

मैंने तो कह दिया कि ऊँची कीमत भले हो परन्तु शहर के सभी हिस्से से दिखना चाहिए, और विशेषकर नाम तो किसी भी कोने से दिखाई देना चाहिए, जलसा जैसा-तैसा थोड़ी है?

यह गुब्बारा तो मुझे इतना पसंद आ गया कि मेरा वश चले तो इसे हमेशा के लिए आकाश में तैरता हुआ रखूं, गुब्बारा वाला कहता था कि 'मेडम... गुब्बारा जैसा भी हो, जितना भी मंहगा हो, परन्तु एक दिन उसकी हवा तो निकल ही जायेगी। हम तो केवल प्रसंग तक की गारंटी लेते हैं। बाकी एक-दो दिन में तो अपने आप उतर जायेगा।

गुब्बारे का रंग चयन करने में भी तुम्हारे मासा ने गड़बड़ी की। हरे रंग का गुब्बारा तय कर आये थे। अरे भाई नगर निगम की कचरा पेटी थोड़ी है कि हरा रंग। तब उन्हें लाल रंग भड़कीला लग रहा था। अब तू ही कह भड़क अभी नहीं करे तो कब करेंगे। शगुन में यूं भी लाल रंग ही होता है ना...

मैंने फिर हरा में से लाल खड़े-खड़े फोन से ही बदलवा दिया। ये तो तब मैं अनुपस्थित थी इसलिए, बाकी मेरी उपस्थिति में तो किसी भी समय कोई भी आये... और कुछ भी पूछे तो, पूरे घर से एक ही जवाब मिले... 'पूछिए मानुनी से...'

मानुनी के द्वारा आसपास फैलाये गये इन्द्रजाल से जूली अभिभूत हो गयी थी। इतने में मानुनी मासी ने कहा 'तुम्हे काफी पीना है...? हीरिया की चाय में मजा न आए हो तो एक बार लाजो की काफी पियो।

अभी तक इसी तरह अदब की मुद्रा में बैठक कक्ष के बाहर खड़े हीरिया अपना नाम तेज आवाज में सुनकर चौकन्ना हो गया।

वहीं जूली कहने लगी 'ना ना...इससे तो आपकी बातें अत्यधिक इन्टरेस्टिंग हैं...।' परन्तु लाजो के बदले हीरिया ही दरवाजे के बाहर खड़ा-खड़ा तप कर रहा था। उसने अन्दर आने का प्रयास किया।

ये सभी बातें तो चलती रहेंगी...।' यह कहते हुए मनुमासी ने आवाज लगाया...लाजो...।'

'मैंने तुम्हें बुलाया। तुम्हारा नाम लाजो है? हीरिया झेंप गया। मानुमासी की आँख के सामने देखकर वापस जहां था, वहीं जाकर खड़ा हो गया।

'लगता है लाजो अभी तक नहीं आयी, इतने वर्षों में बिचारी ने दो दिन की बड़ी मुश्किल से छुट्टी ली। अभी आठ बजे तक आने की बात की थी, अभी आ जायेगी।'

लाजो बहुत कामकाजी है। पूरे घर का काम करती है, दिखने में साधारण, एक तरह से श्याम ही है। हालांकि, यहाँ रूपाली कामवाली भी नहीं लायी जा सकती, अन्यथा रघला और हीरिया का काम में मन ही नहीं

लगेगा। लाजो भले श्याम है, परन्तु कपड़ा एक दम शुद्ध और सुघड़ ही पहनती है। आज से पाँच वर्ष पूर्व वह जब बीस-पच्चीस वर्ष की होगी उसकी काकी हमारे यहाँ रख गयी थी। तब से आज तक उसका एक ही घर। यह अगला सर्वेंट क्वार्टर है। लाजो बोलती कम और काम ज्यादा करती है।

हालांकि, काम की मुझे निगरानी करनी पड़ती थी, परन्तु एक बार कहने के बाद काम देखना नहीं पड़ता था।

काफी देर से चुपचाप सुन रही जूली ने अब मौन तोड़ा, मनुमासी यह सब तो ठीक, ये सब तो वेतन लेनेवाले नौकर हैं, इसलिए इन्हें खुशामद की आदत तो होगी ही, सोसायटी का गोरखा मुझे भी रोज सलाम करता है, परन्तु ताजुब की बात ये है कि परेश मामा तुम्हें इतनी हद तक माने, वह भी छोटे लड़के से भी ज्यादा आज्ञांकित होकर, पूरे समाज में इतना बड़ा नाम, इतनी प्रेस्टिज...पावर और फिर भी? जूली को मूल रहस्य जानने में ही रुचि थी।

'बड़े बड़ों को कुचल डालने वाला मदहोश हाथी में भी एकाध छोटा मर्मस्थल ऐसा होता है कि जिसे प्राप्त कर उसका महावत उस पर राज करता है। अन्डर वर्ल्ड का डॉन गाँव में सब को रिवॉल्वर दिखाता फिरता है परन्तु घर में तो उसकी एक भी नहीं चलती। तुम्हारे मासा घर में आयें तो बिल्कुल आज्ञाकारी, बोलती ही बंद हो जाती है।

'मासा का कहा हुआ कुछ भी नहीं होता?'

घर में कुछ भी नहीं कहने की हिम्मत तो होनी चाहिए ना...!! इस जन्म में तो हो गया। सेव टमाटर की सब्जी खाना हो तो भी परेश, लाजो से धीरे से कहता है...। 'लाजो, जरा पूछना मानु से...उसे अच्छा लगे तो आज सेव टमाटर की सब्जी बनाना, परन्तु ध्यान रखना ये कहे तो ही...।'

'वाह फिर बने सही? यह सेव टमाटर की सब्जी!'

'ना बने...कभी भी ना बने। दस में से नौ फर्माइश तो पूरी ही ना होने दूं, और दसवीं तो इस प्रकार पूरी करूं कि परेश का पूरी जिंदगी के लिए फर्माइश करने का मूड ही खत्म हो जाये।'

'परन्तु क्यों? जूली अब असमंजस में पड़ गयी थी।

'यही तो मानु का टॉप सिक्रेट फंडा नम्बर वन है। ऐसा उसे बार-बार होगा। हर बार वह क्रोधित होगा, लाल पीला होगा, असमंजस में आयेगा, धीरे-धीरे उसका क्रोध खत्म हो जायेगा, साथ ही साथ उसकी इच्छाओं को ही मार डालना, और वही होने देना जो आपकी इच्छा हो, हालांकि, ऐसा करने

में मेहनत पड़ेगी, समय भी लगेगा और आखिर में उसे वही अच्छा लगेगा जो तुम्हारी इच्छा होगी, तुम्हारी ही फर्माइश होगी और तुम्हारा ही आदेश होगा।

'मैं कुछ समझी नहीं' जूली ने इंकार में सिर हिला दिया।

'तुम यहाँ शादी करने आयी हो, और मान लो दो वर्ष के बाद मोल में तुम्हारा पति साथ जाये और उन्हें ब्रिटानिया का सिम्पल बिस्किट लेना है तो तुम क्या करो?'

वेरी सिम्पल, लें लेंगे, कोई सोने का बिस्किट थोड़ा है कि ज्यादा विचार करना पड़े?'

'नो...नो...नॉट सो सिम्पल, तुम लोग यहीं मार खाओगे, ऐसा हो तो शुरुआत में थोड़ा विचार करो, प्लेन बिस्किट के बदले जीरा बिस्किट खरीदने का फायदा बताओ और आखिर में जीरा बिस्किट खरीदवाना...।'

'अब तो एक ही बात हुई...सादा बिस्किट एवं जीरा बिस्किट यूं देखें तो एक जैसा ही कहा जाता है।'

ना, बिस्किट एक जैसा भले होगा, परन्तु बात एक जैसी नहीं, पूरी बात ही बदल गयी है। प्लेन बिस्किट में केवल चार दाना जीरा पड़ने से बिस्किट में ज्यादा फर्क नहीं पड़ेगा, परन्तु बिस्कुट लेने का निर्णय, उसके बाद उनका समाप्त होकर तुम्हारा निर्णय बन जाता है, है ना कमाल की बात...

इस प्रकार सतत...सतत तुम्हारे हस्तक्षेप से उसके छोटे दिमाग को इस बात का विश्वास हो जायेगा कि उनका दिमाग कोई भी निर्णय लेने में सक्षम ही नहीं है, उसके बाद ही बाथरूम में नहाते समय मरून तौलिया का उपयोग करें या सफेद, इसके निर्णय के लिए भी तुम्हारा हसबैंड तुम्हारा इंतजार करते-करते बाथरूम में आधा घंटा खड़ा रहेगा।'

कभी ऐसा हो सकता है? हम कहें और कोई हमारा कहा हुआ सबकुछ करे सही?' जूली बातें निकलवा-निकलवाकर जीवन का महत्वपूर्ण पाठ सीखने का प्रयत्न कर रही थी।

'ऐसा और इतना ही नहीं हम चाहे वैसा और उतना ही हो।

परेश की एकमात्र इन्क्यूबेटर की कम्पनी, केवल मेरे एक ही शब्द पर सप्ताह पहले मैंने बिक्री करवा डाली, यह कोई छोटी-मोटी बात नहीं है!

परेश का चले तो पूरी जिंदगी इण्डिया में ही पड़ा रहे, परन्तु तुम्हें तो खबर है न इण्डिया में क्या है। मैंने कहा कि बेच डालो यह कम्पनी और अमेरिका चले जाओ, बिजनेस वीजा मिलती ही है। वर्ष के बाद मैं वहां आ

जाऊंगी। जूली तू नहीं माने परन्तु पन्द्रह वर्ष पुराना पूरे इण्डिया का कारोबार मेरे एक ही शब्द पर दस दिन पहले बेचकर उसने नकदी कर ली। पाँच करोड़ जमा दिखाया, इसलिए अठवाडिया में परेश का वीजा भी आ गया।

सुपर्ब...परन्तु मुझे तो टॉप सिक्रेट ही जानना है। नाव टेल एबाउट मानुनी फंडा नम्बर टू।'

फंडा नम्बर टू...यस, यदि जिंदगी में बाघ जैसा बनना हो तो बाघ की तरह व्यवहार करना भी सीखो।

'मतलब?'

'बाघ के पिंजरे में बकरा डालो तो बाघ क्या करे?'

'खा जाये।'

'यह निश्चित नहीं, खा जाये या न भी खाये, इच्छा हो, उसे भूख हो खाये और शायद ना भी खाये।

'हां!'

'जिंदगी में यदि बाघ जैसा बनना हो तो बाघ के जैसा बिहैव करना भी सीखना पड़े, इसलिए दया नहीं चाहिए, लेश मात्र नहीं। अंदर बंद किए गये बकरे को केवल एक ही चीज दिखना चाहिए और वह बाघ की आखें। बाघ के पिंजरे में होनेवाली किसी भी घटना के लिए एक ही बात जिम्मेदार होगी वह है बाघ की इच्छा।

बाघ सो जाये तो भी पिंजरे के अंदर जी रहे बकरे का चेहरा बाघ की तरफ ही रहेगा, और उसके विचार भी केवल बाघ के बारे में ही होंगे। बाघ के पिंजरे में रखे बकरे को बाघ के सिवा अन्य विचार मात्र आने से इसका अर्थ है कि बाघ जिंदा है ही नहीं। इसी प्रकार तुम्हारा अस्तित्व जीवन में भी साबित करना पड़े।'

'बात तो सही परन्तु!'

'और हां...ऐसा करने में रेजिस्टन्स तो आयेगा ही, इसमें भी यदि कुछ उल्टा-सीधा या इच्छा के विरुद्ध हुआ तो...और शुरुआत में तो ऐसा होगा ही... तो तुम्हें अकल्पनीय असामान्य हमला करना चाहिए। बाघिन जैसा शारीरिक नहीं परन्तु मानसिक। सामने वाला व्यक्ति स्तब्ध हो जाना चाहिए। डर जाना चाहिए। फिर ऐसा करने के विचार से ही वह डर से कांप जाना चाहिए। आजीवन ऐसा डर पैदा करने में यदि आप शक्तिमान हो गये तो मान लेना कि मानुनी...मानुनी द ग्रेट, तुम भी बन सकते हो...।

'ग्रेट...जूली बोली... और मानुनी फंडा नम्बर तीन।'

'यस, शुरुआती दिनों में वह तुम्हें खुश रखेगा, खुश रखने की कोशिश करेगा। इस समय तुम्हें विशेष रूप से सावधान रहने की जरूरत है क्यों?'

'यदि...' मनुमासी जैसे कोई पी.एच.डी. गोल्ड मेडलिस्ट प्रोफेसर, नयी छात्रा को समझा रहा हो, ऐसी अदा के साथ कहा: यदि आप मान गये तो समझो गये...।

'मुझे तो बिल्कुल समझ में ही नहीं आया, वहीं जूली फिर भ्रम में पड़ गयी।

'मान लो कि वह तुम्हें तुम्हारा फेवरिट पित्जा खिलाने के लिए रेस्टोरैंट में ले जाये और डबल चीज मार्गरिटापिज्जा मंगाये तो?'

'तो...तो मजा ही आ जाये।'

'फेल...शत-प्रतिशत फेल।'

'तो?'

'पिज्जा खाते जाओ और दुखी होते जाओ कि...पिज्जा तो ठीक है, परन्तु किट्सन टोमेटो केचप के बदले वोट्सन टोमेटो केचप होता तो...? जो दुबई के मार्केट में मिलता है ना वो मजा आ जाये बाकी इसमें कुछ खास नहीं। संक्षिप्त में ऐसा साबित कर देना है कि तुमने जो मुझे खुश करने के लिए किया उसमें कोई कुछ खास नहीं है।

'परन्तु इसका कारण?'

'कारण यही कि यदि वह तुम्हें खुश करने में सफल हो जायेगा तो फिर पूरा, फिर तुम्हारे लिए मार्गरिटापिज्जा से ज्यादा कुछ भी करने का विचार भी नहीं करेगा, इतना ही नहीं यदि तुम खुश हो गयीं तो इसके बदले तुम्हारे प्रति उसकी अपेक्षायें इतनी बढ़ जायेंगी कि...।'

'समझ गई...समझ गई, मानुमासी... अब फंडा नम्बर फोर।' जूली ने स्वीकार में सिर हिलाया।

'देखो मानु मासी ने कहा, फंडा नम्बर चार थोड़ा कठिन है, परन्तु थोड़ा प्रयत्न करो तो असम्भव नहीं।' वह यह है कि किसी भी मौके पर उसे खुश नहीं होने देना।'

'मतलब?'

'वह कहीं भी जाये-जहाँ उसका जाना आप को अच्छा न लगता हो उदाहरण के तौर पर मित्रों के साथ जाये, पार्टी में जाये, कहीं अकेले घूमने

जाये, या उसके माँ-बाप या भाई-बहन के घर जाये... यदि वहाँ उसके साथ तुम्हारी उपस्थिति नहीं है तो फोन कर-कर के ऐसी बात करो, ऐसा नाटक करो कि उसका आनंद क्षणभर में खत्म हो जाये, ऐसा मूड ऑफ हो कि जिंदगी भर कहीं जाने का नाम ही ना ले और यदि तुम्हारी इच्छा के विरुद्ध किसी जगह जाना हो और आपको साथ ले जाये तो फिर फोन-बोन की चिंता न रहे। तुम तो हो ना उसके साथ बाजी संभालने के लिए, इतना ही नहीं, यदि तुम दोनों अकेले हो और वह उत्साह से कोई बात करना चाहता हो तो इतनी बड़ी मांग के साथ बात की शुरुआत करो कि जो उस समय पूरी ना हो सके और वह सतत लघुता ग्रंथि से पीड़ित रहे, कि मैं जीवन में उसके लिए कुछ कर ही नहीं सका।

'ग्रेट...ग्रेट और आखिर में फंडा नम्बर पाँच?'

'यह सबसे सीक्रेट है, जूली तुम्हारे और हमारे सिवा किसी को इस दुनिया में इसकी खबर नहीं होना चाहिए। 'प्रोमिस दो।'

जूली ने प्रॉमिस के लिए हाथ लम्बा किया, उसकी हथेली में हाथ रख मानुमासी ने कहा, 'देख! सुन'

'वहीं बीच में ही हीरिया कूद पड़ा...मेडम...।'

'तुम्हें बुलाया...मैंने?!!' मानुनी ने आँख निकाला।

'नहीं परन्तु, यह तो साहब आज आने वाले हैं, इसलिए मुझे उनकी गाड़ी साफ करने के लिए कहा था...तो उसमें से यह छोटा कवर हमें मिला है, मुझे लगा कि आप को दे दूं।'

'ठीक है...अच्छा लाइए, और देखो ध्यान रखना। लाल गुब्बारा को कोई लड़का छेड़छाड़ ना करे, डेढ़ लाख रुपये खर्च किये हैं उस पर...दूसरा सब काम छोड़कर तू केवल गुब्बारा की रखवाली कर...।' हीरिया गुब्बारा के पास गया होगा, और तुरन्त ही मानुनी ने कवर खोला। उसमें से एक चिट्ठी निकली। चिट्ठी लापरवाही के साथ जूली को देते हुए मानु मासी ने कहा, 'परेश की है पढ़ तो जूली, गुजराती आता है?'

कैम्ब्रिज में पढ़ी हुई परन्तु टूटी-फूटी गुजराती पढ़ने वाली जूली चिट्ठी हाथ में लेकर पढ़ने लगी...।

'टू,

मानुनी,

हम शादी करने के बाद अब अमेरिका पहुँच गये हैं।

कम्पनी बेचने का आइडिया देने के लिए आभार एवं शेष जीवन के लिए शुभकामना...।

अलविदा

लि. परेश-लाजो।'

मानुनी को चक्कर आने वाला ही था कि वहीं हीरिया बगीचा में से दौड़ते-दौड़ते घबराया हुआ आया और जोर-जोर से कहने लगा...

'मेडम...मेडम...लाल गुब्बारा से हवा निकल गई है...।'

12. निगेटिव पब्लिसिटी

मानव, अकेला मानव दुनिया में जरा भी उपस्थिति दर्ज न करता हो तब जीना कितना दुष्कर होता है। नन्हा बालक भी यदि कुछ समय अकेला रहना पड़े रोये, शोर मचाये, तूफान करे किसी न किसी तरीके ध्यान आकर्षित करके दम लेगा, परन्तु बूढ़ा बालक...क्या कर सकता है? उम्र बढ़ने के साथ ही.. आँखें बिल्कुल कमजोर हो जायें, कान बहरा हो जाये, और शरीर साथ ही न देता हो तब किस तरह कशमकश कैद का अनुभव करता होगा...अकेला मानव।

काम करने वाला लड़का भोजन बनाकर गया था। रसोईघर के कोने में आज दोपहर का भोजन ढककर रखा हुआ था। वह प्रतिदिन एक ही समय भोजन करता था। अभी उसे भूख नहीं परन्तु प्यास लगी थी। हालांकि, पानी पीने के लिए खड़ा होने में उसे आलस आया। यह स्वाभाविक भी था। पचासी वर्ष के एकाकी जीवन जी रहे बुड्ढे के लिए पानी तक जाने और पानी पीने में क्षण नहीं परन्तु मिनटों का सवाल था। फिर भी वह उठा, चलते-चलते घुटनों में होने वाली वेदना का वह आदती हो गया था। फ्रीज यहाँ से तीसरे कमरे में था। घर बड़ा था। छह कमरा नीचे और छह कमरा ऊपर..., काम चलाऊ उपयोग के लिए तीन कमरा रखा था। वह भी अब ज्यादा ही था। बाकी के कमरों में ताला लगा हुआ था। ऊपरी मंजिल के कमरों के तालों में तो जंग लग गये होंगे, राम जाने...! गत दस वर्ष में कोई गया होगा तब खबर पड़े ना...? बाहर दरवाजा के पास से रास्ता था। वहाँ गली का नुक्कड़ था। ये हमेशा वहाँ कुर्सी डालकर बैठता। यहाँ से आने-जाने वाले लोगों को देखता रहता।

हालांकि, उसे कोई बुलाता नहीं था। सभी जल्दबाजी में ही रहते। सुबह साढ़े पाँच बजे साइकिल पर आनेवाले अखबारों के फेरियों से छोटी नई शेरी में आने-जाने का सिलसिला शुरू होता, जो रात देर तक जारी रहता। उसका घर नई शेरी के नुक्कड़ पर ही था। समय बीतता गया, उसी तरह मकान भी

बदलता गया। रास्ते भी बदलते गये, और...और...लोग भी बदलते गये। फिर तो अपने बड़े-बड़े सवालों के जवाब में सामने से केवल हुंकार ही सुनाई पड़ता, कभी तो वह भी नहीं। उसे धीरे-धीरे बोलना भी बंद कर देना पड़ा।

लड़का पूना में था। लड़के के घर भी लड़का था। इतने समय में लड़का यहाँ आने के लिए समय नहीं निकाल पाया। उसकी माँ की मृत्यु पर भी उसने केवल फोन पर ही समाचार लिया।

वह लड़के को फोन करता...छह महीने, बारह महीने...हालांकि, सामने से जवाब संक्षिप्त में ही होता कभी-कभी तो एक ही अक्षर में रहता।

वर्षों से लड़के को यहाँ वतन में आने के लिए कहता रहता, और फिर बाद में तो उसे भी लगा कि यदि यही एक ही रिकार्ड बजता रहेगा तो थोड़ा-बहुत बोलने का सम्बंध भी समाप्त हो जायेगा।

कुछ दिनों से यह बहुत हताश था। उसे घर में कहीं से पुरानी डायरी हाथ लग गयी थी। इस डायरी में वर्षों पुराने सम्बंधियों, मित्रों के फोन नम्बर लिखे हुए थे।

उसने चश्मा पहनकर डायरी को उलटना शुरू किया, नाम कितने भरे हुए थे इस छोटी डायरी में...टेढ़े-मेढ़े, कोने में, ऊपरी हिस्से में और बगल के हांसिये में।

उसने पढ़ने की कोशिश की। कितने ही नाम वह स्वयं भूल गया था। उसने सिर खुजलाया...फिर हंस पड़ा, यूं भी याद थे उन नामों के साथ सम्बंध कहां था वर्षों से? यह मोटी, जर्जरित और किसी समय बड़े ही ध्यान के साथ लिखी गयी डायरी, जिसके फटे हुए पृष्ठ किसी समय सेलोटैप से चिपका कर सावधानी के साथ रखे जाते, आज कितनी अनुपयोगी थी। शायद कबाड़वाला भी उसके सामने नहीं देखता...!

एक समय ऐसा भी था कि केवल दस मिनट भी फोन बंद रहता तो फोन हाथ में लेकर वह देख लेता...कहीं स्विच ऑफ तो नहीं हो गया ना?!

परन्तु तब की तो पूरी बात ही अलग थी। तब वह बहुत महत्वपूर्ण पद पर था। सभी की जरूरत वाला व्यक्ति था। आज समय पूरी तरह बदल चुका था। फोन की डायरी से कन्टैक्ट एक के बाद निकलते गये, और खबर भी नहीं पड़ी कि दिमाग से यादों की पूरी सूची ही निकल चुकी थी।

किसी नयी स्कीम के लिए काल सेंटर से कोई फोन आता तो वह लम्बी चौड़ी हांकता रहता। ऐसे फोन में बात करना उसके कारण विहीन नहीं परन्तु बात करने का कारण बनी रहती।

वह दस वर्ष पहले पूना गया था, लड़के के घर। वहाँ के लोग आदमी नहीं टीवी देखना ज्यादा पसन्द करते थे। तीसरी पीढ़ी को स्कूल, स्विमिंग, डांसिंग के बाद दादाजी के लिए भाग्य से ही समय निकाल पाते।

पूना में उसे अच्छा नहीं लगा, विश्व के सभी दुखी माँ-बाप की तरह उसने भी बहाना बना दिया 'वातावरण अनुकूल नहीं था। वर्षों से नयी शेरी में रहा हुआ है ना...! और फिर यहीं नुक्कड़ पर स्थित अपने घर आ गया।

वह पूना से वापस आया तब ट्रेन से उतरकर सीधे ही लड़के को फोन लगाया था।

'भाई, मैं कुशलता के साथ पहुँच गया हूं, मेरी जरा भी चिंता मत करना।'

सामने से लड़का हंस पड़ा। फोन पर हाथ रखते हुए पत्नी से कहा, दोनों हंसने लगे। फिर लड़का धीरे से बड़बड़ाया 'बुड्ढा कुशलता के साथ पहुँच गया, यही तो बड़ी चिंता है।

खबर नहीं क्यों लड़के ने रिसीवर पर हाथ रख दिया था। फिर भी अक्षरसः उसे सुनाई दिया। फिर तो दस वर्ष हो गये इस बात को... पूना का नाम दिल में भले हो, ओंठ तक कभी नहीं आया।

इस घटना के बाद वह कई दिनों तक हताशा में डूबा हुआ था। डिप्रेशन की टेबलेट तभी से शुरू हुई, वह आज तक...।

'डॉक्टर, मेरा रिपोर्ट तो नार्मल आ रहा है तो फिर क्यों?' डॉक्टर को वह पूछ बैठा।

'मेजर कुछ भी नहीं परन्तु...।'

'तो फिर हताशा, बेचैनी, मरने का विचार, भूख न लगना...नींद ना आना...। यह सब?'

'यह एम्टी नेस्ट सिन्ड्रोम है।'

'मतलब?'

मन के खालीपन का रोग तुमने पक्षी का घोंसला देखा है? कितना प्रेम से... ममता और मेहनत से घोंसला बनाती है। एक-एक तिनका ला-ला कर... दूसरे शत्रु पक्षियों और प्राणियों से बचते हुए कहीं उनकी चोंच का प्रहार सहन कर... कहीं युद्ध कर।

बच्चों का ठंड, धूप और बरसात से पूरा ख्याल रखकर, पानी के लिए जाकर जल्द ही वापस आ जाये और चारा के लिए दाना भी नजदीक में

ही मिल सके इसकी सतर्कता रखकर...फिर तो अंडा...और अंडा से बच्चा और बाद में...बाद में बच्चे को पंख निकले...और आखिर में घोंसला खाली हो जाता है।

बच्चा उड़ जाने के बाद...बच्चा विहीन घोंसला अर्थात् सूखा कचरा।

जिस एक-एक तिनके को प्रेम पूर्वक, सुरक्षा के साथ मेहनत से तैयार किया हो, जिन तिनकों को बच्चे की उपस्थिति में मखमल जैसे नर्म और आह्लादक स्पर्श हो, वही तिनका बच्चा उड़ जाने के बाद कांटे की तरह चुभने लगता है, डंक मारने लगता है। एक खालीपन दिमाग को खोखला कर देता है। इस समय पक्षी को जो पीड़ा होती है, इसी प्रकार की पीड़ा जब मनुष्य को हो तब उसका शरीर बिना स्पष्ट कारण के ही रोग ग्रस्त हो जाता है...। ये 'एम्टी नेस्ट सिन्ड्रोम।'

डॉक्टर की यह बात उसके मन में बैठ गयी। अपना नया नाम रखा।

(यूं भी पुराने नाम का किसी भी दृष्टि से कोई मतलब नहीं था, फिर उस नाम को खुद भी याद रखकर क्या करना है?)

'द घोस्ट ऑफ एम्टी नेस्ट।' मतलब खाली घोंसले का भूत

'घोस्ट क्यों?' किसी ने पूछा होता तो उनकी दलील तैयार ही थी।

घोस्ट सब को देखता है परन्तु घोस्ट को कोई नहीं देखता। अरे वह आस-पास हो तो भी कोई उस पर ध्यान नहीं देता। दुनिया तो मानो इस तरह जी रही है कि दुनिया में घोस्ट की कहीं उपस्थिति ही नहीं है। स्वयं भी ऐसे ही हैं, बिल्कुल अकेले घोस्ट...घोस्ट ऑफ दी एम्टी नेस्ट।

कई वर्षों पहले वह आस-पास के सम्भवत: सभी सामाजिक, शुभ-अशुभ घटनाओं में हाजिर रहने का प्रयत्न करता, परन्तु दिनों दिन वह यह सच्चाई स्वीकारने लगा कि उसकी उपस्थिति और अनुपस्थिति के बीच ज्यादा फर्क नहीं है। शुरू-शुरू में उसे लोग विवेक के साथ अलग करते। प्रसंग में कहीं मदद रूप बनने के लिए वह धीरे से अंदर तक पहुंच जाता। तुरन्त उसे सूचित कर दिया जाता... 'दादा बाहर जाकर बैठिए।' वह बाहर जाकर बैठता तो लोग उसे वहाँ से भी उठाते। अब इन सब का अर्थ वह समझने लगा था, फिर भी भूल से किसी बात के बीच में बोल देता और बात करने वाले उसकी ओर अनमनी भावनाओं से देखते रहते।

कैसे विचित्र हालात होते हैं कि सुबह से रात तक किसी आगुंतक की प्रतीक्षा में दिन व्यतीत करते रहना...। कुछ नवीनता कुछ अलग बनने की

आशा में समुद्र के बीच स्थित किसी अनजान टापू पर भूले हुए किसी पथिक की तरह, इस भरी पूरी दुनिया में वर्षों गुजारते रहना एवं बिना इच्छा से भी जीने के लिए जीते रहना... और इतना कम हो ऐसा।

इतनी तकलीफ तनाव और हताशा होते हुए भी एम्टीनेस्ट सिन्ड्रोम से छुटकारा पाने के लिए डॉक्टर की दवाइयां लेते रहना।

*

कुछ समय बाद एक विचित्र घटना हुई।

सुबह सब्जीवाली रूखली नई गली के नुक्कड़ पर सब्जियों की टोकरी लेकर निकली, उसके दरवाजे के निकट रोज की तरह टोकरी रख दी। रूखली की आवाज पर आस-पास के तीन-चार सब्जी खरीदने आये। पडोसी जीतू की पत्नी, कंचन काकी और दूसरे एक दो।

वह प्रतिदिन की तरह कुर्सी डालकर बैठा हुआ था।

उसने रूखली को देखा। उसकी बूढ़ी आँखों में गजब की चमक आ गयी। वह उठा। बड़ी मुश्किल से सीढ़िया उतरा। रूखली के निकट पहुँचा। खबर नहीं बुड्ढे ने कैसी शरारत की कि रूखली तो पहले स्तब्ध हो गयी, फिर शोर मचाया, जीतू की पत्नी ने तो अपनी आंखों से देखा, रूखली टोकरी छोड़कर भागी। उसके पति और दूसरे दो चार को पकड़ लायी। हो...हा...मच गया।

रूखली के घर वाले ने बुड्ढे की पिटाई भी की, परन्तु मरे हुए को क्या मारे, और पुलिस में शिकायत करे तो भी उसके पराक्रम को साबित कर सकेगा?

*

इस प्रकार की घटनाओं को फैलने में देर कितनी?

'वह बुड्ढा, सुना तुमने?

'ना हो वह इतना हलकट...।'

'छी...छी...साठे बुद्धि नाठे वो इसी का नाम।'

'मुआ वह रोज मेरे सामने भी तिरछी नजरों से देखता था। वहाँ से अकेली निकलू तो बुड्ढे की नजर मुझ पर ही होती। हमें क्या मालूम कि?'

'मैं तो सभी महिलाओं से कहता, यह नुक्कड़ वाला बुढ़िया इश्किया मिजाज वाला है, भई संभालना।'

'मुझसे ऐसा हो तो बता दूं, बुढ़िया का गला दबा दूं, एक ही मिनट में फैसला।'

*

हालांकि, बुढ़िया का नसीब अच्छा था, उसे किसी ने खत्म नहीं किया।

एक दो दिन में उसके घर मुलाकातियों का आवागमन और फोन की घंटियां शुरू हो गयी। एक फोन खत्म नहीं हुआ कि वहाँ दूसरे की घंटी बज उठे तो।

ऐसा सुना है कि...आप...?!!!'

'सचमुच...बात क्या थी?'

'मानता तो नहीं परन्तु!!'

'ना ना...परन्तु कुछ तो होगा न...?'

'हमें तो विश्वास है कि दादा ऐसा नहीं करेंगे इसीलिए तो फोन किया?'

'वह सुनता जा रहा था। शातिर अपराधी की तरह चेहरे पर निर्दोषता का नकली मुखौटा पहनकर एक ही एक बात का रटन लगाता रहा...।

'होता होगा...विचार तो करो जरा...मेरी उम्र का तो जरा ख्याल करो, मैंने कुछ किया हो तो कहूं न...सच-झूठ देखने वाला बैठा है ऊपर बाकी... जिसे जो कहना है वह...।'

गत तीन दिनों में निकट और दूर सहित सत्तर-असी फोन आ गये। दस वर्षों से जिन लोगों ने अबोला रखा था, उन सभी ने दो दिन में सपाट बोल दिया था।

बुड्ढा का घर नयी गली के नुक्कड़ पर ही था, इसलिए उसके घर सामने से आने-जाने के बिना किसी का भी चलने वाला नहीं था, परन्तु आने-जाने वाला प्रत्येक व्यक्ति तिरछी आँखों से देख लेता कि बुड्ढा क्या कर रहा है? वहाँ से गुजरने वाला प्रत्येक व्यक्ति बुड्ढे के बारे में सतर्क रहते। बुड्ढा केवल खड़ा होने लगे तो भी रास्ता चलने वालों की चाल में फर्क पड़ जाता।

चौथे दिन पूना से लड़के का फोन आया। गत दस वर्ष लड़के का यह पहला फोन था।

'तुम्हें...इस उम्र में...ये क्या सूझा है...हम कुछ दिनों में आ रहे हैं...।' परन्तु उसने तो लड़के को खरी खोटी सुना दिया, शर्म नहीं आती तुझे तेरे बाप के बारे में निम्न स्तरीय विचार करते हुए...कहकर फोन ही काट दिया।

अब गली का वातावरण बदल गया था। कम उम्र की महिलायें किसी न किसी का साथ लेकर निकलने लगीं। सब्जी बेचने वाली महिलायें हाथ में छोटी-मोटी सोंटी लेकर निकलने लगी।

पस्ती वाले युवक बुड्ढे के घर के पास खड़े रहकर उसका मजाक उड़ाने लगे।

*

वह घर के आयने के सामने खड़ा हो गया।

वही चेहरा...वही लिबास तब भी कितनी अद्‌भुत चमक...।

कल तक कोई उसकी बात नहीं करता था। पहचानने तक से इंकार करते थे।

कोई उसकी गणना ही नहीं करता था।

कल तक हताश...निराश घोस्ट जिसका दुनिया की दृष्टि में अस्तित्व ही समाप्त हो गया था, वह अचानक फिर जिंदा हो गया था। कारण एक ही घटना, गलत मानो तो गलत, खराब मानो तो खराब।

कल भले जो होना हो सो हो परन्तु आज तो...चारों तरफ...गली के नुक्कड़ पर...घर में और फोन में बस एक उसी की बात चल रही थी।

कलतक दुनिया में जिसकी कोई चर्चा ही नहीं थी वह घोस्ट अब मर गया था। नाउ द घोस्ट ऑफ एम्टी नेस्ट इज डेड।

अब तो कभी भी उसकी श्रद्धांजलि का फोटो अखबार में छप जाये तब भी...अरे वर्षों के बाद उसकी बात निकलेगी तब कोई न कोई तो बोल ही उठेगा...।

अरे पहचाना नहीं...यह वही...।

उस आयने के सामने खड़ा-खड़ा मुस्करा रहा है।

13. मूर्ख

लोगों को अपनी जालसाजी का शिकार बनाने वाले तारीफ के काबिल होते हैं। दूसरे शब्दों में कहें तो उन्हें अपने इस कारोबार में इतनी सफलता मिल जाती है कि शिकार अपनी मर्जी से उन्हें खोजते हुए आता है। कातिल शिकारी में भविष्य में भी किसी प्रकार का परिवर्तन असंभव है क्योंकि शठता उनका व्यक्तिगत स्वभाव है। तो वहीं दूसरी तरफ प्रेम एवं करुणा जिसका स्वभावगत लक्षण है ऐसे जालसाजों का तो कहना ही क्या है?

'अंदर आ जाऊं साहब?' सरकारी दवाखाना के प्रशासनिक कार्यालय का बॉर्ड लगे हुए ऑफिस के सामने एक चपरासी साहब की अनुमति मांगते हुए दरवाजा के बाहर खड़ा था।

'आइए ना, अस्पताल के स्टाफ को थोड़ी किसी अनुमति की जरूरत है। दवे साहब ने चश्मा उतारकर आगंतुक की ओर देखा।

'साहब एक बात करना है।' बोलते हुए आगंतुक अदब के साथ साहब के टेबल के पास खड़ा हो गया।

'मेरा नाम, दानजी, वार्ड में चपरासी के तौर पर गत दस वर्ष से इस अस्पताल में हूँ।'

दादा साहब उर्फ जयेन्द्रप्रसाद दवे एक सीनियर प्रशासनिक अधिकारी थे, परन्तु इस अस्पताल के लिए बिल्कुल नये थे, केवल दो दिन हुआ था, यहाँ तबादला होकर आये हैं।

'बात आप तक ही सीमित रखना है।'

'बोलिये!' दवे साहब की जिज्ञासा बढ़ती जा रही थी।

दाना ने जल्दी से ऑफिस का दरवाजा अंदर से बंद कर दिया, और दोनों हाथ जोड़कर बोला...।

'साहब मैं मुश्किल में हूँ। आप से होता हो तो हाँ कहना नहीं तो ना, परन्तु इतना विश्वास दो कि किसी से कहोगे नहीं, अन्यथा मेरे लिए जहर घोलने का समय आ जायेगा।' दवे साहब ने मूक सहमति में सिर हिला दिया।

आपको खबर नहीं है परन्तु मेरी घरवाली दो वर्ष पूर्व टीबी में गुजर गयी थी। उसके बाद दूसरी पुत्री की शादी की, तेरा-मेरा करके शादी तो हो गयी, परन्तु मैंने घरवाली का सोने का मंगलसूत्र और चार चूड़ियां गिरवी रख दीं। वह तकरीबन लाख रुपये का सोना होगा। मैं साहूकार को ब्याज दे देता हूँ। साहूकार को केवल 'दस हजार' रुपये देना है। आज का दिन एक वर्ष के वादा का आखिरी दिन है, कार्तिक सुदी नौमी, यदि आज शाम तक मैं कुछ नहीं करूंगा तो जप्ती हो जायेगी। जेवरात हाथ से निकल जायेगा। अब तो मैं अकेला रह गया हूँ। आप की दया से मुझे महीने में पन्द्रह हजार रुपये वेतन मिल जाता है। फिर मुझे जेवरात की क्या जरूरत, परन्तु लगता है कि मुझे नहीं परन्तु मेरी मृत्यु प्राप्त पत्नी...।

दाना बोलते-बोलते बैठ गया, उसकी आँखें लाल हो गयी और धीरे-धीरे आँख का कोना नम होने लगाय।

'...साहब महिलाओं का उनके जेवरात में जी लगा रहता है, रात में नानकी की माँ मेरे सपने में आयी। आप के जैसे पढ़े लिखे लोगों को तो ऐसा कहा भी कैसे जाये, माताजी की सौंगध, वह सपने में आयी और रोते हुए कहा 'मेरा जेवरात।' बस उसके बाद मेरी आँख खुल गयी। कहते-कहते दाना रोने लगा। उसकी आँखों से आंसुओं की धारा बहने लगी।

'तो...छुड़ा लाओ जेवरात दवे साहेब द्रवित हो उठे।

'परन्तु साहेब महीने के पन्द्रह हजार रुपये वेतन, इसमें से प्रति महीने मेरी दोनों बेटियों को सात-सात हजार रुपये देता हूँ। यूं भी मेरे लिए तो लड़के हैं। हजार रुपये में गुजर बसर चले। इसमें से भी दो सौ, तीन सौ रुपये बचता है। परन्तु अब समधी के घर जाकर तुरन्त पुत्रियों को आज ही आज कहूं तो भी कैसे? यह तो साहूकार का हिसाब, फिर कहा 'और साहब...यूं तो वेतन भी आपके कार्यालय से ही पहली को होनेवाला है।'

'तो किसी के पास उधार मांग लो, दवे साहब ने बात को समझने के बाद कहा। 'साहेब छोटा व्यक्ति हूँ, परन्तु स्वाभिमानी हूँ। जिंदगी में अभी तक किसी के सामने हाथ लम्बा नहीं किया। अब...इस उम्र में...? यही दुख

काट खाता है। यह हाथ मांगने के लिए लंबा होने से पहले कट क्यों नहीं जाता...!' कहते-कहते दाना सिसकने लगा।

'ओ...हो...केवल इतनी बात है...। इसमें तुम इतने बड़े होकर रोने बैठे हो। खड़े हो जाओ...। अभी जाकर जेवरात छुड़ाकर लाओ...। और सुन, तुम तुम्हारा हाथ लम्बा मत करना। मैं मेरी मर्जी से दे रहा हूँ बस। अब तुम्हे भी शांति और तुम्हारी पत्नी को भी...।' दवे साहेब ने अब दुःख भंजन राजा विक्रम का स्वरूप धारण किया।

परन्तु साहब मेरी एक शर्त है। हां, चार दिन के बाद मेरा वेतन बैंक में जमा हो जाये और मैं लाकर आपको जबतक पूरे रुपये अदा न कर दूं तब तक जेवरात तुम्हारा।'

'पागल' कहते हुए दवे साहब ने उसे कंधे से पकड़कर खड़ा किया?

'ऐसा तो कहीं होता होगा? तुम्हारे जेवरात का मुझे क्या करना है, तुम्हीं रखो, तुम्हारी पत्नी के फोटो पर चढ़ा देना। भले जो कुछ हो, तुम हमारे स्टॉफ के ही व्यक्ति हो और मानव-मानव के काम नहीं आयेगा तो कौन आयेगा।'

'उबार लिया...मेरे भगवान...उबार लिया' कहता हुआ दाना साहेब के पैर पर गिर पड़ा।

एटीएम दवाखाना के सामने ही था।

*

'पप्पा...मेरे लिए टू व्हीलर लाना है तो...।' दवे साहब की पुत्री ने उसके पप्पा अकेले बैठे थे, तब अपनी असमंजस पेश करते हुए कहा।

दवे साहब की पुत्री बारहवीं साइंस में थी। लड़की होशियार थी। दसवीं में बोर्ड में नम्बर ले आयी थी। परन्तु यह तो बारहवीं। बालक स्कूल और ट्यूशन के बीच दौड़ते-दौड़ते थक जाये, दवे साहब खुद मानते कि बेटी को कायनेटिक दिलवा दें तो अच्छा, परन्तु हर बार कोई न कोई खर्च आ जाता। फिर भी दवे साहब विचार करने लगे।

दवे साहब हिसाब लगाने बैठे...।

वेतन पहली को होगा...। दाना का दस हजार आयेगा...। पाँच हजार रुपये मंहगाई का अतिरिक्त डिफरंस मिलेगा और दूसरा दस हजार मिलायेंगे और कुछ कर्ज...परन्तु टू व्हीलर जरूर लाना है। दो प्रतिशत ज्यादा आये और लड़की डॉक्टरी में जाये तो यह पैसा वसूल ही है न...।

*

दाना सातवीं तारीख को ऑफिस में दिखायी दिया। 'मेरे साहब की जय हो...' कहते हुए अंदर आया।

'साहब...' साहब कुछ कहें उसके पहले ही उसने बोल दिया 'साहब, वेतन तो मानो हो ही गया था, परन्तु क्या करूं? पड़ोसी के बेटे को थेलेसीमिया का रोग है। उसका खून प्रति तीन महीने हॉस्पिटल में ले जाकर बदलना पड़ता है। रुपये के बिना लड़के की मौत हो जाती। इसलिए मेरे खर्च का हजार रुपये रखकर बाकी पड़ोसी को दे दिया। बोलिये साहब अच्छा किया या नहीं...?'

यूं तो आपके लिए ही बैंक से रुपये लेकर निकल रहा था लेकिन पूरा हिसाब-किताब ही बिगड़ गया।

'होगा भाई...अगले महीने', कहकर साहब ने गहरी सांस ली।

*

दूसरे महीने भी दाना का हिसाब-किताब नहीं बैठा, बस में किसी ने दाना का पाकिट ही मार लिया था।

*

'कैसा जमाना आया है...' दवे साहब किसी जानकारी के लिए आये फार्मासिस्ट के साथ बातचीत कर रहे थे।

'क्या बात है साहब?'

'देश में कानून व्यवस्था जैसा कुछ है ही नहीं, निजी तौर पर अवैध प्रवृति तो समझी जा सकती है, परन्तु भीड़ के बीच दिन दहाड़े...।'

'क्यों..., क्यों साहब, क्या हुआ आपको?'

'मुझे नहीं, परन्तु अपना चपरासी दानजी नहीं, उस बिंचारे का वेतन से भरा हुआ पाकिट कोई मार गया।'

'दाना का...ही...ही...ही...!!' फार्मासिस्ट को खिलखिला कर हंसता देख दवे साहब को ताजुब हुआ।

'क्यों भाई, क्यों?'

'अरे साहब आप अभी नये हैं, और आपकी ऑफिस अलग, ऊपरी मंजिल पर है...दवाखाना के स्टाफ को आप क्या पहचानेंगे?!!

'मतलब?'

'ठग है साहब, दाना एक नम्बर का लुच्चा है। अपने अस्पताल में कम से कम बीस लोगों को मूर्ख बनाया है, और गाँव का गिनो तो गिनते हुए थक जाए इतना।'

'मतलब?' दवे साहब के दिल की एक धड़कन रुक सी गयी।

'दाना...मतलब एक नम्बर का शराबी...रोज आंकड़ा खेलता है, जीत जाये तो शराब पीता है और हार जाये तब उधार मांगता है। दवाखाना में काम के नाम पर शून्य। वार्ड की सिस्टर तो स्पिरिट भी उससे छिपा कर रखती हैं और लापरवाही के बदले उसका वेतन काटें तो कमिश्नर साहेब का पैर पकड़कर रोने लगता है, फिर अपनी तो बोलती बंद। सभी ने उसका नाम ही लेना छोड़ दिया है। दो लड़कियां हैं। उनकी माँ औकात से ज्यादा मेहनत करती थी। उनकी माँ ने एक-एक रुपये जोड़कर दोनों पुत्रियों की शादी की, और एक का तो सीमंत भी किया। पूरा दिन मेहनत करना और रात को इस शराबी की पिटाई और बचत की कोशिश में भुखमरी, आखिरकार वह गुजर गयी और फिर तो यह बिल्कुल अनियंत्रित हो गया।

'मैं नहीं मानता?' दवे साहब का मस्तिष्क भन्ना गया।

'ना मानो साहब, मेरा ना मानो...आपको आज पाकेट कटने को कहा है, इसलिए दो ही दिन मे दाना पैसा उधार लेने आयेगा, फिर तो मानोगे ना! वर्ष के पहले मैं भी मूर्ख बनते-बनते बच गया...बात मानो यूं थी कि...।'

...दवे साहब को फार्मासिस्ट की बाकी बातों में कोई रुचि नहीं थी...। उन्होंने आंखें बंदकर ली। शून्य मनस्क हो गये। चारों तरफ से उनके मन में प्रतिध्वनि गूंज उठी...। मूर्ख...मूर्ख...मूर्ख।' ऑफिस से घर जाकर दवे साहब ठीक से भोजन नहीं कर पाये...और आधी रात तक सोने के लिए करवट बदलते रहे।

सुबह साढ़े दस बजे ऑफिस पहुँचते ही दवे साहेब ने बेल मारी...। एक चपरासी आया... 'जा हॉस्पिटल के वॉर्ड में जाकर दाना को पकड़कर लाओ।'

हाँ साहब कहकर चपरासी चला गया। लगभग पन्द्रह मिनट के बाद दाना के बदले उसी वार्ड में कार्यरत कॉम्प्यूटर ऑपरेटर ऑफिस में प्रवेश किया।

'क्या था साहब?'

यूं देखा जायें तो शराबी दाना की गैर हाजिरी इस दवाखाना के लिए बिल्कुल साधारण घटना थी, फिर भी जूनियर कॉम्प्यूटर ऑपरेटर दाना के बगल वाले सरकारी क्वाटर्स में रहता था, शायद दवे साहेब का चपरासी इसीलिए उसे दाना की गैर हाजिरी के बारे में कुछ बताने के उद्देश्य से उठा लाया था।

दाना कहाँ गया? टेबल पर पड़ी फाइलों पर नजर डालने की कोशिश कर दवे साहब ने कहा।

'वह छुट्टी पर है।'

'क्यों?'

'आप को जानकारी नहीं है?'

'क्या?' अब फाइलों से नजर उठाकर दवे साहब ने कहा।

'दाना की छोटी पुत्री के तलाक के लिए पंचायत है लोग एकत्र होनेवाले हैं, दाना इसलिए वहाँ गया है।'

ना होय... उसकी इकलौती पुत्री के पिता समान दवे साहब सुनकर दिग्मूढ़ हो गये...छोटी पुत्री की शादी को अभी बड़ी मुश्किल से एक-दो वर्ष हुए होंगे, और एकदम अचानक...?

'यूं तो साहब दाना हमारे पड़ोस में रहता है, इसलिए मैं थोड़ा-बहुत जानता हूँ। उसकी लाइन ही गलत है। इसलिए समाज में कहीं कोई खड़ा भी नहीं रहने देता।'

'परन्तु इसमें उसकी पुत्री बीच में कहाँ से आ गयी?'

'यूं तो उस बेचारी की क्या गलती, परन्तु बाप की भूल की सजा पुत्री को भोगने का समय है।'

'मतलब?'

'साहब, इन लोगों के समाज के रिवाज आपको तो समझ में ही क्या आयेगा? फिर भी बात ऐसी ही कि दाना ने दोनों बेटियों की शादी एक ही घर में की है, पहली पुत्री का सीमंत एक वर्ष पहले मनाया गया, तब तो दाना की पत्नी भी जीवित थी। इसलिए पुत्री को पचास हजार रुपये का सोना चढ़ाया। समाज मे नियम के अनुसार दोनों पुत्रियों को समान रूप से रखना पड़ता है, परन्तु दूसरी पुत्री के नसीब पर पानी फिर गया। ये बिचारी... उसका समय आया तब... माँ गुजर गयी और बाप तो...आप जानते ही हैं, अब सोना नहीं चढ़े और प्रसंग का आयोजन न हो तो सामनेवाले समधी का समाज में नाक ही कट जाये, बात बिगड़ गयी। निराश समधी ने समाज के रिवाज के अनुसार सीमंत करो नहीं तो अपनी पुत्री वापस आने घर ले जाइये, ऐसी जिदकर के बैठा है, और इसके लिए दाना के समधी के यहां पंचायत हो रही है।

परन्तु मान लो कि दाना ने पचास हजार के जेवरात लिए तो ये उसके समधी को मिलनेवाले हैं। यूं भी जेवरात तो दाना की बेटी को ही मिलेंगे दवे साहब ने वास्तविकता प्रस्तुत की।

'दाना...।' कॉम्प्यूटर ऑपरेटर हंस पड़ा! दाना को अब उधार रुपये देनेवाला कोई मूर्ख इस दुनिया में होगा नहीं।

'अभी एक 'मूर्ख' दुनिया में जिंदा है।' दवे साहब मन में ही बोल उठे।

आधी सी.एल. का कागज टेबल के कांच के नीचे रख, ऑफिस के ड्राइवर से कहा 'गाड़ी स्टार्ट कर।'

दवे साहब सीधे सोनी सर्राफा बाजार की ओर रवाना हुए।

*

पंचायत शुरू हो गयी है। पंचायत में पन्द्रह-बीस व्यक्ति खाट डालकर बैठे हुए हैं। नीम की छाया है। दो-एक आधे नंगे गंदे बालक हाथ में रोटी का टुकड़ा लेकर खाते हुए कौतूहलवश यह सब देख रहे हैं। बीच में दाना सिर नीचे कर सुन रहा है। सामने दाना के समधी और दामाद बैठे हुए हैं। दामाद का चेहरा मानों कालिख लिपा हुआ मंद पड़ गया है।

परन्तु समाज के सामने उस बिचारे का तो क्या चलने वाला है!

एक लड़का हाथ में पानी का घड़ा लेकर मेहमानों को पानी पिला रहा है। कितने ही लोग बीड़ी पीते हुए भी दिखाई दे रहे हैं।

वहीं दवे साहब का आगमन हुआ। गाड़ी से उतरकर सीधे दाना के निकट पहुँच गये।

'अरे साहब आप!' दाना आश्चर्यचकित हो खड़ा हो गया, क्षण भर के लिए तो उसे लगा कि निश्चित ही कोई गड़बड़ी हुई होगी? दाना के चेहरे से रही-सही रंगत भी उड़ गयी।

'ये हमारे साहब' कहकर क्षोभ से भरे दाना ने खड़े होकर परिचय करवाया।

'साहब के लिए कुर्सी लाओ' समधी भी अब थोड़ा विवेक करने लगा।

'मेरी बात में कहीं अविवेक जैसा हो तो माफ कीजियेगा', कहकर दवे साहेब ने पानी पीने के बाद किसी भी औपचारिकता के बिना शुरू किया।

'मुझे जानकारी मिली है कि आप दाना की नानकी के तलाक के लिए एकत्र हुए हैं, नानकी संस्कारी है और घर में सभी के साथ मेल है। इस तलाक का कारण केवल और केवल सीमंत में जेवरात देने की बात है।'

पंचायत के लोगों का सिर इकरार में हिलाने के सिवा कोई रास्ता नहीं था। परन्तु फिर भी दूल्हे का पिता बोल उठा: साहेब आपको हमारी बात में क्या खबर पड़ेगी। हमें कहां दहेज चाहिए? यह स्त्री का धन है। जो मिलना है, वह तो नानकी को ही मिलेगा? परन्तु हमारी बात का निष्कर्ष इतना ही है कि सीमंत के जेवरात न दिये जायें तो दोनों बहनों के बीच अंतर हो, और समाज में नाक कट जाये। ऐसी बहू घर में...।'

'देखिए...।' समधी कुछ अनचाहा कह दे, इससे पहले ही दवे साहब ने उनको रोका।

सीमंत होगा, अवश्य होगा और समारोह पूर्वक मनाया जायेगा।'

'परन्तु जेवरात...।' समधी अभी मूलबात पर ही रुका हुआ था, दवे साहब ने अटैची खोलकर लाल थैली बाहर निकाल कर कहा।

जेवरात...ये रहे...जेवरात, इसे पंचायत को सौंपा, और कहा देखो दोनों के बीच जरा भी फर्क नहीं है, बड़ी और छोटी के बीच, रुपये पचास हजार पूरा मतलब पूरा, एक रुपया भी कम या ज्यादा नहीं।' कह कर पंचायत के सामने जेवरात और उसके बिल रख दिये। सभी दिग्मूढ़ होकर एक दूसरे के सामने देखने लगे। थोड़ी देर बाद समधी ने दबे हुए स्वर में कहा 'हमने तो केवल चर्चा करने के लिए पंचायत इकट्ठा किया, बाकी इतनी शगुनवाली बहू को तो...।

दवे साहब-बहुत अनुरोध के बाद भी चाय पीने के लिए नहीं रुके।

दाना और पंचायत के लोग दवे साहब सरकारी गाड़ी में बैठे, वहाँ तक छोड़ने आये। आखिर में दाना ने कहा 'साहब, आप को तो पाँव धोकर पानी पिये तो भी कम, सच कहूँ तो...आपको तो वह रुपया भी वापस देना ही था परन्तु मेरा हिसाब ही गड़बड़ा जाता।'

दवे साहब ने दाना पर अपरिचित की तरह नजर डालते हुए केवल इतना ही कहा कि 'हिसाब गड़बड़ हो जाये तो चलेगा...किन्तु घोसला गड़बड़ा जाये तो नहीं चलेगा।'

उस शाम घर जाते ही दवे साहेब को उनकी बेटी ने पूछा 'पप्पा काइनेटिक बुक करवाया? साइकिल से ट्यूशन में पहुँचने में बहुत तकलीफ पड़ती है। सुबह में तीन अलग-अलग साहब के घर जाना पड़ता है। हर बार मुझे पन्द्रह-बीस मिनट की पढ़ाई छूट जाती है।'

'बेटा एक दो महीने में व्यवस्था कर दूंगा? क्या करूं...? हिसाब ही गड़बड़ा जाता है। विचार आता है परन्तु...हालांकि, मुझे याद है इतना निश्चित' कह कर दवे साहब ने बात को टाल दिया।

*

सप्ताह के बाद इसी दाना को नशे में चूर अवस्था में लगभग लड़खड़ाते हुए ऑफिस की सीढ़ी चढ़ते देखा तो दवे साहेब ने सिर पर हाथ रखकर टेबल के कांच के नीचे रखे भगवान के फोटो के सामने देखते हुए कहा।

'मैं मूर्ख तो सही, सचमुच मूर्ख परन्तु तुम्हीं कहो, दाना की पुत्री का घर बिगड़ते देखा जा सकता है?'

फोटो में बने ईश्वर की आँखें मानों कह रही थीं 'तू मूर्ख तो है परन्तु बेटा, ऐसे मूर्खों के पुण्य के कारण ही मेरी बनायी हुई यह दुनिया टिकी हुई है। कभी-कभी ऐसा भी लगता है मैंने इस मानव जाति पर कितना प्यार बरसाया है...मैंने मानव को क्या-क्या दिया है।... फिर भी यह मानव!' क्षणभर के लिए तो हमें भी लगता है कि तू अकेला ही नहीं, मैं भी...।

14. डिलीट मतलब डिलीट?

छोटे थे तब स्लेट में मनमाना चित्र बनाते और आखिर में हथेली में थूककर उसी हथेली से स्लेट को साफ कर देते तो स्लेट सफाचट! फिर लिखना हो तो लिखा जाये, चित्र बनाना हो तो बने। कुछ बड़े हुए फिर पेंसिल आयी तो उसमें साथ में रबर मुफ्त में आता। सब कुछ मिटाने के लिए, उसके बाद पेन आयी अब टेबल पर इंक रिमूवर और व्हाइटनर रखते हैं। लेपटॉप और मोबाइल आने के बाद बिल्कुल शांति ही हो गयी है। एक क्लिक पर डिलिट!
परन्तु...परन्तु...कमबख्त हृदय...।

थैंक्यू साहब आप ने मुझे देखकर यूं अचानक गाड़ी खड़ी रखी।

ये तो सड़क पर खड़ा था, और आपको गाड़ी लेकर आते हुए देखा, तो हाथ ऊँचा हो गया। बाकी मुझे दूसरे के वाहन में लिफ्ट-बिफ्ट मांगना अच्छा ही नहीं लगता। हमें तो छह पैंतीसवाली जिंदाबाद। शाम को ऑफिस से छूटने के बाद चार नम्बर के बस स्टैण्ड के पास खड़ा रहता हूँ। वहाँ छह पैंतीस को बस आ ही जाती है। रामभाई ड्राइवर के लिए इतना तो कहना ही पड़ेगा कि आप उनकी बस देखकर अपनी घड़ी का समय मिलायें तो भी चलेगा, इतनी परफेक्ट टाइमिंग।

जबकि मेरे लिए...सच पूछें तो मेरे लिए अब सभी बसें समान हो गयी हैं। छह पैंतीस की मिली तो भी क्या और आखिरी नौ बजे वाली मिली तो भी क्या। घर जाकर ताला भी खुद खोलना हो फिर कुछ पहले पहुँचे कि कुछ देर से फर्क क्या पड़ेगा...?

साहब यह आपकी गाड़ी है चकाचक...लगता है नयी खरीदी है। अभी नब्बे की रफ्तार से चल रही है, परन्तु अंदर बिल्कुल खबर ही नहीं पड़ती। हालांकि, हम शांति से जायेंगे। यूं भी घर जाकर...।

साहब मेरे घर आये तो आपको वर्षों बीत गये हैं वर्षों...आखिर में आप हमारी शादी में आये थे।

याद करो...याद करो...

उस समय बापू क्या मौज मस्ती थी! मौज मस्ती हकीकत में मौज-मस्ती... पटाखे तो इतने दागे इतने दागे कि अगल-बगल वालों को पुलिस स्टेशन में फोन करना पड़ा कि भाई साहब अब तो यह सब शांत करवाइये।

केटरिंग भी रामकृष्ण महाराज की...रामकृष्ण आज तो कहाँ से कहाँ पहुँच गया है। आज उसके पास बात करने का समय भी नहीं है। परन्तु सच पूछो तो वह मेरी शादी के बाद फेमस हुआ। आपने मेरी शादी का फोटो देखा?

मोटे-मोटे तीन अलबम भरे हुए हैं। एक मेरा और सोनाली का साथ में...दूसरे में अकेले सोनाली के सोलो फोटोग्राफ्स और तीसरे में बाकी सभी के...आप का भी एक फोटो है साहब, आप मेरे बगल में और आपकी वाइफ सोनाली की बगल में...विशेष बात तो यह थी कि वर और कन्या दोनों एक ही घोड़े पर बैठे हों, ऐसा पूरे इतिहास में हुआ हो तो केवल और केवल मेरी ही शादी में।

अरे...सामने देखिए साहेब...संभाल कर चलाइए...वह बाइक वाला... ये बाइक वाले तो आँखें बंदकर चलाते हैं। बाप के पैसों से ही सब मौज-मस्ती है भाई। कहीं अपनी गाड़ी की चपेट में आ जायेंगे...अकारण ही पुलिस का झंझट। मुझे तो ठीक, जेल क्या और महल क्या! परन्तु आपको??

हां! तो मैं क्या कह रहा था...हां...शादी की बात। शादी में सोनाली की साड़ी आपको याद है। वह पिंक झांयवाली, यूं तो रिवाज के अनुसार पानेतर मातृपक्ष से आता है, परन्तु मैंने तो घरवालों से कह दिया, कि दूसरा सब तो ठीक परन्तु सोनाली को विवाह में पहनने वाली साड़ी तो मैं अपनी इच्छा से ही लाऊंगा, इसमें कोई कम्प्रोमाइज नहीं, और कितनी ही जगह घूम-घूमकर आखिर में मैंने वह साड़ी पसन्द की। उसका भाव...अभी तक किसी से कहा नहीं; यूं भी दिल का भाव ही इतना ज्यादा कि इस रुपये वाला भाव तो कुछ भी नहीं। आप खास हैं इसलिए बता रहा हूं। उस पानेतर का भाव था सैंतीस हजार और पाँच सौ पूरा और जी.एस.टी. अलग, वह साड़ी आज भी पड़ी है घर में...साड़ी ही क्यों, उसकी एक-एक वस्तु मेरे घर में सुरक्षित है। सोनाली के वॉर्डरोब में आज भी उसके कपड़े इस्त्री बद्ध पड़े हैं। उसकी पसंद का फ्लावरवाज उसी टिपाई पर उसी तरह पड़ा हुआ है। उसकी

फर्नीचर की व्यवस्था आज भी वैसी ही है। कुछ भी इधर-उधर नहीं। कुछ भी तितर-बितर नहीं। यूं देखें तो मेरा घर ठीक वैसा ही है।

आप को लगेगा कि पति और छह महीने का दूधमुंहा बच्चा छोड़कर एक बालक की मां होकर सोनाली दूसरे लफंगे के साथ भाग गयी, इस प्रकार भागने वाली की बात...करना भी क्या और सुनना भी क्या! बंदकर भाई इन सब बातों की गठरी!

परन्तु सच कहूं साहब, मैंने भी छोड़ दिया है, यह सब...

एक सरल बात कहूँ...हमारी ऑफिस में कॉम्प्यूटर सिखाने के लिए ट्रेनिंग हुई। मेरे जैसे सभी ऑफिसर्स को एकत्र कर कॉम्प्यूटर इन्स्ट्रक्टर कॉम्प्यूटर बेसिक रुचिपूर्वक सिखाता था...कॉम्प्यूटर में मुझे एक बात बहुत अच्छी लगी। यूं कहो न कि दिमाग में ठीक से बैठ गयी। किसी भी फाइल को सिलेक्ट करो फिर कीबोर्ड में शिफ्ट के साथ डिलिट दबादो तो पूरा...।

फाइल फटकर के निकल जाये...कॉम्प्यूटर से बिल्कुल गायब। उस फाइल को कॉम्प्यूटर में लाख कोशिश करो तो भी नहीं मिलेगी, रिसाइकल बिन में भी नहीं, डिलिट मतलब डिलिट...।

मैंने भी ऐसा ही किया है...दिमाग में...विचारो में...जीवन में...सोनाली को पूरे का पूरा सिलेक्ट किया, अब डिलिट ही कर दिया है साहब। डिलिट मतलब डिलिट...। जिह्वा पर बड़ी मुश्किल से उसका नाम आता है या जीवन में बड़ी मुश्किल से उसका विचार आता है। बस डिलिट मतलब डिलिट। ये तो आप विशेष हैं इसलिए कभी ऐसी बात निकल जाये, बाकी मेरा और उसक। अब क्या?

आपने तो नहीं देखा होगा साहब, परन्तु मेरा मोन्टू बहुत बड़ा हो गया है। अब तो फिफ्थ स्टान्डर्ड में आ गया है। शुरुआत में शांतिनिकेतन स्कूल में रखा था। शांतिनिकेतन मतलब यहाँ से आगे, प्रताप सर्कल है उसके बायीं तरफ कोर्नर की ओर। ये हम जा रहे हैं इस तरफ से जायें तो बायीं तरफ और सामने से आयें तो दाहिनी तरफ। स्कूल तो अच्छी चल रही है परन्तु कुल मिलाकर इकत्तीस बालकों की क्लास। इकत्तीस बालकों की मम्मियों का एक ग्रुप बने, और इस ग्रुप की प्रत्येक मम्मी के लिए एक तारीख निश्चित कर दी जाये। उन्हें दी गई निश्चित तारीख में सभी बालकों के लिए नास्ता बनाने की जिम्मेदारी उस मम्मी की। बाजार से तैयार नास्ता लाने की मनाई, नास्ता केवल घर का बना हुआ ही होना चाहिए। यूं कहें तो विचार अच्छा

ही है। सभी मम्मियों को प्रतिदिन नास्ता बनाने की मुश्किल से छुटकारा मिले, फिर भी प्रत्येक बालक को रोज घर का खाना मिले और प्रति महीने एक ही बार बनाना पड़े, इसलिए स्वाभाविक तौर पर अधिक ही रहेगा। परन्तु मुझे...मुझे कहाँ से लाना मोन्टू की मम्मी!

और हम यहीं के स्थानीय हैं, इसलिए गलत कह दें तो भी ज्यादा समय चलनेवाला नहीं है। यूं तो सब एक होकर शायद मोन्टू को खिलायें भी परन्तु प्रतिदिन वही हालात, फिर तो वहां से उठाकर शांतिनिकेतन के रूचिर भाई का लड़का पढ़ता है ना...माउन्ट आबू में, उसके साथ वहीं कार्मेल स्कूल में रखा। वहां माउन्ट आबू में यूं अच्छा, फीस यहां की तुलना में थोड़ा अधिक, परन्तु चलेगा...यूं भी जो कुछ है वह उसका ही है...परन्तु कार्मेल स्कूल का एक त्रास, पैरेन्ट्स को मिलने नहीं देते, केवल तीन महीने में एकबार... एक ही घंटे के लिए, फिर बहाना बनाते हैं...अधिक मुलाकात से बालक 'होमसीक' हो जाता है। लो भाई इससे अच्छा तो जेल है जेल।

मैं मिलने जाऊँ तो शुरूआत में उसकी मैडम मुझे बहुत कुछ कहती।

तुम अकेले ही क्यों आते हो, मोन्टू की मम्मी को साथ में क्यों नहीं लाते? पैरेन्ट्स वर्ड का तो पता है ना! हमारे नार्मस ऐसे हैं कि...।

आखिर एक दिन दिल कठोर करके बोल ही दिया...। मोन्टू की माँ थी। नाम था सोनाली, एक्सीडेंट में उसकी मौत हो गयी थी, साढ़े छह महीने के मोन्टू को मेरे पास छोड़कर...।' फिर तो बड़े-बड़े आंसू गिराकर थोड़ी एक्टिंग की...। केवल एक्टिंग ही हाँ...सच्चे आंसू नहीं। आपको ना मानना हो तो ना मानो, फिर तो मैडम ने पानी मंगाया...। मुझे आश्वासन दिया। बस उसी दिन से मोन्टू की अन्य बालकों की तुलना में अच्छी देखभाल की जाती है। मुझे कभी ऐसा महसूस होता है कि सोनाली गुजर गयी, मुझे ऐसा नहीं कहना चाहिए। फिर मुझे लगा कि यूं भी सोनाली ने पीछे मुड़कर कहाँ देखा, कि मुझे इस तरह की भावनाओं को व्यक्त करना पड़े।

उस दिन की बहुत याद आती है, मोन्टू तीसरी कक्षा में था। तब उसका अपेन्डिक्स का ऑपरेशन करवाना पड़ा था। उसके बाद उसे इतना बुखार आया, इतना बुखार आया कि मोन्टू अस्पताल की खाट पर अर्धबेहोशी की हालत में मम्मी...मम्मी...कहते हुए पूरी रात कराहता रहा। अब छह महीने में ही छोड़ दिए हुए इस लड़के में इस प्रकार 'मम्मी' की समझ कहाँ से आयी

होगी? रात दिन रोते हुए लोगों को देख सख्त बनी नर्स का भी इसे देखकर आँख भर आयी, परन्तु मोन्टू की सगी माँ को कहाँ कुछ...!

जाने दो ना साहब...छोड़िये बात...बाकी मुझमें क्या तकलीफ है? पाँच फुट ग्यारह इंच ऊंचाई और पचास हजार वेतन...नाम मात्र भी व्यसन नहीं। सुबह में एक कप चाय पी लेता हूँ परन्तु व्यसन के तौर पर नहीं, मिले तो भी न मिले तो भी...पूरे दिन में यह भी नहीं।

मुझे समझदारी आयी तबसे ही आज तक किसी के साथ झगड़ा हुआ हो यह याद नहीं है। इवन सोनाली के साथ भी नहीं। अंत में चार लाइन का कागज घर में छोड़कर चली गयी, मुझे बताये बिना ही।

'मैं तुमसे अलग हो रही हूँ। मैं सोहम के बिना जिंदा नहीं रह सकती। बाकी जिंदगी उसे समर्पित। मुझे मेरी तरह जीने में विघ्न पैदा न करने के लिए अनुरोध।

मोन्टू को संभालना। माफ करना।'

बस इतना ही...मेरा नाम भी नहीं लिखा और ना ही लिखा कोई संबोधन। बस चार ही लाइन...। वह कागज मैंने संभालकर रखा है। आखिर में माफ करना लिखा है परन्तु माफी किसकी?...मेरी? शादी? मोन्टू की जिंदगी...यह रास्ता चलते हुए बगलवाले को भूल से हाथ भी छू जाये इतनी सरलता से बोल दिया...'माफ करना...।'

आप को लगा होगा कि सोनाली ने मुझसे अलग होने का एकाध कारण तो लिखा होगा ना...। परन्तु ना...कभी टाइम लेकर मेरे घर आओ तो...भले आजतक किसी को नहीं बताया परन्तु आपको बताऊंगा वह कागज...मेरे खिलाफ एक अक्षर भी नहीं। मेरी गलती शायद लिखना हो तो लिखे भी क्या? सोनाली चली गयी, उसे दस वर्ष हो गये परन्तु ऑफिस में या सोसायटी में...ताकत है किसी की कि किसी भी गलत बात में मेरे सामने अंगुली उठाये।

कोई कहता है कि यह सब नये जमाने का असर, तो वहीं कोई कहता है कि यह टीवी सीरियल के कारण है...। अरे भाई टीवी तो पूरे गाँव के घरों में है। मैंने तो ऐसा कहीं नहीं देखा। मेरे काका कहते थे कि किसी बावा ने भभूत बनाकर दिया होगा उसके प्रेमी को...। अन्यथा इस प्रकार एक लड़के की माँ आखिरी निर्णय कर किसी शादी शुदा की रखैल बनने के लिए भाग जाये!

हालांकि, साहब हम इस प्रकार के किसी बात में नहीं मानते... नसीब-फसीब में, परन्तु नहीं...जो हुआ, वह हुआ, इसके बारे में विचार ही नहीं करना है...। सोनाली को दिमाग में घुसने दूं तब परेशानी होगी ना...!

घर जाकर ताला खोलता हूँ तब कभी ऐसा लगता है कि सुबह का जो घर था वह ज्यों का त्यों तिपाई पर अर्ध खुला हुआ अखबार...अखबार के पास पड़ा सुबह का चाय का जूठा कप। सामने कोने में पड़ा कल का गंदा मोजा, बीच में पड़े हुए कागज के तीन छोटे टुकड़े...तिपाई पर पड़ी हुई दो पिन...।

सबकुछ ज्यों का त्यों ही...सुबह में जैसा रखकर गया उसी तरह... शाम को भी। बिल्कुल ऑफिस के कॉम्प्युटराइज्ड रबर स्टैम्प की तरह...। कुछ भी नवीनता नहीं, कोई परिवर्तन नहीं। बस इसी समय जरा याद आये कि... सोनाली होती तो...।

लो...अब...बस, खड़ी रखो गाड़ी...। बात ही बात में मेरे घर का स्टैण्ड आ गया, अब बंदा उतरकर घर जायेगा। ताला खोलेगा और फिर चाय बनाकर पियेगा। ना कोई रोक ना कोई टोक...।

आप उस दिन फोन पर मुझे दुःखी ना होने के बारे में आश्वासन दे रहे थे ना...। परन्तु यहाँ दुखी होता ही कौन है? याद करूंगा तो दुःख होगा ना। मैंने आप से वह मजेवाली बात नहीं की...। शिफ्ट प्लस डिलिट सोनाली... डिलिट...आना फिर, गुडनाइट।

15. डेथ सर्टिफिकेट

गरीब आदमी को दंभ नहीं करना पड़ता, क्योंकि दुनिया को बताने के लिए उसके पास गरीबी के अतिरिक्त कुछ भी नहीं है, और अमीर व्यक्ति भी इस बारे में दंभी नहीं है, क्योंकि दुनिया को दिखाने के लिए उसके पास सुख सहज ही उपलब्ध है, परन्तु दुर्भाग्यवश इन दोनों ध्रुवों के बीच अधिकांश मानव जगत स्थित है। इस जगत के मानव के पैर वास्तविकता की जमीन पर ठोस रूप से चिपके होते हैं। हाथ छोटे होते हैं और सुनहरे सपने दूर...दूर...

बस इतना ही...।

'चिरंजीव...तुम्हारा नेटिव कहां है?'

'यूं तो वी आर फ्रोम सिद्धपुर, इसलिए नेटिव तो सिद्धपुर ही कहा जा सकता है।' (ये फर्स्ट एम.बी.बी.एस. वाले, ऐसी इंग्लिश क्यों बोलते होंगे?

'सिद्धपुर के पास जस्ट ट्वेन्टी किलोमीटर में ही एक गाँव है' जबकि विलेज का नाम चिरंजीव ने जानबूझकर नहीं लिया। चिरंजीव को लगा कि उसने यदि 'मंडाली' का नाम दिया होता तो...? परन्तु इसमें एक छिपा हुआ डर था... 'बिल्कुल देशी में मान लिए जाने का! स्वयं? और देशी गामड़िया? और वह भी मेडिकल कॉलेज की ब्यूटीक्वीन झरणा के सामने? कदापि नहीं।'

'तुम्हारे पैरेन्ट्स?' बोलते-बोलते झरणा ने ऐसी मोहक अदा से चेहरे को झटका दिया कि उसके कपाल पर ठहरी भौरे के समान काली लट सरक कर सीधे बायीं आँख के आगे आकर रुक गयी।

'आई मीन मदर घर पर अकेले फादर ही हैं। टीचिंग लाइन में हैं।'

'आई मीन प्रोफेसर?'

'ना पप्पा तो हायर सेकन्डरी में टीचर हैं।'

इस प्रश्न से चिरंजीव थोड़ा झेंप जरूर गया। यूं भी वह झूठ बोला था। उसके पप्पा हायर सेकण्डरी में नहीं परन्तु ग्रामीण क्षेत्र की प्राइमरी स्कूल

में टीचर थे...जमना दास लल्लू भाई पटेल...उर्फ 'मंडाली' गाँव का लाडीला 'जमना मास्टर।'

जमना दास की याद आते ही चिरंजीव को अकारण ही अच्छा नहीं लगा। हालांकि, झरणा...सच कहूं तो टाइम ही नहीं है पप्पा के पास...बारहवीं के साइन्स के टीचर को, तुम्हें तो खबर ही है न...सुबह से शाम तक बस... स्कूल और ट्यूशन अरे...मुझसे मिलें तो कहें...बेटा... तुम्हारी जरूरत बताओ और ले जाओ पैसा, बस दूसरी कोई बात ही नहीं। वह दुबारा झूठ बोला। एक झूठ कितने झूठ बुलवाता है। परन्तु हो क्या यूं भी झरणा...कॉलेज की सबसे सुन्दर लड़की... 'ब्यूटी विद ब्रेन...और वह सामने से इतनी रुचि ले तब खुद थोड़ा झूठ, थोड़ा गलत...और इसमें गलत भी क्या है। एव्रीथिंग इज फेयर इन लव एण्ड वार।

शाम को जब हॉस्टेल पहुँचा तब, उसके चार-पाँच मित्र लॉबी में खड़े-खड़े गप्पे लगा रहे थे। जब झरणा वाली बात निकली तब कोई मानने के लिए तैयार नहीं था।

'जा...जा...बबूचक...क्या चला रहा है...झरणा और तेरे साथ...!'

'उस रैंकर को तेरे जैसे टैंकर की क्या जरूरत!'

तू! तेरा मसल्स देखे है आयने में...? देवदार के खपाच जैसा लगता है...।'

'माइन्ड वेल, तेरे बाप के बारे में पूछा है, तेरे बारे में नहीं। उसे तेरे बाप में इन्ट्रेस्ट लग रहा है...तेरे में नहीं...ही...ही...।'

हॉस्टेल की टोली को बताने-समझाने के लिए उसके पास कोई 'ठोस सबूत' नहीं था, जिससे वह साबित कर सके कि...।

रात को देर तक उसे नींद नहीं आयी।

'झरणा...हकीकत में भगवान ने उसे अपने हाथों से बनाया था। बार-बार उसकी आँख के आगे झुकनेवाली उसकी काली लट और उस लट के पीछे सुन्दर, गोरा, चमकता चेहरा...ब्लैक एण्ड व्हाइट कम्बीनेशन। ये भगवान भी 'कोन्ट्रास्ट आर्टिस्ट' लगते हैं...।

'अद्‌भुत...अद्‌भुत...।'

*

'झरणा...मैंने एक कविता लिखी है...।' कहते हुए चिरंजीव ने हाथ की मोटी किताब के बीच दबाया हुआ कागज का छोटा टुकड़ा निकाला। इस

उम्र के लड़कों की यह बड़ी तकलीफ। कोई जरा भी मीठी बात करे तो उसमें हृदय से कवितायें स्फुरित होने लगती हैं।

'बोल' अभी तकरीबन खाली ऐनेटोमी के लेक्चर रूम में, आस-पास चार-पाँच किताबों के बीच रीडिंग कर रही, झरणा ने कहा।

आज झरणा लाजवाब लग रही थी। स्काय ब्लू कलर के ड्रेस के कारण झरणा अति सुन्दर लग रही थी कि झरणा के कारण यह ड्रेस, यह निश्चित करना मुश्किल था। वह झरणा को एकटक देख रहा था। उसके सौंदर्य को आँखों से पी रहा था। 'कितना अद्‌भुत मानव शरीर बनाया है ईश्वर ने, हकीकत में। और इस अभूतपूर्व रचना को चाहने के बदले इंग्लिश में काले अक्षरों में रूपान्तरित कर पढ़ते हैं। पढ़ते ही रहते हैं। वह विचार कर रहा था...। 'मेडिकल कॉलेज में शरीर मतलब दूसरा कुछ नहीं, केवल सब्जेक्ट...नाम ऐनेटोमी छट्ट...ऐनेटोमी, कैसा नीरस सब्जेक्ट...सिद्धपुर से बीस किलोमीटर दूर स्थित 'मंडाली' नामक गाँव के बंजर खेत की तरह भाव, उर्मि और स्पंदन को मारो गोली...। यहाँ मानव को मानव के रूप में नहीं देखने...बोन्स...मसल्स और ऑर्गन्स का जोड़ मतलब मानव, ह्यूमन में रुचि न रखो तो चलाऊ है, परन्तु ह्यूमरस में रुचि होना चाहिए। यहाँ धीरे-धीरे मेडिकल स्टूडेंट की मानव को पहचानने की मानसिकता जड़मूल से परिवर्तित कर दी जाती है।

सौंदर्यता से परिपूर्ण युवती की नजाकत से परिपूर्ण हथेली यानी कि 'गोरी है कलाइयां...हाथ में लेकर जगत का कोई भी आशिक घंटों तक स्वप्न में खो जाये... परन्तु ऐसा ही मौका अपने किसी फर्स्ट एम.बी.बी.एस. के हीरो को मिला हो तब...? गोरी की गोरी-गोरी कलाई हाथ में लेकर मन में विचार कर रहा हो कि इसमें 'फ्लेक्सर डिजिटोरियम मीनीमी' और फ्लेकसर डिजिटोरियम सुपर फिसियालिस' का सरफेस मार्किंग कहाँ-कहाँ लगायी जाये...!

यही हीरो फाइनल एम.बी.बी.एस. तक इतना तो एक्सपर्ट हो जाता है कि गोरी है कलाइयां...' हाथ में पकड़ने के साथ ही गोरी का पल्स का रेट, रिधम, वॉल्यूम, विस्कोसिटी, टोनीसिटी...के आधार पर फटाफट डायग्नोसिस भी कर डालें।

यह एम.बी.बी.एस. है। यहाँ मानव शरीर के सभी मसल्स तुम्हारी जबान पर होना चाहिए। जबान पर शरीर के सभी दौ सौ छह हड्डियां चाहिए...अरे जबान पर। हम तो मनुष्य हैं कि पागल कुते...।

कहाँ खो गया है, बोल ना वह कविता...एनोटोमी के लेक्चर हाल में चिरंजीव से झरणा कह रही थी...। चिरंजीव फिर वर्तमान में आ गया।

'हें...हें...हा... करते हुए वह कागज का टुकड़ा पढ़ने लगा...।

'आंसू बरस रहे हैं, एक झरणा तेरी याद में...

'सागर तरस रहे हैं, एक झरणा तेरी याद में...

'झरणा हंस पड़ी...खिलखिलाकर...'

'आदाबे अर्ज है हुजूर...बेहतर इससे अच्छा मैं कहूं वह लिखेगा? झरणा की आँख में मस्ती थी।

'बोल...बोल' उत्साह से फटाफट चिरंजीव ने कविता वाला कागज उलटकर उसके कोरे भाग पर लिखने लगा।

'लिख...' फोरामीन मेग्ना से कौन-कौन से स्ट्रक्चर्स पारित होते हैं? लिख बका लिख कहते हुए झरणा ने चिरंजीव के गाल पर हल्की थपकी मारकर जोर-जोर से हंसने लगी। उसके गुलाबी चेहरे पर लालिमा उभर आयी।

आज भी उसे बड़ी देर तक नीद नहीं आयी

हॉस्टेल के रूम की घड़ी दो बजकर दस मिनट बता रही थी। आज की पूरी घटना वह फिर से याद करता रहा। कितनी स्वीट लड़की... उसके शरीर में झनझनाहट हुई। हाथ अनजाने में थपकी वाले गाल को सहलाने लगे।

'झरणा तो झरणा ही है...सब भले कुछ भी कहें परन्तु केवल हमारे साथ ही बात करती है। बाकी कॉलेज में वह आयुष साबुवाला...करोड़पति का बेटा...झरणा के आगे-पीछे किस तरह चक्कर काटता रहता है। अभी सप्ताह पहले ही उसने झरणा के छूटने के समय कैसा 'अरेंज एक्सीडेंट' की व्यवस्था की थी। झरणा के पैर के पास होण्डा सिटी की ब्रेक लगाकर आजीजी की थी, 'लिफ्ट प्लीज...' परन्तु फिर भी मेरी झरणा नहीं बैठी तो नहीं बैठी। विचारों ही विचारों में 'मेरी झरणा' बोल गया हूँ इसका ख्याल आते ही रोम-रोम में झंकार पैदा हो गई... सचमुच में झरणा मेरी बन जाये तो? आह...।'

परन्तु तभी नाइटलैम्प के उजाले में भी उसकी नजर दरवाजा के पास कोने में रखे अपने पुराने जूते पर पड़ी। इस मध्यम रोशनी में भी चिरंजीव को

इस पुराने जूते में बायीं तरफ पड़ा छेद दिखा...।' अभी गत महीने ही घर में कहा था परन्तु...बाप का वही रोना...। बाप का नाम याद आते ही मन कड़वा हो गया।' जमनादास...उर्फ जमनो मास्टर रिश्ते में तो बाप है लेकिन... एक नम्बर का कंजूस, अड़तीस बीघा जमीन है, परन्तु बेचता नहीं। मुझे बताना बेटा...अपने पूर्वजों ने बिल्कुल खराब दिनों में भी जमीन नहीं बेची, तब आज अच्छे दिनों में क्यों बेचना है। तुम्हारा डोनेशन मेरे प्रोविडन्ट फंड से थोड़ा और थोड़ा लोन लेकर भर दिया। अब बाकी की फीस का देखा जायेगा। यूं भी अब चार वर्ष का ही सवाल है, कुछ भी करके पूरा कर लेंगे।

यह बाप कभी मुझे समझ नहीं सका। जमीन होते हुए भी गरीबी में रहने का क्या मतलब? इस जिंदगी में सर्वाधिक आनन्द वाले कॉलेज के ये दिन इसी तरह व्यतीत कर देना!' वह अनजाने में ही बड़बड़ाने लगा। 'बापा...एक उम्र होती है...मौज शौक की...अभी भी मैं बाइक का ही उपयोग करता हूँ और वह भी पुरानी...। एक बार आकर देखो मेरे कॉलेज की पार्किंग मानो 'कार एक्सपो' नई-नई गाड़ियों का संगम..। डॉक्टर तो बनने ही वाला हूँ, और बनूंगा परन्तु यह जीवन, यह समय वापस आयेगा?...मान लो, शायद सबकुछ आयेगा परन्तु यह झरणा?'

फिर सिटी होंण्डा तो ठीक, मैं स्वयं नई अडसठ लाख की 'ओडी' गाड़ी लेकर झरणा के घर पहुंचूंगा तब वह उसके पति के साथ खड़ी होगी...। घर में पालना झूल रहा होगा और वह मुस्कराते-मुस्कराते कहेगी।

'आओ...आओ..चिरंजीव तुम्हारी राह देख रही थी। मुंह मीठा करो, आनन्द का समाचार है कि 'तुम मामा बन गये...मामा।'

उसने इंकार में जोर से सिर हिलाया। होस्टेल के लोहे के पलंग से किचूड़ की आवाज आयी...। तू मामा बनेगा...नहीं, नहीं...मामू बन जाऊंगा मामू, समझे? नहीं चले यह किसी भी समय नहीं चलेगा...।'

चिरंजीव तुरन्त खड़ा हो गया और कमरे के बाहर निकला। चलते-चलते वाटर कूलर की ओर आया। नल को मुंह से लगाकर ठंडा पानी पिया।

'इस भगवान ने प्रेम होने और पढ़ने की उम्र एक ही क्यों निश्चित की है...। कुछ इधर-उधर रखा होता तो...! उसे विचार आया।

'यदि मेरे पास होण्डा सिटी हो तो निश्चित झरणा उसमें बैठती। होस्टेल में तो शायद नहीं आती, परन्तु लांग ड्राइव पर तो निश्चित ही आती। अभी तो मेरे पास हीरो होण्डा...वह भी बिल्कुल पुरानी। हालांकि, अभी सीट नयी

डलवाई है परन्तु पुरानी तो पुरानी ही है। मेरी बाइक के पीछे परी जैसी झरणा को बैठाऊँ तो वह क्या कहेगी?'...।

'चिरंजीव तुम्हारी बाइक यूं तो अच्छी है परन्तु...बाइक में एसी नहीं है।. फिर हंसेगी पागलों की तरह।

सिटी होण्डा के सपनों से सीधा हीरो होण्डा पर आने से उसका चेहरा ग्लानि से भर गया।

'झरणा को पाने के लिए कुछ भी करके बाप को समझाना पड़े, परन्तु उस जिद्दी मास्टर को तो समझायें भी किस तरह? यूं भी मैं इकलौता वारिश हूँ। अभी गत माह में ही मेरी विरासत दर्ज करवायी गयी है। देर-सवेर मेरी ही विरासत है तो आज क्यों नहीं!'

विरासत का नाम पड़ते ही उसकी आँखें चमक उठीं...। यूं भी वारिश तो मैं ही हूँ, मुझे कहाँ जमीन बेच देनी है। थोड़ा विचार किया और मानों सिर से सारा बोझ उतर गया।

*

ठीक पन्द्रह दिन के बाद आई.सी.आई.सी.आई बैंक की सीढ़ी चढ़ते-चढ़ते एक गहरी सांस ली।

'मे आई हेल्प यू?' हेल्प डेस्क की लड़की उससे पूछ रही थी।

'यस...मुझे गाड़ी के लिए लोन लेना है।'

'किस गाड़ी के लिए, सर।'

'होण्डा एकोर्ड।'

लड़की चिरंजीव को एक चश्मा वाले मद्रासी के पास ले गयी।

'लोन की सिक्यूरिटी में क्या है?'

'जमीन है अड़तीस बीघा...।'

'डाउन पेमेन्ट?'

'नो...जीरो बजट। कुछ डिस्काउन्ट इधर-उधर करके एडजस्ट हो तो अच्छा है।

'जमीन नाम पर है...?'

'हां, चिरंजीव ने कागज दिखाया...।'

'ये जमनादास कौन?

'सर...माय फादर...बेचारे गत महीने ही हार्टअटैक में गुजर गये, मैं उनका इकलौता बेटा और वारिसदार हूँ।'

'फादर का डेथ सर्टिफिकेट चाहिए।'

'यस सर।'

बिचारा चश्माधारी मद्रासी को क्या मालूम कि मेडिकल स्टूडेंट का दिमाग कितना खतरनाक बन सकता है।

*

सप्ताह के बाद कॉलेज के पार्किंग में पार्क हुई नयी होण्डा एकोर्ड के 'रियर ग्लास' पर स्काय ब्लू कलर से नाम लिखा हुआ था- चिरंजीव। उसमें भी चिरंजीव का 'च' रेड कोन्ट्रास्ट कलर से इस कलात्मक तरीके से लिखा गया था कि मानो इंग्लिश के 'जेड' को 'अ' की मात्रा लगी हो। जेड पर इ की छत्री आने से ऐसा ही लगे जेड घर दरवाजे से किसी की प्रतीक्षा कर रहा है।

जेड...जेड...जेड...फॉर...

*

प्रत्येक बैंक की खासियत होती है जो लोन मांगे उसे फटाफट, तत्काल अदा कर दे...। मकान, गाड़ी, विदेश यात्रा, फिर डॉक्युमेंट शांति से जाँच करें। उसमें से भूल खोजकर और प्रत्येक भूल से खुद फायदा उठाये।

बैंक के कर्मचारी लगभग एक महीने के बाद मंडाली में जमनादास के घर पहुँचे। गिरवे रखी हुई जमीन में अन्य किसी का हिस्सा है या नहीं।

उसका रूबरू निरीक्षण करने के लिए...। जमनादास अभी स्कूल से छूटकर आ ही रहे थे। वहीं उन्होंने अपनी ही मौत का समाचार सुना। जमनादास संवेदनशील शिक्षक थे। पूरी जानकारी हासिल कर ली। दूसरा प्रसंग होता तो शायद शोर मचाते, परन्तु खबर नहीं आज क्यों जमनादास बिल्कुल टूट गये थे। गले से ऊँची आवाज ही नहीं निकली। आखिर में धीरे से उन्होंने बैंक वालों और कौतूहल देखने एकत्र हुए लोगों के सामने इतना ही कह सके...। भले तुम्हारे पास मेरी इस बात के खिलाफ आवश्यक सबूत हैं, फिर भी मैं कहता हूँ कि...मैं, मैं ही हूँ...और मैं जिंदा हूँ...।' आँख पोछते-पोछते वे घर में चले गये। बैंक वाले तो निगेटिव रिमार्क लिखकर चले गये, परन्तु जमनादास रात भर करवट बदलते रहे। पूरी रात उनकी आँख टपकती रही और मानो जिंदगी भर के फोटो का आल्बम देख रहे हों, उस तरह सोचते रहे।

उन्हें चिरंजीव की माँ याद आ गयी। वह तो देवी थी देवी...। ब्लड कैंसर से आखिर तक संघर्ष किया। आखिर तक आपने लाडले को नजर के सामने से अलग नहीं होने दिया। अंत में तीन वर्ष के चिरंजीव का हाथ मेरे हाथ में पकड़ाते हुए इतना कहा... 'दूसरा विवाह भले करो परन्तु मेरे इस जीव का ध्यान रखना।' उनका जीव चिरंजीव का ध्यान रखने में इतना जल्दी व्यतीत हो गया कि दूसरे विवाह का विचार करने का समय भी नहीं मिला। जमनादास की आँखों से आंसू बह रहे थे...। बेटा तुमने तो बाप को जिंदा रहते हुए ही मार डाला।

जमनादास चाहते तो चिरंजीव को फोन कर सकते थे, परन्तु उन्होंने ऐसा नहीं किया। सुबह में 'साथी' खेत से आया तो भौचक्का हो गया। शोर मचा दिया। लोग एकत्र हो गये। जमनादास का शव पंखे से लटका हुआ था। अब सचमुच 'डेथ सर्टिफिकेट निकल चुका था।

*

मंडाली के जमनादास के घर पर अभी भी यमराज का क्रूर साया है। विधाता का खतरनाक खेल अभी चालू ही रहने वाला है। अभी जमनादास के खानदान में शीघ्र ही इसी प्रकार की दूसरी दुखद घटना होने वाली है।

इसे मानने के लिए दो कारण हैं।

एक तो...जब बैंक कर्मी फाल्स डॉक्यूमेंट के आधार पर 'टोइंग' कर कॉलेज की पार्किंग से सभी स्टूडेंट की उपस्थिति में 'चिरंजीव' लिखी हुई कार होण्डा एकोर्ड वापस ले जाने वाले हैं। और...

दूसरा कारण यह है कि...डीन की ऑफिस से चिरंजीव के नाम पर लेटर डिस्पैच होने वाला है, जिसमें लिखा होगा 'तुम्हारी बाकी फीस साढ़े तीन लाख भर कर जाइए, नहीं तो एडमीशन अपने आप निरस्त हो जायेगा।

अभी एक दूसरा 'डेथ सर्टिफिकेट' इश्यू होना है।

सर्वाधिक आश्चर्य की बात अब आती है...वर्षों बीत जायेंगे...। इन दोनों मृत्यु का रहस्य दुनिया में किसी को भी मालूम नहीं होगा। खुद झरणा को भी नहीं।

16. रूपली

हर हाल में गरीबी की मार सहनेवालों का भी कोई सपना होगा? जिसे पूरी जिंदगी मजदूरी करना ही नसीब में हो, वस्त्र या शौक की बात ही नहीं परन्तु दो वक्त का भोजन या व्यवस्थित झोंपड़ा भी न हो...।
उससे शहर की सुन्दरता की व्याख्या पूछी जाये तो क्या जवाब मिलेगा? जवाब मिलेगा? या फिर वह अपनी निस्तेज आँखों को धारदार कर सहमा हुआ देखता ही रहेगा?
क्या कहते हो!

फटी हुई बोरियों और प्लास्टिक के टुकड़ों से बनी यह झोंपड़ी...आसपास लगभग उसके जैसे ही अनियंत्रित रूप से फैले हुए विश्वासहीन मानव बस्ती के निकट स्वच्छ शहर की गंदगी के ढेर...। सामान्य व्यक्ति को विचलित कर देनेवाली तीव्र दुर्गंध, पत्थरों के टुकड़े और कुछ फुटकर सिक्के जमीन पर खेल, खेल रहे कितने ही काले...गंदे...अर्धनग्न बालक और गाली गलौचकर रहे दो बुड्ढे, थोड़ी ही दूर इस महानगर के दो भागों को जोड़नेवाला नदी का ब्रिज और उस पर आवागमन कर रहे सैंकडों वाहनों की निर्जीव घरघराहट...। इन सभी के साथ रहकर भी इनसे निर्लेप जीवित रहने वाली यह झोंपड़ी।

इन फटी हुई बोरियों वाली झोंपड़ी को अपनी कही जा सकने वाली एक मात्र सम्पति थी, दो पहियों वाली हाथ लारी। गाड़ी जैसे लड़की के इस वाहन को चलाने के लिए कोई बैल नहीं थे, थे तो केवल मानव बैल। हालांकि, उनमें और बैलों में एक फर्क जरूर था, बैलों को दोपहर को विश्राम मिलता, परन्तु इस भीषण महंगाई में इन लोगों को संभवतः हर समय लारी चलाने के सिवा अन्य कोई विकल्प नहीं था। ऐसी परिस्थिति में सेवा और परोपकार की शहर के सज्जनों की सुफियानी बातें उस निर्जीव घरघाहट की तरह गुजर जाती इन गरीबों को छुए बिना ही। यह एक ऐसी जगह थी जहाँ चालाकी विहीन भोली संस्कृति पल रही थी...केवल संस्कृतों की गुलामी के लिए। इन लोगों के स्वप्न इन वाहनों के धुएं की तरह ऊपर जाकर अदृश्य

हो जाते। धीरे-धीरे वे टूटे हुए सपनों के साथ जीने के अभ्यस्त हो गये। सोने की थाली की तरह महानगर का काला धब्बा शहर की जनता हृदय के समान सूखी नदी की तलहटी में छिपाकर शहर दिन रात और आँख बंद कर दौड़ता ही जा रहा था।

इस झोंपड़ी के दंपती को रूपली नामक संतान थी। बचपन में सुन्दरता को देखते हुए माँ ने नाम रखा रूप सुन्दरी...परन्तु अपना कारण विहीन जीवन को बड़ी मुश्किल से व्यतीत कर रहे गरीबों का बड़ा नाम कभी टिक पाया है? आखिर में लोगों की जबान पर रूपली नाम चढ़ गया। रूपली समझदार लड़की थी। हालांकि, बचपन से ही समझदारी उस पर थोप दी गयी थी, कहें तो यथार्थ होगा। बचपन से ही उसके लिए एक-एक पैसे का महत्व था। उसने गरीबी को बहुत करीब से देखा था। शीत ऋतु की रात में, कड़कती ठंड में शरीर पर अखबार लपेटकर वह सो जाती। शहर में दंगा फसाद या बंद के ऐलान में इस दंपती को बेरोजगार हो बैठना पड़ता। ऐसे समय रो-रो कर मां की मार खाने से बेहतर वह चुपचाप भूखे ही सो जाना ज्यादा पसन्द करती।

कुछ बड़ी होते ही रूपली काम पर जाने लगी। तेल के डिब्बों से भरी लारी के सख्त लकड़ी के हत्थे, रूपली के भूखे पेट में समा जाते, इसकी किसी को भी चिंता नहीं थी। रूपली ने इन सभी हालात को स्वीकार कर लिया था। किसी के सामने कभी शिकायत तक नहीं की। चिलचिलाती गर्मी में गर्म तवा की तरह डामर वाली सड़क पर, रूपली का जीवन पैर में चीथड़े लपेटकर धीरे-धीरे चलता रहता था।

इस प्रकार की जिंदगी का भार कंधे पर लेकर जी रही रूपली का एक स्वप्न था। बिल्कुल अपना...। अपने स्वप्न के बारे में विचार करते-करते वह खो जाती। कोई निकट की सहेली पूछ बैठे तब वह सच कह देती...। 'विवाह की बात... दूसरा तो क्या...' बोलते समय उसके चेहरे पर थोड़ा स्मित...थोड़ी शर्म, और थोड़ी मुग्धता जैसे कितने ही रंगों की रंगोली रच जाती। भावी पति का विचार जो सामान्य व्यक्ति को अव्यवहारिक लगे, रूपली के जीवन के मुख्य स्थान पर थे।

परन्तु स्वप्न पतंगों की तरह हैं। ज्यों-ज्यों पीछे-पीछे दौड़ो त्यों-त्यों दूर-दूर तक उड़ते-रहते...नजरों के सामने...।

गरीब रूपली का शादी का सपना धीरे-धीरे उसके जीवन को तनाव ग्रस्त कर दिया। रूपली को लगा कि जीवन में सबसे मुश्किल वाली कोई मंजिल है, तो वह है कि वह अकेली थी। उसकी उम्र की सहेलियां शादी कर चुकी थीं। शादी का क्या महत्व है वह सहेलियों का ताना सुन कर समझ जाती थी।

रूपली का बाप, उसे बहुत ज्यादा लाड़-प्यार करता था। उसका बाप रात को प्रतिदिन शराब पीकर आता था। हालांकि, रूपली ने कभी इसका विरोध नहीं किया। सच पूछो तो उसे खुद को लगने लगा कि इस संघर्ष से भरे जीवन में यह एकमात्र दुख भूलने का कारण था। कई बार शहर के सज्जन नाक पर रूमाल रखकर झोपड़पट्टी की मुलाकात में आते थे। वे शराब छोड़ने का उपदेश भी देते, परन्तु इतनी छोटी खुशी भी ये लोग उसके बाप से छीन लेना चाहते हैं, सोचने वाली रूपली उन्हें भगा देती।

एक रात रूपली जुवार का रोटला बनाते-बनाते, उसके हाथ के दोनों ठपाकों के बीच शहद जैसी मधुर वाणी सुनी...रूपली की शादी होनेवाली थी...वह तो खुशी से मानों पागल ही हो गयी। वह अपने मन के मनिहार से बहुत सी बातें करना चाहती थीं। रूपली का वर सरकारी विभाग में स्वीपर था। रूपली को इन अलग अलग पदों की कोई जानकारी नहीं थी परन्तु केवल 'सरकारी' जानकर उसका आनन्द रूपी समुद्र लहरें लेने लगा। रोटला बनाते समय रूपली इतनी खो गयी कि एक ही एक रोटला हाथ में लेकर गढ़ते ही जा रही थी गढ़ते ही जा रही थी।

सगाई हो गयी, परन्तु मुश्किल बाद में पैदा हुई। रूपली का झोंपड़ा जैसा घर देखकर दूल्हे का बाप यहाँ बारात लाने से इंकार कर रहा था। तकरार बढ़ गयी। बात सगाई तोड़ने तक पहुँच गयी। मुश्किल के दुःख के बाहर आयी रूपली एक बार फिर दुख के समुद्र में गिर पड़ी। वरना बाप ने तो आखिरी बार कह ही दिया था.., कि कार्तिक तक छत वाले घर की व्यवस्था हो तो ही हाँ, अन्यथा न...' झोंपड़ा से मकान बनाना कोई छोटी मोटी बात नहीं।

घर केवल चार दीवार और एक छतवाला घर...और छोटी बात गरीब रूपली के स्वप्न को छिन्न-भिन्न करने के लिए काफी था। परन्तु रूपली किसका नाम! उसने इस चुनौती को कबूल कर लिया था, एक गजब के आत्मविश्वास के साथ...अगली दीवाली तक पक्का मकान बनाने का निर्णय

कर लिया। निजी रूप से आये अपने चिंताग्रस्त वर को कह दिया... 'देखना तो सही यह रूपली क्या कर दिखाएगी?'

अब रूपली रेलवे में कोयला का पत्थर तोड़ने के लिए जाने लगी। यह मजदूरी असहनीय और कठिन थी, परन्तु इसमें अच्छा पैसा मिलता था। रूपली के माँ-बाप भी दुगुने जोश के साथ मजूरी करने लगे। शरीर का ख्याल छोड़ काले पत्थरों में अपनी कोमलता के साथ सतत काम कर रही रूपली पतली हो गयी। उसकी आखों की गहरायी और गाल में गड्ढे उसकी उम्र से भी अधिक दिखाई देने लगे। फिर भी कोयले के काले रंग के रजकणों के काले रंग में रंगी रूपली के हाथ में शाम को रुपये आते ही उसके चेहरे पर अद्‌भुत आत्म संतोष का स्मित स्फुरित हो जाता।

ऐसा करते-करते छह महीने में तो रूपली अच्छी बचत कर ली। दीवाली तक तो रूपली का एक रूम का छतवाला मकान आस-पास की बस्ती में चर्चा के लिए तैयार हो चुका था...रूपली के सूखे फटे हुए ओंठ पर मुस्कान फिर आ गयी। अब रूपली दिन गिनते जा रही थी...ए...यह दीवाली तो आयी...फिर कार्तिक और फिर...।

*

कुछ ही दिन के बाद रूपली के घर के सामने म्यूनिसिपालिटी की गाड़ी आकर खड़ी हो गयी। वे यह पूरी झोपड़ी हटाना चाहते थे। वे कह रहे थे कि यह सब अवैध है। अनपढ़ रूपली या उसके माँ-बाप को कानून की अटपटी बातों की जानकारी बिल्कुल नहीं थी। रूपली क्रोध में आकर चिल्लाती रही। वह मानने के लिए तैयार ही नहीं थी कि काले पत्थर तोड़कर एक-एक पैसा एकत्र कर बनाया हुआ उसका मकान अवैध कैसे हो सकता है? बेचारी रूपली को किसी कागजात के सम्बंध में कोई भी जानकारी नहीं थी। वह केवल इतना ही जानती थी कि उसके बाप-दादा भी इसी जगह पर रहते थे। उसे पाँच हजार करोड़ रुपये की शहरी विकास योजना की तुलना में स्वाभाविक तौर पर अपना छोटा स्वप्न अत्यधिक महत्वपूर्ण लग रहा था। वह चिल्लाती रही...रोती रही... जिंदगी का मात्र एक...एकमात्र स्वप्न पूरा करने के लिए, उसके स्वप्न का आज तक सजाये एकमात्र मीनार को टूटने से बचाने के लिए...परन्तु पुलिस ने उसे पकड़कर पुलिस वैन में बैठा दिया...।

आखिरकार...अनेक आशा और अरमान जिस पर निर्भर थे। इस प्रकार रूपली के एक मात्र स्वप्न समान घर पर सफेद शैतानियत का बुलडोजर फिर गया।

*

एक रोता हुआ, लंगड़ाकर चलता हुआ, मैला-कुचौला मजदूर हाथ में कुछ फुटकर लेकर फूलवाले की दुकान पर खड़ा था। उसे उसकी मृत पुत्री पर चढ़ाने के लिए एक हार लेना था।

वह रूपली का बाप था। रूपली ने फांसी लगाकर अपने अस्तित्व को भेंट कर दिया था।

फूलवाले दुकानदार ने उसे दुत्कारते हुए कहा 'चल भाग ये सब फूल हार का तो बुकिंग हो गया हैं।' और दुकान के सभी हार उस महान हस्ती के सम्मान समारोह के लिए बुक हो गये थे, जिसने शहर की वर्षों पुरानी झोपड़पट्टी को तोड़वाकर शहर की स्वच्छता और प्रगति के लिए अभूतपूर्व कदम उठाया था...।

17. मसूरी

प्रेम स्वाभाविक रूप से होता है या फिर प्रयत्नपूर्वक किया जाता होगा? एक प्रिय पात्र क्यों इतना प्रिय होगा? एकाध व्यक्ति के आगमन से हृदय को किस तरह खबर पड़ती होगी कि वह उसकी धड़कनों को बढ़ा देता होगा। एक नाम के उच्चारण से चेहरा क्यों खुशी महसूस करता होगा? और क्षणभर में ही मन, बुद्धि और विचार पर अपना आधिपत्य जमा देता होगा।

यह सब समझदारी, बुद्धि से परे है।

एक हिसाब से यही अच्छा है।

'कुत्ता गिर गया...।'

बीस-पच्चीस व्यक्तियों का समूह पहाड़ी के किनारे दून की खाड़ी की तरफ देख रहा था। छोटे दुपहिया वाले और पेडल रिक्शावाले कौतूहलवश अपना वाहन धीमाकर, नजर खाड़ी की ओर दौड़ा रहे थे। लोगों का समूह बढ़ता जा रहा था।

जनवरी लगभग पूरा होने वाला था। मसूरी में गत तीन दिनों में दो-एक बार बरफ वर्षा हो चुकी थी। जबकि आकाश आज लगभग स्वच्छ था। कितने ही वृक्षों पर बरफ अभी भी चिपकी हुई थी। सूरज की किरणें उसे जगमगाती जा रही थीँ। ठंडी हवायें अभी भी सांय-सांय कर रही थीं, पहाड़ से टकरा कर बादल दूर चले जाते थे।

होटलों के लिए यह 'स्लेक' सीजन थी।

प्रवासियों पर निर्वाह करने वाले अन्य व्यवसाय भी आज के मसूरी की तरह इस सीजन में ठंडागार हो गये थे। प्रवासियों के बिना मसूरी की जनसंख्या लगभग आधी हो गयी थी, परन्तु यह तो आज बरफ की तूफानी बरसात के बाद आसमान स्वच्छ हुआ तब स्थानीय लोग, छोटी-मोटी खरीदी के लिए निकल पड़े थे।

हालांकि, माइक को खरीदी नहीं करना था, परन्तु यूं भी वह नेशनल अकादमी की हॉस्टेल में अकेला...। अकेला करे भी क्या? उसका दोस्त और मसूरी में उसे पहचानने वाला एक मात्र व्यक्ति, सत्व उर्फ अब आई.ए.एस. सत्व त्रिपाठी साहब शाम चार बजे तक आई.ए.एस. की परीक्षा पास करने के बाद की प्राथमिक ट्रेनिंग में व्यस्त था। अकेला माइक... आज के सभी अखबार, लाइब्रेरी में बैठे-बैठे उलट चुका था। यूं भी वह अकेला बैठे-बैठे ऊब गया था। बरफ की तूफानी बरसात के बाद आसमान साफ था। इसलिए वह यूं ही चलने के लिए निकल पड़ा था। रास्ते में एक तरफ लोगों की भीड़ को देखकर वह कौतूहल वश खड़ा हो गया।

'क्या है...।'

'कुत्ता गिर गया है..., जवाब देने वाले ने खाड़ी की तरफ अंगुली उठायी।

'कुत्ता? छट्'' उसने आगे निकलने का विचार किया।

मसूरी के लोग भी कैसी फालतू बात में इकठ्ठा हो जाते हैं!

'प्लीज, सेव माय नेमो...।'

टोला के बीच एक चौबीस-पचीस वर्ष की युवती खाड़ी में गिरे कुत्ते को बचाने आर्तनाद ही कर रही थी, इस प्रकार का अनुरोध कर रही थी।

माइक की नजर इस मनमोहक आवाज की ओर स्थिर हो गयी। यूं तो मसूरी उसके अप्रतिम सौन्दर्य के लिए विश्व में मशहूर है। बहते झरनों और ढलते पत्तों वाला देवदार एवं ओक के वृक्ष, नजदीक दिख रही दून की खाड़ी और दूर-दूर दिखती बरफ आच्छादित पहाड़ियां और इन सबको टकरा कर जाते तरह-तरह के आकार बनाते बादल...यह सौंदर्य पीने के लिए ही तो वह यहां आया था परन्तु...आज...।

उसने इस सम्मोहक आवाज की ओर नजर की, मानो हृदय की धड़कन ही रुक गयी। आहा...क्या सौन्दर्य बिखेरा है कुदरत ने।

मानो मसूरी के भट्टा फोल के निकट हरी-भरी पहाड़ियों से दिख रहे सड़के के नये-नये मोड़, सफेद बरफ से आच्छादित धरती पर सूर्य की प्रथम किरण पड़े और श्वेत धरती गुलाबी रंग से रंग जाये, ऐसे उस कोमल चेहरे पर गुलाबी लालिमा...यहाँ की आह्लादक प्रकृति जैसी सुन्दरता और यहाँ के बहते हुए झरणों के कल-कल नाद जैसा मंत्रमुग्ध करनेवाला स्वर...।

मानों इस मसूरी का पूरा सौंदर्य कुदरत ने दोनों हाथों में भरकर केवल एक ही मानव आकृति में लगा दिया हो!

माइक उसे देखता ही रह गया। सत्ताइस वर्ष की उम्र में किसी लड़की को इस तरह निर्लज्जता से देखते रहने का उसके जीवन का पहला प्रसंग था।

उसे विश्वास हो गया कि जिस रफ्तार से वह समूह सौजन्य भाव से एकत्र हो रहा है उसका अर्थ केवल 'कुत्ता गिर गया' ही नहीं है।

माइक ने नीचे नजर दौड़ायी, खाड़ी में लगभग तीस फुट नीचे बरफ की फिसलने वाली सतह पर अचानक फिसला हुआ एक कदावर जर्मन शेफर्ड कुत्ता जीवन और मृत्यु के बीच संघर्ष कर रहा था।

गले हुए बरफ की नमी जिसके कारण नीचे गिरा कुत्ता थोड़ा-थोड़ा फिसलता जा रहा था, और फिर धीरे-धीरे मूल स्थान पर आ जाता था। यदि कुछ ज्यादा फिसले या ज्यादा संतुलन खो बैठे तो उसके सीधे खाड़ी में समा जाने की पूरी संभावना थी। ऊपर खड़े लोग मोटी रस्सी को गांठ लगाकर नीचे डालकर उसे बचाने के लिए आधे घंटा से असफल प्रयास कर रहे थे। परन्तु गुस्से में आया डॉग नेमो इस गांठ लगी रस्सी में आने के बदले 'रेस्क्यू' रस्सी को ही काट लेता था।

मे आई ट्राय?' माइक ने समूह के बीच जाकर आवाज लगाई।

बाद के कुछ ही मिनटों में माइक 'हीरो' बन गया। माइक ने रस्सी ऊपर खींच ली और उस गांठ को अपनी कमर से बांध दूसरा किनारा चार कदावर लोगों को पकड़ाकर, खाड़ी में कूद पड़ा। फिसलन वाले पत्थरों पर पैर टिकाना बहुत ही मुश्किल था। माइक का खाड़ी में कूदने का निर्णय भी खतरों से भरा हुआ था। जीवन में बहुत से क्षण ऐसे भी आते हैं कि जिसमें मनुष्य को खतरे का ख्याल ही नहीं आता।

वह बड़ी मुश्किल से नेमो के निकट पहुँचा। भयभीत और क्रोध में नेमो के काट खाने की पूरी संभावना थी। माइक धीरे-धीरे नेमो...नेमो...कहते हुए उसकी गरदन पर हाथ रख दिया। माइक को खबर थी कि जर्मन शेफर्ड डॉग के गरदन पर हाथ सहलाने से शांत हो जाता है। उसने नेमो को उठाने की कोशिश कर ली, परन्तु यह चालीस पौंड वजन वाला कुत्ता इतनी सहलाई से उठने वाला नहीं था। आखिर में माइक ने अपनी रस्सी के साथ नेमो को भी बाँध लिया। ऊपर खड़े लोगों ने धीरे-धीरे दोनों को ऊपर खींच लिया। एकत्र हुए लोगों ने खुशी से किलकारियों की बौछार लगा दी। पाँच-दस मिनट के बाद धीरे-धीरे लोगों का समूह बिखरने लगा, साथ ही में माइक भी...।

'थैंक्यू...थैंक्यू जेन्टलमेन' माइक ने पीछे देखा, शेफर्ड लेकर धीरे-धीरे उसके पीछे चल रही युवती को, रह-रहकर थैंक्यू कहना याद आया था।

ओह...इट्स...ओ.के...। बस कूलरी मार्केट तक चलने के लिए निकला था, वहीं एक अच्छा काम हो गया...। माइक ने स्मित किया। युवती ने भी स्मित किया। मैं भी वहीं जा रही हूँ। इट्स नाइस टू हैव अ कम्पनी विद यू...ब्रेव मैन।'

'इट्स माय प्लेजर' माइक को प्लेजर से अच्छा शब्द जल्दी में याद नहीं आया।

'मसूरी ट्रेकिंग कैम्प में हैं?' नया चेहरा लगने पर सौंदर्य सम्राज्ञी ने पूछ लिया।

'ना'

'तो ट्रेकिंग ट्रेनर होंगे?'

'ना भाई ना...मैं तो बोम्बे का वेटरनरी डॉक्टर हूँ।'

'वेटरनरी डॉक्टर?!!

'क्यों?

'ना...ऐसा नहीं, परन्तु इस इलाके में मेरी जानकारी के अनुसार मुश्किल से ही वेटरनरी रहता है। मेरे इस नेमो के वैक्शीनेशन के लिए मुझे चालीस किलोमीटर देहरादून जाना पड़ता है। इसलिए आश्चर्य हुआ कि आप यूं मसूरी में क्यों?

माइक हंस पड़ा...यह प्रश्न शायद किसी और ने पूछा होता तो निश्चित ही कह देता कि 'मसूरी भारत में है, और मैं भारत का स्वतंत्र नागरिक हूँ। संविधान के अनुसार भारतीय को देश के किसी भी कोने में घूमने-फिरने का अधिकार है।' परन्तु इस संगमरमर की प्रतिमा को इस तरह थोड़े कह सकता है?!

'वेल, यहाँ मैं छह महीने के लिए मेरे मित्र के साथ आया हूँ। मैं और मेरा मित्र सत्व दोनों...।'

'सेत्व?' सुंदरी ने युरोपियन लहजे में विचित्र उच्चारण किया।

'वेल...यूं तो मैं और सत्व दोनों बॉम्बे के, वह मिकेनिकल इंजीनियर हुआ और मैं बना वेटरनरी डॉक्टर, पाँचवीं कक्षा में थे तब से एक ही क्लास में, रहना भी नजदीक-नजदीक, स्कूल से छूटकर सीधा घर जाने के बदले गली के छोटे पिल्लों को घंटो तक खिलाते रहते। मुझे तो पहले से ही प्राणियों के प्रति लगाव है, और लगाव भी कैसा! पिल्लों को खिलाने के लिए मैं लंचबॉक्स आधा ही खाता।

बारहवीं के बाद मैं अपनी इच्छा के अनुसार वेटरनरी डॉक्टर बना और वह उसकी इच्छा के खिलाफ बना मिकेनिकल इंजीनियर, हालांकि, उसके बाद सत्व को कलेक्टर बनने की धुन सवार हुई। आई.ए.एस. में दूसरी ही ट्रायल में सिलेक्शन हो गया। अभी छह महीने के लिए यहाँ मसूरी की लाल बहादुर शास्त्री राष्ट्रीय अकादमी में ट्रेनिंग ले रहा है।

जब ट्रेनिंग में जाना पड़ा तब उसने अपने साथ मुझे भी ले जाने का अनुरोध किया। समझाने में तो वह उस्ताद, मुझसे कहता है कि देख माइक, बहुत पढ़ लिए...बहुत पढ़ लिए...तुम्हें जो बनना था बन गया, और मुझे जो बनना था मैं...। याद कर जरा वे दिन, पढ़ाई के बहाने खुद को कितना परेशान किया। मुश्किल से नींद आयी हो, वहीं एलार्म की कर्कश ध्वनि कान के पर्दे को चीर ही डाला है। परीक्षा का 'नाइट मेर' तो अभी भी नींद में सताता रहता है।

हाश... मुश्किल से छूटा इन सब में से...। अब पढ़ाई पूरी हो गयी है, और गृहस्थी शुरू नहीं हुई है, इस बीच अच्छा मौका है। अभी...कोई कुछ कहने वाला भी नहीं, कि पूछने वाला भी नहीं। मेरे यहाँ तो केवल चार-पाँच घंटे का लेक्चर होगा, फिर खाली समय मतलब बिल्कुल खाली समय। मुझे भी तुम्हारा साथ मिलेगा, और तुम्हें तो बस मजा ही है।

फिर तो मुझे भी लगा, चलो ठीक है...घूमकर आयें और मैं यूं ही यहां मसूरी आ गया...।

'नाइस...' काफी समय से शांत सौंदर्य सम्राज्ञी बोली।

'मैं बहुत बोल गया नहीं?' माइक ने कहा।

'ओह नो बट इट्स वेरी इन्ट्रेस्टिंग!!' कुछ देर शांति छा गयी।

चलते-चलते कुलरी मार्केट करीब आता जा रहा था।

'वाय द वे कैसा लगा मसूरी?'

'सच कहूं...कोई मुझसे पूछे कैसा लगा मसूरी?!! तो सर्वप्रथम मैं उसका ग्रामर सुधारूं कैसा लगा मसूरी यों नहीं कैसी लगी मसूरी ऐसा कहो... यदि कोई यूं कहता हो कि मसूरी उत्तर भारत में स्थित एक प्रदेश है तो मैं इस शर्त के साथ कह सकता हूँ कि उसने मसूरी देखा ही नहीं है।

मसूरी किसी शहर या प्रदेश का नाम नहीं...यह तो रानी है रानी...पहाड़ों की रानी।

कैसा गाता झरना...कुछ समय शांत होकर उसे केवल सुनो तो लगे कि मसूरी कोई सुरीला गा रही है। इन दूर की पहाड़ियों से ठंडी हवायें चलें

तब मसूरी का हरी भरी लताओं का वस्त्र किस तरह फर-फर फरकता हुआ दिखाई देता है। आकाश में टकराते बादलों के झुण्ड और बरसाती आवाजों के बीच मसूरी गोरी कन्या की तरह डरकर छिपने की तरह ही लगती है। धीरे-धीरे गिर रही बरफ में घंटों-घंटों तक स्नान कर रही खूबसूरत मसूरी तो थोड़ी ही देर में शुद्ध साफ आकाश, मानो निर्दोष कन्या की पवित्र आँख जैसी मसूरी...।

रात को इन वैली की रंगबिरंगी लाइट्स का प्रकाश देखा है?! किस तरह नई नवेली दुल्हन की तरह सजा देता है...।'

'आप कवितायें लिखते हैं?'

'ना...परन्तु...तुम्हारी मुलाकात के बाद शायद...कवि हो जाऊंगा।'

'यू...नॉटी...!' कहते हुए उसकी आँखे ढल गयीं, गुलाबी गाल पर लालिमा उभर आयी!!...

मसूरी सुंदर है। खूब सुन्दर है, उसमें भी कई बार तो इतनी गजब की सुन्दर लगती है कि न पूछो बात...

'नो...नो...' नेमो फुटपाथ से थोड़ा जाने लगा तब सुंदरी ने उसे टोका... नेमो आज्ञाकारी बालक की तरह वापस रास्ते पर आ गया।।

माइक ने नेमो की तरफ देखा। थोड़ा थोड़ा लंगड़ा रहा था।

'नेमो का वेक्सीनेशन नियमित होता है?'

'यस, अफकोर्स, इसके लिए देहरादून जाना पड़ता है...!

'तो फिर कोई ज्यादा चिंता जैसा नहीं है, केवल तीन-चार बार ड्रेसिंग कराना पड़ेगा। इंजरी में कई बार एब्सेस हो सकता है...तो बहुत कम मामलों में गेगरीन भी हो सकता है। ट्रीटमेंट देना ही पड़े। ऐसी सामान्य बात में रिस्क क्यों लेना, और अभी फ्रेश इंजरी है, इसलिए साधारण मस्क्युलर पेन रहेगा। बाकी यूं तो नेमो ब्रेवो है ब्रेवो...कहकर आगे चल रहे नेमो की गरदन पर माइक ने हाथ फिरा दिया, नेमो ने आंनद में आकर पूंछ पटपटा दी।

लाब्राडोर, फ्रेंच बुलडोग, बोक्सर और हाउन्ड, इन सब में जर्मन शेफर्ड एक कदम आगे निकल जाते हैं, इसका कारण है, जबरदस्त ताकत, कुशाग्र बृद्धि और अजोड़ आज्ञांकितता।'

सुनकर सुन्दरी ने गौरवपूर्ण स्मित किया...।

कुछ देर बाद माइक बोला...।

'आज तो मेरे पास एनिमल ड्रेसिंग का विशेष सामान नहीं है, शाम तक व्यवस्था हो जायेगी। यदि संभव हो तो आप नेमो को लेकर कल सुबह साढ़े आठ बजे हमारी लाल बहादुर शास्त्री राष्ट्रीय अकादमी हॉस्टेल के रिसेप्शन पर आ जाना। पोसिबल सभी ट्रीटमेंट हो जायेगी...। डोन्ट वरी (माइक मन में विचार करता जा रहा था, 'सत्व को तो लेक्चर में सुबह आठ बजे से जाना होता है न...।')

'तो तो तुम्हारा खूब आभार...।'

थोड़ी देर तक दोनों चलते रहे, कुलरी मार्केट सामने दिखने लगा अचानक उसे कुछ याद आया हो उस तरह खड़ी रह गयी।

'सॉरी टू से...अभी तक आप का नाम पूछना भी भूल गयी... वाय द वे व्हाट्स योर गुड नेम, ब्रेव यंग मेन...।'

'माइक'

अब मुलाकात पूरी हुई, बाद में भी माइक घंटों-घंटों तक यही सोचता रहा...।

मसूरी सुन्दर है। खूब सुन्दर है, इसमें भी कई बार तो इतनी गजब की सुन्दर लगती है कि न पूछो बात...।

*

दूसरे दिन हॉस्टेल के कमरे में सुबह आठ बजे सत्व लेक्चर में गया तो माइक ने दरवाजा धीरे से बंद कर दिया।

माइक आदमकद आयने के आगे खड़ा रह गया, उसने अपने गाल पर हाथ घुमाया। दाढ़ी तो अच्छी हो गयी थी, परन्तु मूंछ के दो-एक बाल टेढ़ा-मेढ़ा विरुद्ध दिशा में थे। उसने छोटी कैंची लेकर उसे सावधानीपूर्वक काट दिया।

उसे लगा कि ब्लैक जीन्स पर चेक्स वाला शर्ट जम नहीं रहा था, तुरन्त ही शर्ट बदल दिया। व्हाइट सेल्फ लाइनिंग हं...अब जमा...।'

'बेल्ट तो ब्लैक कलर का ही अच्छा लगेगा वह सिर पर कंघी घुमाते-घुमाते विचार कर रहा था। बेल्ट बदल दिया। एक हीरो कम्पनी का स्प्रे छांटकर फटाफट कमरे को थोड़ा व्यवस्थित किया।

दरवाजा आधा खोल दिया और हाथ में झीने अक्षरोंवाली इंग्लिश ऑथर की मोटी किताब लेकर इजी चेयर पर बैठकर पढ़ने लगा।

हालांकि, उसका ध्यान पढ़ने में बिल्कुल नहीं था।

'आज नेमो की ड्रेसिंग का पहला दिन। वह आयेगी?...

ड्रेसिंग किट तो लाकर रख दी है। अच्छा है कि यहाँ किराये पर बाइक मिल जाती है। अन्यथा रातोरात देहरादून जाकर ड्रेसिंग मैटीरियल कैसे लाते?

वह आये भी और शायद ना भी आये...शायद ट्रीटमेंट के लिए देहरादून भी चली गयी हो, वहाँ चार-पाँच वेटरनरी डॉक्टर हैं...।

इस प्रकार विचार कर ही रहा था कि दरवाजे पर दस्तक हुई...दिल की एक धड़कन रुक गई। माइक के चेहरे पर रौनक आ गयी।

'मे आई कम इन...?' वही सुमधुर आवाज।

'अरे...तुम्हें परमीशन की जरूरत थोड़ी है...।' माइक ने आधा खुला दरवाजा खोल दिया।

'कैसा है, नेमो...?'

'अच्छा है...यूं तो मुझे लगता है कि शायद यूं ही मिट जाता परन्तु आप कह रहे थे...एब्सेस...गेंगरीन...इसलिए जरा डर लगा।' रुपहली घंटी बज उठी।

'परन्तु हम ट्रीटमेंट में कोम्प्रोमाइज क्यों करे...?' कहते हुए डॉक्टर ने नेमो की ड्रेसिंग शुरू कर दी।

'बाय द वे इसका नाम 'नेमो' क्यों रखा?' माइक ने पूछा।

'ट्रूली स्पीकिंग...नो स्पेसीफिक रीजन, एक किताब थी, डॉग के अलग-अलग नामों की, उसमें से नाम देखा था और फिर उसमें से नेमो अच्छा लगा।

'एक्च्युअली नेमो के नाम की हिस्ट्री है, खबर है?

'नो उसने इंकार में सिर हिलाया, और यूरोपियन स्टाइल से कंधे को उछाल दिया, जिससे उसके आगे की लटें मानों चेहरे पर नृत्य करने लगीं।

नेमो ऐसे डॉग का नाम है कि जो वियेटनाम युद्ध का हीरो था हीरो...।

'रीयली!!'

'हा...युद्ध के समय अमेरिका को दुश्मन वियेटकोंग गौरीला टक्कर दे रहे थे, तब अमेरिकन दल में आगे था लश्करी कुत्ता नेमो...वियेटकोंग गौरीला सैनिकों को इस खतरनाक लश्करी डॉग के प्रति जलन थी। वियेटकोंग गौरीलाओं ने छिप कर इस नेमो डॉग पर गोली छोड़ दी। गोली नेमो की ठीक दाहिनी आँख से पार होकर जबड़ा चीरते हुए बाहर निकल गयी। क्षणभर के लिए लगा कि बस नेमो की कहानी पूरी हो गयी, परन्तु यूं ही हार मानने वालों में नेमो नहीं था। उसने खुद को उछालकर दुश्मन वियेटकोंग गौरीलाओं पर फेंक दिया। इस अचानक एवं असाधारण हमले से सैनिक हतप्रभ हो

गये, कुछ क्षण तो क्या करना, वही समझ नहीं पाये, वहीं नेमो के साथी अमेरिकन सैनिक आ पहुँचे और दुश्मन वियेटकोंग का काम समाप्त कर दिया। गंभीर रूप से घायल नेमो को उठाकर अमेरिकन एनीमल मिलेट्री हॉस्पिटल में पहुँचा दिया।

नेमो कुछ दिन युद्ध भूमि स्थित हॉस्पिटल में था। वह कुछ ही समय में ठीक हो गया, और अंत में अमेरिकन आर्मी ने वियेटनाम जीत लिया तब वियेटकोंग युद्ध से जिंदा वापस आने वाले विजेता सैनिकों में आगे था। अपना एक आँखवाला ब्रेवो...नेमो।'

'वाउ...ब्रेवो...कहकर उसने अपने नेमो की गरदन पर हाथ फिराया...

'तुम्हें बहुत नॉलेज है...' कहकर उसने स्मित दी।

ड्रेसिंग का काम पूरा हो गया था। वॉश-बेसिन में हाथ धोकर माइक वापस कुर्सी पर बैठ गया था।

थोड़ी देर बाद माइक ने पूछा...आप चाय-कॉफी लेंगी?'

'कॉफी चलेगी...।'

माइक ने पास ही पड़े टेलीफोन से हॉस्टेल की कैंटीन का नम्बर लगाया, दो कॉफी।

आप चाय-कॉफी बनायी जा सकने वाले सामान्य सामान नहीं रखते?' हॉस्टेल के आस-पास नजर दौड़ाकर उसने पूछा।

'परन्तु बनाये कौन?' माइक ने कहा, फिर आँखों में आँख डालकर धीरे से कहा 'कोई हृदय संगिनी नहीं मिले तब तक तो ऐसा ही...' सुनकर तो उसकी आँखों की रोशनी तेज हो गयी, वह कुछ देर तक स्मित करती रही, उसने क्षणभर के लिए माइक की आँखों में शरारती नजर डालने के बाद नजर झुका दीं।

कॉफी आ गयी, और पी भी ली गई। किसी ने कुछ बोला नहीं... वह खड़ी हो गयी। नेमो आगे-आगे चलने लगा। जाते-जाते कहा...तुम्हें हृदय संगिनी मिले और कॉफी बनाये तो...अपने साथ मेरी भी बनवाना और मुझे भी पीने के लिए बुलाना, मैं जरूर आऊंगी, फिर हंस पड़ी...नटखट बन हंसती ही रही। उसकी श्वेत दंतावली चमकती रही, स्नो गिरने के बाद सूर्य के प्रकाश में पहाड़ी चमकती है इस तरह क्षणभर के लिए तो ऐसा लगा कि गुलाबी वस्त्र धारण कर कोई अप्सरा सामने खड़ी है। यह क्षण यहीं रुक जाये हमेशा के लिए तो कैसा रहे...!

मसूरी सुंदर है। खुब सुंदर है, उसमें भी कई बार तो इतनी गजब की सुंदर लगती है कि न पूछिये बात...।

वह चली गई थी फिर भी माइक अभी दरवाजा के पास खड़ा था। वह विचार कर रहा था कि नेमो की दूसरी ड्रेसिंग में अभी पूरा अड़तालीस घण्टा बाकी...।

*

हॉस्टेल पर्वतीय ढलान पर था। दूर-दूर तक हरी-भरी पहाड़ियां दिखाई दे रहीं थीं। हॉस्टेल के अगले भाग में एक छोटा गार्डेन था। गार्डेन तरह-तरह के रंग-बिरंगी फूल और उसकी सुगंध से तरबतर था।

दूसरे दिन सुबह माइक रूम से बाहर निकला और छोटे गार्डेन में धीरे-धीरे चलने लगा। यहाँ का वातावरण मादक था। अभी रात को ही बरसात हुई थी। वातावरण में नमी थी। हरी-भरी घास, कोहरे से छनकर आ रही हल्की धूप और गार्डेन के फूलों के अलग-अलग रंगों में फैल रही आभा माइक के हृदय को अकल्पनीय संतृप्ति दे रही थी।

एक छोटे फूल के सामने वह रुक गया। आ...हा...! कितना सुंदर और कोमल था!!!...जबकि था बिल्कुल छोटा ही चार ही पंखुड़ियों का, परन्तु दिल से देखने वालों को मदहोश करने वाला अद्भुत था।

एक-एक पंखुड़ी पर मरून रंग की पतली बॉर्डर थी। पंखुड़ियों का लाल चटक रंग ऊपर से नीचे जाने पर धीरे-धीरे गहरा होता जा रहा था। पंखुड़ी के बीच में, मानो ब्रुश से छिड़का गया हो, उस तरह, छोटे-छोटे पीले रंग के बिन्दु थे। चार पंखुड़ियों को जोड़ने वाली गोल मरुन रंग की मुलायम गद्दी।

पंखुड़ियों का मखमली लाल रंग, बरसात की झीनी-झीनी फुहारों से भीगकर सूर्य प्रकाश के कारण अद्भुत लालिमा बिखेरता जा रहा था। कैसी रम्य थीं ये चार पंखुड़ियां जैसे एक समान दो तितलियों का प्रेमी युगल।

यूं तो माइक गत ढाई महीने से यहाँ रहता था, और इस गार्डेन में भी कई बार चक्कर लगाया होगा। ऐसे तो कितने ही फूल उसकी नजर में आकर ओझल हो गये होंगे, तो फिर क्यों, आज?

'प्लीज डू नाट टच फ्लावर' की सूचना वाला बगीचे के बीचोबीच लगे बॉर्ड को उसने अनेकों बार पढ़ा होगा, परन्तु फिर भी आज यह पीली बिन्दियों वाली चटक पंखुड़ी को छूने का मन हो गया।

उसने इधर-उधर देखा। सिक्युरिटी गार्ड उससे दूर उल्टा होकर रजिस्टर में कलम से कुछ लिख रहा था। ऐसा करना मैनर कहा जायेगा या नहीं इसका माइक को विचार तक नहीं आया।

यह खबर नहीं पड़ी कि यह उत्सुकता है कि रोमांच या फिर कोई सम्मोहन उसे खींच रहा है। उसने पहने हुए नये पैन्ट को मिट्टी लगने की परवाह किए बिना ही टखने के बल बैठ गया।

धीरे से फूल की पंखुड़ी को अंगुलियों से छू दिया। तर्जनी का पोर इस मुलायम स्पर्श अजीव स्पंदन की अनुभूति कर रहा था। ये स्पंदन अंगुली के पोर से सीधे हृदय के अभी तक के अछूते कोने को झंकृत करने लगे।

'क्या होगा इस फूल का नाम? वह सोचते जा रहा था। जो हो वो। इस सौंदर्य को, इस सुवास को नाम देने की जरूरत है! और शायद नामकरण किया जाये तो भी यह मादकता छोटे ऐसे नाम में कैसे कैद हो सकेगी!

मसूरी सुंदर है, खूब सुंदर है इसमें भी कई बार तो इतना गजबन की सुंदर लगता है कि न पूछो बात...।

*

माइक में एक परिवर्तन अवश्य आ गया था। अब वह पढ़ने के बदले विचारने में ज्यादा समय निकालता था। सत्व के सुबह जाने के बाद जीवन की अनमोल क्षणों को याद करने के सिवा बमुश्किल ही कुछ करता... माइक को अहसास हुआ कि यह सम्बंध कितना मधुर है, यह सम्बंध भी एक तरफी है नहीं लगता? हमेशा केवल वही बोलता है, परन्तु सुनता तो बिल्कुल भी नहीं।

स्त्रियां हमेशा ऐसे ही पात्र की चाहत रखती हैं, जो उनकी ही सुनता रहे...सुनता ही रहे, जबकि खुद तो...।

*

आज नेमो की ड्रेसिंग जल्दी ही समाप्त हो गई। माइक ने आज खुद बोलना बंद कर केवल सुनते ही रहने का निर्णय कर लिया था।

'यु...बोर्न मसूरी?' माइक ने क्या पूछना है वह भी पहले से निश्चित कर लिया था।

'नो...यू.के.।'

'यु.के., वाऊ नाइस और पैरेन्ट्स?...।'

उसकी आँख में विचित्र अनमना सा भाव उभर आया, परन्तु कुछ कहा नहीं।

बोझिल शांति छा गयी, कुछ गलत पूछे जाने के एहसास के साथ माइक ने कहा...

'सॉरी।'

'नो...नो...इट्स ओके, वह तुरन्त ही सामान्य हो गयी। माँ मूल रूप से इसी प्रदेश की, मेरे दादा की इकलौती पुत्री, इस माल पर आप जा रहे हैं, इसका अधिकांश क्षेत्र आजादी के बाद मेरे दादा की मालिकी का था। आज भी कुलरी मार्केट की बत्तीस दुकानें मेरी मालिकी की हैं, वह बोली।

शुरुआत में पहाड़ी में बिल्डिंग का कंस्ट्रक्शन चुनौती पूर्ण था, इसलिए उसका कॉन्ट्राक्ट वर्ल्ड फेमश 'जे एण्ड ली' कम्पनी ने लिया था, मेरे डैडी यूरोपियन थे और इस कम्पनी के सिविल इंजीनियर। कम्पनी ने डैडी को यहाँ नई बिल्डिंग के कन्स्ट्रक्शन काम के लिए भेजा था। यहाँ आकर डैडी माँ के प्रेम में पड़ गये, और शादी कर माँ को इंग्लैंड ले गये, वहाँ मेरा जन्म हुआ।

'तुम्हारी माँ भी तुम्हारी जैसी ही सुंदर होंगी नहीं? माइक ने कहा।

फिर मन ही मन में शामिल किया 'किसी को भी प्रेम में पड़ने का मन हो जाये इतनी...।'

'हां, हालांकि, यू.के. कभी बहुत अच्छा नहीं लगा, मैं अधिकांश तौर पर दादा के घर मसूरी आ जाती, जबकि एम.बी.ए. तो यू.के. में ही पूरा किया। परन्तु वहाँ की लाइफ पसन्द हो ऐसी नहीं थी, उसकी आँख में अनचाहा भाव स्पष्ट पढ़ा जा सकता था।

'यू मीन?'

'यहाँ और वहाँ के कल्चर में जमीन-आसमान का फर्क, जैसे कि यहाँ पहाड़ियों के सामान्य कबीलों में मैरेज मतलब लाइफ टाइम अटैचमेंट, जबकि वहाँ तो...कोई ऐसी कल्पना भी ना करे। विवाह के एग्रीमेंट को दस वर्ष पूरा हो, इसमें तो मानों बहुत बड़ी सफलता हासिल की हो, इस तरह केक काटकर सेलिब्रेशन करते हैं।

'परन्तु यूं तो यहां भी लोग डिवोर्स लेते हैं ना...' वह बोला।

हालांकि, उसे पछतावा हुआ कि वह शांति से गूंगा बन बैठा रहा होता अच्छा रहता, यूं भी बड़ी मुश्किल से लड़के, लड़कियों के साथ सामाजिक बातचीत कर सकते हैं। जबकि सद्भाग्य है कि उसने माइक के वाक्य की नकारात्मकता पर विचार नहीं किया।

हां, परन्तु यह बहुत ही अनकॉमन है। यहाँ पहाड़ियों पर भेंड़ चरानेवाले भी अच्छी जिंदगी व्यतीत करते हैं, और अपने बालकों की पेरेन्टिंग करते हैं। वहाँ तो पेरेन्टिंग के लिए भी कानून बनाना पड़ता है।

'तो तुम्हारे पैरेन्ट्स?'

'गॉड नोज, मैं तो केवल मेरे दादा को ही पेरेन्ट मानती हूँ। गत चार वर्ष से तो पप्पा या मम्मी के साथ बात तक नहीं हुई।

'परन्तु कोई कारण?' माइक व्यथित हो गया।

'सुननी है तुम्हे ट्रेजिक स्टोरी?!!

'हां', माइक ने हकार में गरदन हिला दी।

उसकी आँखें क्षणभर के लिए गमगीन हुई परन्तु एक बूंद आंसू बाहर नहीं आया। मानो कोई वीर नारी दृढ़ता पूर्वक दुख का मुकाबला न कर रही हो...वह कुछ नहीं बोली...बाद में भी नहीं, अरे...इस बारे में कभी नहीं। उसकी आँखों का अनंत आकाश माइक को अनुमान भी लगाने नहीं दिया।

माइक ट्रेजिक स्टोरी के बारे में कोई भी कल्पना किये बिना उस अनंत आकाश का आनन्द लेता रहा और अब इसे यथावत ही रखना था।

**

क्लाउड एन्ड

मसूरी से पन्द्रह किलोमीटर दूर एक अद्‌भुत जगह है।

नाम है उसका क्लाउड एन्ड...

वहां निकट के होटल वाले ने एक बॉर्ड राहगीरों को दिखाई दे इस तरह लगा रखा है।

'कुदरत के कितने ही रहस्य अद्‌भुत होते हैं। उसके सौन्दर्य का उपभोग करो। कुदरत ने इन रहस्यों का सृजन इसलिए नहीं किया कि तुम उसे खोज लो, परन्तु इसलिए सर्जित किया है कि तुम उसका आनन्द लो...।'

यह 'क्लाउड एन्ड' वही है कि जहाँ से पूरी प्रकृति के सौंदर्य का किनारा दिखता है, सामने दिखता है..., हरीभरी वादियां और कोहरा, आकाश में तुम्हें चारों तरफ से घेरने वाले बादलों का रहस्यमय मौन। बस एन्ड क्लाउड एन्ड।

क्लाउड एन्ड देखते-देखते खड़े रहो, और प्रकृति का रस पान करते रहो... पीते रहो... उसके बाद! उसके आगे! आगे कुछ भी नहीं, और है तो जानकर क्या काम है...इस जीवन के सर्वोत्तम क्षण का आनन्द लेना है, जानना नहीं।

सचमुच ही...।

मसूरी सुंदर है, खूब सुंदर है, इसमें भी कितनी ही बार तो इतनी गजब की सुंदर लगती है न पूछिये बात...।

माइक उसकी तरफ नजर गड़ाये हुए देखते-देखते उसके रहस्यमयी मौन के बादलों के धूंध का मजा लेता रहा।

*

'बीमार वह है या उसका कुत्ता... प्रति दो दिन पर हमारे डॉक्टर साहब के पास अप्वाइन्टमेंट निश्चित करती है।' सत्व ने शाम को आने के साथ ही दिल की भड़ास निकाली।

'तुझे तो बिल्कुल सीधी बात में भी सब कुछ उल्टा दिखाई देता है...।' माइकल ने आधारहीन बचाव किया।

'देखो...इतने में तुम अकेले ही जानवरों के डॉक्टर नहीं, बगल में ही देहरादून है। जोली ग्रान्ट एयरपोर्ट रोड पर चार-चार वेटरनरी डॉक्टरों ने एक साथ अड्डा जमाया है। वहाँ जाकर क्यों नहीं उसके कुत्ते की जांच करवाती?'

'परन्तु मसूरी में तो मैं अकेला ही हूँ न...।'

'देखो माइक, मेरा इण्डियन हिस्ट्री में तीन सौ में से दो सौ बावन मार्क है, सिविल सर्विसिज में, समझे, हमें झांसे में रखकर अंग्रेजों ने हम पर दो सौ वर्ष राज किया। तुम्हारी यह सुन्दरी कुछ भी हो, है तो गोरे बाप की संतान... 'अंग्रेज जीन्स।'

मैं तो सच कह रहा हूँ, भूल से भी विश्वास मत करो...।'

'तुम्हारे बारे में भी पूछ रही थी।' माइक ने धीरे से कहा।

'क्यों...क्यों..., क्यों क्या...? क्या पूछती थीं?!!'

'क्यों भाई केवल तुम्हारा समाचार पूछा इसमें इतनी ज्यादा जल्दबाजी... व्याकुल हो गया, कहाँ गया वह...वह 'अंग्रेजी जीन्स...।'

'हाँ... वह बाय द वे कहती थी कि मेरे सत्तव भाई क्या करते हैं आजकल?' माइक 'भाई' शब्द जरा जोर से भारपूर्वक बोला।

तो कह देता था माइक अभी उसके पूज्य भाई ट्रेनिंग में हैं। हॉस्टेल की मेस का प्रतिदिन एक ही एक खा-खाकर निराश हैं। भविष्य की काल्पनिक भाभी श्री, जरा दो टाइम नियमित टिफिन भेजो तो उसके बदले आपका कुत्ता मुफ्त में ही रिपेयर कर दूंगा।'

'कुत्ता जर्मन शेफर्ड है जर्मन शेफ़ड़...इसमें भी व्हाइट।'

'हे मेरे अविवाहित वर राजा, काल्पनिक भाभी का रिस्पेक्ट करूं वह तो समझे परन्तु उनके कुत्ते का भी रिस्पेक्ट करना...! हे भगवान...क्या दिन आये हैं!'

'अभी आगे-आगे देखते जाओ...तुम्हारे दोस्त माइक के कितने अच्छे दिन आने वाले हैं।'

**

इस घटना के ठीक दस वर्ष के बाद मसूरी के कुलरी मार्केट के पीछे स्थित विशाल बंगलोज में एक आठ-नव वर्ष का छोटा लड़का अपनी मां से, घर के ड्राइंग रूम में टंगे विशाल फोटो को बताकर पूछ रहा था...।'

'मां...मां...मेरे एक फ्रेंड के घर के ड्राइंग रूम में लॉर्ड कृष्णा का फोटो है। दूसरे फ्रेंड के घर में गॉड जीसस और मदर मेरी का फोटो लगा है, तो फिर हमारे घर के ड्राइंग रूम में इतना बड़ा डॉग का फोटो क्यों?

मां ने क्षणभर 'नेमो' के फोटो के सामने देखा।

और फिर धीरे से बोली, पूछना तुम्हारे बाप से...शाम को वेटरनरी क्लीनिक से घर आयें तब...।' फिर धीरे से मलकती रही...कहाँ तक...

मसूरी सुंदर हैं, खूब सुंदर है, इसमें भी कई बार तो इतनी गजब की सुंदर लगती है ना पूछिए बात...।

OOO

www.ingramcontent.com/pod-product-compliance
Lightning Source LLC
LaVergne TN
LVHW060452051026
849518LV00002B/742
* 9 7 8 9 3 5 6 8 4 6 2 3 4 *